Hubert Kinzel

Das Kopernikus-Vermächtnis

Hubert Kinzel

Das Kopernikus-
Vermächtnis

Roman

Projekte-
Verlag
Cornelius

Impressum

1. Auflage
© Projekte-Verlag Cornelius GmbH, Halle 2012 · www.projekte-verlag.de
Mitglied im Börsenverein des Deutschen Buchhandels

Satz und Druck: Buchfabrik Halle · www.buchfabrik-halle.de

ISBN   978-3-86237-765-7
Preis: 14,50 Euro

Inhalt

Teil 3

Die historische Bibliothek in Schulpforte

Orte der Handlung

***

»Um Missverständnissen und Mutmaßungen vorzubeugen, möchte ich darauf hinweisen, dass die Handlungspersonen im Roman literarische Figuren und frei erfunden sind.
Ähnlichkeiten mit lebenden Personen sind rein zufällig.
Real sind die Orte der Handlungen, auch wenn ich die räumlichen Verhältnisse etwas verändern musste.«

Teil 1

Der Bismarckturm in Naumburg an der Saale

1. Auf dem Bismarckturm

Schon seit Stunden wütete über dem Saaletal das Gewitter. Den grellen Blitzen folgten in Sekundenschnelle rollende Donnerschläge. Sie verwandelten die Nacht in ein mächtiges Feuermeer und ließen die Erde erbeben.

Wolfram Gollwitz stand am Fenster der Souterrainwohnung und beobachtete, wie die Niederschläge die Terrasse vor dem Bismarckturm in einen See verwandelten und die ungestümen Windböen die Gartenmöbel und die Blumenkübel durch die Gegend wirbelten. Wo vor wenigen Stunden noch Gäste saßen und das hochsommerliche Wetter und den Ausblick auf die Weinberge genossen, herrschte nächtliche Untergangsstimmung. Er hatte schon verschiedene Male hier oben gewohnt, doch solch ein Unwetter hatte er in dieser Gegend noch nie erlebt. Ihn faszinierten die ungezügelten Naturgewalten und das Chaos, das sie anrichteten. Verzückt starrte er nach draußen und verfolgte gebannt das nicht enden wollende Aufleuchten der Blitze und das Grollen der Atmosphäre.

Ein Blitz, abgeschossen wie ein Pfeil, traf die mächtige Eiche unweit der Terrasse. Ihm folgte ein ohrenbetäubender Schlag, der die Mauern des Turmes erschüttern ließ. Ächzend fiel ein riesiger abgespaltener Eichenast auf den überschwemmten Boden. Plötzlich herrschte Totenstille – das Gewitter war weitergezogen, der Regen hatte aufgehört. Gollwitz öffnete das Fenster und lehnte sich hinaus. Die Luft roch feucht und schweflig. Gierig sog er sie ein. Er wollte gerade das Fenster schließen, als er zwei Gestalten aus dem Turm kommen sah, die hastig zum überfluteten Parkplatz liefen, in ein bereitstehendes Auto stiegen und davonfuhren. Gollwitz schaute ihnen nach, bis die Rücklichter ihres Wagens nicht mehr zu erkennen waren. Dann schloss er das Fenster, unschlüssig ging er im Zimmer auf und ab.

Ein Schrei riss ihn am frühen Morgen aus dem Schlaf. Er sprang auf, öffnete einen Spaltbreit das Fenster und sah nach draußen.

Auf der Terrasse stand zwischen den Wasserlachen Ludmilla, die Putzfrau. Sie schrie aus Leibeskräften und gestikulierte wild. In der linken Hand hielt sie ihren Putzeimer, aus dem Wasser schwappte. Der Gärtner ließ seinen Besen fallen, mit dem er versucht hatte, das Wasser von der Terrasse zu fegen, und eilte der schreienden Frau zur Hilfe. Im gleichen Moment kam die Köchin aus der Küche gestürzt, ihr folgten der Jungkoch und zwei verschreckt wirkende Kellnerinnen.

Die Köchin fasste die schreiende Frau beherzt an den Schultern: »Was ist passiert, Ludmilla, warum schreist du so fürchterlich? Beruhige dich!«

»Mann im Turmzimmer t-t-tot«, stammelte die Putzfrau mit hochrotem Kopf und zeigte mit dem ausgestreckten Arm zur Turmspitze.

»Tot?«, fragte die Köchin ungläubig.

»Da, da«, schluchzte Ludmilla in gebrochenem Deutsch, »alles voll Blut, Gast ganz tot, voll tot. Seine Augen gestarrt, ganz schrecklich geblickt, alles kaputt, umgekippt, toter Mann auf Boden.«

Ihre Stimme überschlug sich, sie suchte nach Worten. Ihr Mann, der Gärtner, griff nach ihrer Hand und versuchte sie zu beruhigen.

»Ich rufe die Polizei«, sagte die Köchin entschlossen und lief zurück in die Küche.

Gollwitz verfolgte gespannt das Geschehen auf der Terrasse. Es war ein freundlicher Tag. Die ersten Sonnenstrahlen ließen die dramatische Nacht vergessen. Nur vereinzelt sah man noch Wasserpfützen auf der Terrasse. Der angekohlte Eichenast lag zersplittert quer über dem Sandweg, sein Laub war versengt.

»… im Turmzimmer …«, klang es Gollwitz noch immer im Ohr. Er überlegte: Auch er hatte einige Male dort oben im Turm übernachtet, wenn das Souterrainappartement belegt war. Der Ausblick aus der Höhe auf das Saaletal und die gegenüberliegenden Weinberge hatten ihm gefallen, dennoch bevorzugte er das Doppelzimmer im Erdgeschoss. Sie waren die einzigen

Bewohner in dem burgähnlichen Gebäude – er und der Andere, der jetzt tot war. Die übrigen Gäste wohnten in den angrenzenden Ferienhäusern. Gollwitz stand noch immer am Fenster, als Herr Seibold, der Inhaber des Bismarckturms, mit seinem Transporter auf den Hof fuhr.

»Gut, dass du kommst!«, rief ihm die Köchin entgegen. »Ludmilla sagt, der Gast im Turmzimmer ist tot. Ich habe bereits die Polizei verständigt.«

»Stimmt das?«, fragte Seibold die Putzfrau und machte ein ungläubiges Gesicht.

Sie nickte immerzu. »Ja, Mann ist tot«, wiederholte sie. »Ich denkte, Gast schon abgereist. Ich oben ankam, war Tür offen. Ich ins Zimmer guckte, da lag er, er mich anstarrte. Alles voller Blut! Ich nach unten gerannt und bin gerufen.«

»Habe gerufen«, korrigierte ihr Mann, der neben ihr saß und ihre Hand streichelte. Er war einige Jahre älter als seine Frau und im Unterschied zu ihr ausgesprochen hager. Gollwitz hatte gelegentlich mit dem Mann aus der Ukraine gesprochen, der sich sehr liebevoll um die Gartenanlage und den Berghang kümmerte.

»Sie haben alles richtig gemacht«, beruhigte Herr Seibold die Putzfrau. Er zog sein kariertes Taschentuch aus der Hosentasche und tupfte sich die Schweißperlen von der Stirn. »Ich werde nach oben gehen und mir das Zimmer ansehen«, sagte er. »Bleiben Sie hier sitzen.« Und zur Jungkellnerin sagte er: »Bringen Sie Frau Schaljapin einen Kräutertee.«

Dann ging er zur Turmtür und öffnete sie zögernd. Er schien seinen ganzen Mut zusammenzunehmen.

Gollwitz schätzte Bernd Seibold wegen seiner unkomplizierten Art und seiner freundlichen Ausstrahlung. Er war ein mittelgroßer Mann Ende fünfzig und stets voller Elan. Er verstand es, erfrischend und ungezwungen mit seinen Gästen zu plaudern. Zusammen mit seiner Frau, der Köchin, bewirtschaftete er schon seit Jahren den Bismarckturm samt Restaurant und die angrenzenden Gästehäuser. Gollwitz hielt ihn für einen tüchtigen und erfolgreichen Geschäftsmann.

Er schloss das Fenster. Heute wollte er ausnahmsweise im Restaurant frühstücken. Bald wird die Polizei eintreffen, dachte er, während er die Zimmertür verschloss und über die Terrasse ins Restaurant ging.

Herr Seibold kam in diesem Moment die Turmtreppe herunter. Er war blass. »Nicht zu fassen«, murmelte er, »der Gast ist tot. Gut, dass du die Polizei verständigt hast«, sagte er, zu seiner Frau gewandt. »Geht an eure Arbeit«, befahl er den anderen, »ich werde auf die Polizei warten.«

Gollwitz war der einzige Gast im Frühstücksraum. Er hatte sich an einen der Fenstertische gesetzt, von dem aus er die Terrasse beobachten konnte.

Yvonne, die Jungkellnerin, war überrascht, als er im Restaurant erschien. Meist verzichtete er auf das Frühstück und ließ sich nur eine Kanne Kaffee bringen, die sie auf dem Sims vor seinem Appartement abstellen musste.

Sie begrüßte ihn kurz und stellte die Kanne Kaffee auf den Tisch. Ihr Gesicht war kreidebleich; sie schien Angst zu haben.

»Kannten Sie ihn …?«, fragte er.

Sie nickte.

Kriminalhauptkommissar Rodig hatte gerade seinen Sohn am Torhaus der Schule abgesetzt, als sein Kollege, Kriminalkommissar Nolde, auf dem Autotelefon anrief.

»Gut, dass ich Sie erreiche, können Sie sprechen?«

»Ja, was gibt's?«, knurrte Rodig unwirsch. Er mochte es nicht, am frühen Morgen angerufen zu werden – schon gar nicht an einem Montagmorgen. Sein Kollege Nolde kannte inzwischen seinen Chef recht gut und ignorierte den barschen Ton.

»Eine Frau Seibold vom Bismarckturm hat vor einigen Minuten in der Zentrale angerufen. Sie sagte, einem Gast wäre etwas zugestoßen.«

»Was heißt ›zugestoßen‹? Ist er vom Turm gefallen?«
Rodig ärgerte die unpräzise Ausdrucksweise seines Kollegen.

»Sie meinte, er wäre tot.«

»Dann informieren Sie den Chef«, sagte Rodig.

»Polizeirat Christiansen konnte ich nicht erreichen und habe deshalb gleich den zuständigen Revierkriminaldienst in Weißenfels unterrichtet.«

»Und, was hat man Ihnen gesagt?«

»Ich habe mit dem Stellvertreter von Kriminaloberrat Bergner gesprochen, Sie wissen schon, mit unserem speziellen Freund Kriminalrat Laminsky.«

»Und, was meinte der Herr Kriminalrat Laminsky?« Rodig war gereizt. Alles ging ihm zu schleppend und der Name Laminsky tat sein Übriges.

»Er sagte, das ist Ihr Fall. Seine Abteilung sei momentan personell dazu nicht in der Lage. Wir sollen eine Sonderkommission bilden und die Ermittlungen aufnehmen. Er möchte aber über alles informiert werden – persönlich.«

»So, hat er das gesagt?«

»Ja, das waren seine Worte.«

»Na gut. Wenn die Kollegen in Weißenfels dazu nicht in der Lage sind, werden wir uns selbst um den Fall kümmern«, stellte Rodig fest. »Geben Sie dem Ermittlungsteam Bescheid, und sagen Sie den Kollegen, dass sie einen Gerichtsmediziner mitbringen und sich beeilen sollen. Haben Sie mich verstanden?«

»Jawohl, Chef!« Nolde war voller Tatendrang. Er war begeistert, endlich einen Mordfall bearbeiten zu können.

»Ich bin kurz vor Almrich und werde direkt zum Bismarckturm fahren«, sagte Rodig. »Beeilen Sie sich und kommen Sie nach.«

Die Entscheidung der oberen Dienststelle hatte Rodig überrascht. Derartige Fälle wurden seit der Neuorganisation der Zuständigkeiten von Weißenfels aus oder direkt von Halle bearbeitet. Er und seine Abteilung waren seitdem nur noch für weniger spektakuläre Fälle im Burgenlandkreis zuständig. Die

Veränderung der Zuständigkeiten hatte ihm damals missfallen und seine Motivation ziemlich gedämpft. Die Bagatellfälle langweilten ihn. Er fühlte sich unterfordert und trug sich mit dem Gedanken, sobald sein Sohn Reinhard die Schule würde beendet haben, sich anderswo zu bewerben.

Rodigs Blick fiel auf die großflächige Werbung an der Giebelwand eines Wohnhauses, auf der der Bismarckturm mit seiner regionalen Küche und seinen gutbürgerlichen Übernachtungsmöglichkeiten warb. Ein Pfeil zeigte an: Nach 100 Metern rechts abbiegen! Ein kurvenreicher Weg führte nach oben.

Welche Auswirkungen hat ein Mord auf Gäste und Urlauber, fragte sich Rodig und beschleunigte das Tempo. Die Herausforderung, einen schwierigeren Fall zu haben, reizte ihn. Er wollte den Kollegen in Halle und Weißenfels beweisen, dass er in der Lage ist, mit seinem kleinen Team auch Gewaltverbrechen aufzuklären.

Der Bankraub am Wenzelsring, bei dem es zu einem Schusswechsel kam und er durch einen Streifschuss am Oberarm verletzt wurde, lag nun gute vier Jahre zurück. Die Wunde war inzwischen verheilt, nur eine längere Narbe erinnerte noch daran. Für den Kollegen Laminsky in Weißenfels war der Fall noch immer nicht vergessen. Er hatte die Situation falsch eingeschätzt und riskante Anweisungen gegeben. Er wollte dem Kollegen aus dem Westen beweisen, wie man mit einem Bankräuber kurzen Prozess macht. Seine Verletzung verdankte Rodig eben diesem Kollegen, dessen Beförderung daraufhin ausgesetzt wurde. Seitdem war ihr Verhältnis gespannt. Den Weg zum Bismarckturm kannte Rodig gut. Er war früher gelegentlich mit seiner Frau am Sonntagnachmittag heraufgefahren, um Kaffee zu trinken und anschließend im Wald spazieren zu gehen. Sie liebten die Aussicht ins Saaletal.

Er parkte seinen Wagen in unmittelbarer Nähe der Terrasse des Bismarckturms und stieg aus. Ein Mann stürzte auf ihn zu.

»Sind Sie von der Polizei?« Er wirkte aufgeregt.

»Ja, ich bin Kriminalkommissar Rodig. Und wer sind Sie?« Er griff in seine linke Jackentasche und zog seinen Polizeiausweis heraus. »Ich bin der Inhaber des Bismarckturms, mein Name ist Bernd Seibold. Meine Frau und ich bewirtschaften das Restaurant und die Hotelanlage. Sie ist für die Küche zuständig, ich für die kaufmännischen Belange.«

Er schien sich für den Polizeiausweis nicht zu interessieren. Er glaubte dem seriös wirkenden Beamten auch so und war froh, dass die Polizei da war.

»Kommen Sie«, sagte er zu Rodig, »ich zeige Ihnen den Toten. Unsere Putzfrau hat ihn gefunden. Sie ist noch immer durcheinander. Ich habe den Zugang zum Turmzimmer sofort verschlossen, nachdem ich oben beim Toten war. Ich muss zugeben, der Anblick hat mich erschüttert.«

Er schloss die Turmtür auf und ließ den Kommissar vorangehen. Der Treppenaufgang war eng. Auf der ersten Ebene befanden sich das Bad und eine kleine Küche, darüber der Wohnraum und ganz oben lag das Schlafzimmer.

»Das ist unser sogenanntes Hochzeitszimmer«, sagte Herr Seibold, nachdem sie oben angekommen waren.

Der Tote lag auf dem Rücken, sein Gesicht war angeschwollen und blutunterlaufen, die Nase entstellt. Die Augen starrten schmerzverzerrt ins Leere. Sein Schlafanzug war zerrissen und blutverschmiert.

»Ich kann diesen Anblick nicht ertragen«, sagte Herr Seibold. »Der oder die Täter haben wie Bestien gewütet.« Angewidert drehte er sich um und ging die Treppe hinab.

Kommissar Rodig war allein. Er konnte sich nicht vorstellen, dass in diesem verwüsteten Raum jemals wieder ein junges Paar übernachten würde. Die Kleidung war aus dem Schrank gerissen, die Möbel waren von den Wänden gerückt. Die Schubladen aus der Kommode waren umgekippt, der Inhalt lag verstreut auf dem Boden. Das Sofa war der Länge nach aufgeschlitzt, die Kissen waren aus den Bezügen gerissen. Was hat man gesucht?

Auf der Terrasse warteten Herr Seibold und die Köchin. »Das ist meine Frau«, sagte der zum Kommissar. »Sie hat versucht, unsere Putzfrau zu beruhigen.«

Der Kommissar reichte ihr die Hand. Frau Seibold schien gefasst. »Können Sie mir etwas zu dem Toten sagen?«, fragte Rodig die beiden. »Wie heißt er?«

Herr Seibold überließ seiner Frau die Antwort. »Er hat sich unter dem Namen Dr. Buchmacher angemeldet«, antwortete sie. »Mehr weiß ich nicht über ihn.«

Rodig blickte ihren Mann an: »Was können Sie mir über den Gast sagen?«

Herr Seibold zuckte mit den Schultern: »Im Grunde genommen nichts. Ich habe den Herrn nur zwei- oder dreimal gesehen. Am besten fragen Sie unsere Mitarbeiterinnen, die sich um die Gäste kümmern. Von ihnen können Sie sicherlich mehr erfahren.«

Die Aussage war dürftig. »Selbstverständlich werden wir auch Ihre Mitarbeiter befragen. Fangen wir doch erstmal bei Ihnen an: Wo und wie haben Sie und Ihre Frau das Wochenende verbracht?«

Die beiden sahen sich verwundert an. »Wir wohnen unten in Almrich«, erklärte Herr Seibold. »Meine Frau hat sich am Wochenende um den Betrieb gekümmert. Ich war am Samstag mit Freunden in Dresden. Wir haben uns das Fußballspiel von Dynamo gegen Hansa Rostock angesehen und im Hotel Sächsischer Hof übernachtet. Ich bin erst am Sonntagabend zurückgekommen.«

Frau Seibold nickte. »Ja, das stimmt. Er war kurz vor dem Unwetter zurück«, fügte sie hinzu.

»Ihre Freunde werden das sicherlich bestätigen können«, bemerkte Kommissar Rodig, während er sich etwas in seinem Notizblock notierte. Ihm war die Nervosität von Herrn Seibold nicht entgangen.

»Was wollen Sie damit sagen?«, fragte Frau Seibold. »Verdächtigen Sie etwa uns?« Ihr Gesicht war angespannt, mit einem ungläubigen Blick sah sie den Kommissar an.

»Das ist eine Routinefrage.«

Zehn Minuten später trafen zwei Mitarbeiter der Spurensicherung und kurz danach der Gerichtsmediziner ein.

»Ihr wart schnell«, stellte Kommissar Rodig anerkennend fest. »Ihr habt wohl auf unseren Anruf gewartet.«

Die Kollegen von der Spurensicherung zeigten ein mitleidiges Lächeln.

»Die Woche fängt ja gut an«, knurrte Dr. Gruneberg, ein fülliger Mann mit tiefer Sonnenbräune. »Wo liegt das Opfer?«

Der Kommissar zeigte in die Höhe: »Da oben, im Turmzimmer. Der Aufgang ist allerdings ziemlich schmal und nicht optimal.«

Der Doktor ignorierte die Anspielung.

»Ihr könnt schon raufsteigen«, erklärte der Kommissar. »Der Tote liegt im obersten Raum – im Hochzeitszimmer«, fügte er hinzu, »ich warte noch auf meinen Kollegen.«

In diesem Moment fuhr Kommissar Nolde aufs Gelände. Er strahlte vor Eifer. »Endlich haben wir einen richtigen Mord«, sagte er halblaut zu seinem Chef, rieb seine Hände und begrüßte ihn mit einem kräftigen Händedruck. »Ich habe das Gefühl, dass es sich um einen besonders heiklen Fall handelt. Doch wir werden ihn lösen. Ich wette, es dauert nicht lange und die ersten Presseleute kreuzen hier auf.«

»Nicht so eilig, junger Kollege«, beschwichtigte ihn Rodig.

Ernst Nolde gehörte seit zwei Jahren zur Abteilung und war äußerst ehrgeizig. Er war ein sportlicher Typ mit Stoppelhaarschnitt. Am linken Ohr trug er einen Silberring, den ihm angeblich seine Freundin geschenkt hatte. Nolde stammte aus Naumburg und kannte sich im Burgenlandkreis bestens aus. Sie waren ein gutes Team. Gelegentlich musste Rodig seinen jungen Kollegen bremsen, wenn dessen Eifer drohte, ihn über das Ziel hinausschießen zu lassen.

Rodig hatte sich nach der Wende für einen »unterstützenden Einsatz« in dem neugegründeten Bundesland Sachsen-Anhalt beworben und war nach Naumburg verwiesen worden. In Lüneburg hatte er seine Ausbildung absolviert und praktische Erfahrungen bei der Mordkommission sammeln können. Den hiesigen Mordfall betrachtete auch er als große Herausforderung.

»Kümmern Sie sich um die anwesenden Mitarbeiter und die Damen und Herren in den Gästehäusern«, sagte er zu seinem Kollegen. Nehmen Sie die Personalien auf und befragen Sie jeden Einzelnen nach seinen Beobachtungen. Ich gehe inzwischen zu Dr. Gruneberg. Vielleicht kann er uns schon etwas sagen.«

»Ein merkwürdiger Fall«, brummte der Doktor.

Die beiden Herren hatten sich im Laufe der Jahre miteinander angefreundet. Sie waren etwa gleich alt, unterschieden sich aber äußerlich deutlich. Während Rodig mit seinen fünfzig Jahren noch fit und stets korrekt gekleidet war, achtete der Doktor wenig auf sein Äußeres. Man sah ihm an, dass er das Essen und den Saalewein liebte und von sportlicher Ertüchtigung nicht viel hielt.

»Kannst du schon etwas Konkretes sagen?«, fragte Rodig. »Wann starb der Mann?«

Der Doktor machte ein vieldeutiges Gesicht, um seine Wichtigkeit zu unterstreichen. »Schwer zu sagen. Vielleicht vor zehn oder zwölf Stunden. Sobald ich den Toten bei mir auf dem Tisch hatte, kann ich mehr sagen.«

»Und was meint ihr?«, fragte Rodig die Kollegen von der Spurensicherung.

»Es waren mindestens zwei Täter – vielleicht sogar drei«, antwortete der Ältere von ihnen. »Sie müssen etwas gesucht haben.«

Kommissar Rodig war im Begriff zu gehen, als der Kollege mit den gegelten schwarzen Haaren ihm seine Überlegungen mit auf den Weg gab: »Ich kann mir nicht erklären, wie die Täter hier raufgekommen sind. Das Schloss am Turmaufgang ist nicht beschädigt. Im unteren Bereich gibt es keine Fenster. Wenn der Tote etwas besaß, das andere auch gerne haben wollten, hätte er doch zumindest die untere Tür von innen abgeschlossen. Da steckte aber kein Schlüssel. Hat er den Tätern vielleicht selbst die

Tür geöffnet? Sie sollten die Putzfrau fragen, ob sie mit ihrem Schlüssel aufgeschlossen hat oder ob die Tür offen stand.«

Der Kommissar dankte für den Hinweis und ging die schmale Treppe nach unten. Sein Kollege Nolde saß an einem der Terrassentische und befragte den Jungkoch. Dieser berichtete, am Samstag habe der Gast vom Turmzimmer mit einem ziemlich korpulenten Mann mit auffallend rotem Haar auf der Terrasse gesessen. »Die beiden Männer unterhielten sich. Worüber sie sprachen, habe ich leider nicht mitbekommen«, ergänzte er seine Aussage.

»Würden Sie den Mann mit den roten Haaren wiedererkennen?«, wollte Kommissar Nolde wissen.

»Das denke ich schon.«

Nolde dankte dem jungen Mann für seine Beobachtung und bat ihn, sich weiterhin zur Verfügung zu halten.

»Haben Sie alle Namen der Angestellten und der anwesenden Gäste in den Ferienhäusern erfasst?«, fragte Rodig.

»Ja, ist erledigt, Chef! Interessant erscheint mir die Aussage einer Dame, die im vorderen Gästehaus wohnt. Sie hat am Samstag einen roten Sportwagen auf dem östlich gelegenen Parkplatz gesehen. Sie erinnert sich deshalb so genau, weil die Frau lange im Auto wartete, bevor sie ausstieg.«

2. Der Tote

»Haben Ihnen meine Mitarbeiter und Gäste helfen können?«, fragte Herr Seibold die Kommissare.

Sie überhörten es.

»Wir würden jetzt mit der Frau sprechen wollen, die heute Morgen den Toten gefunden hat«, sagte Rodig. »Hat sie sich inzwischen beruhigt?«

»Ich glaube schon. Frau Schaljapin ist mit ihrem Mann im Restaurant. Ich werde sie herausbitten.«

»Warten Sie einen Moment«, Kommissar Nolde stutzte, »sagten Sie Schaljapin?«

»Ja! Kennen Sie die Familie Schaljapin?«

»Die Familie nicht, aber einen Boris Schaljapin.«

Rodig blickte seinen jungen Kollegen vorwurfsvoll an. Es missfiel ihm, dass er interne Informationen preisgab.

»Können Sie uns etwas über die Familie Schaljapin sagen?«, fragte Kommissar Rodig.

»Nur Gutes. Es sind brave und fleißige Leute.«

»Woher kommen sie?«

»Aus der Ukraine, meines Wissens aus Odessa.«

»Und seit wann arbeiten sie für Sie?«

Herr Seibold dachte nach. »Wenn ich mich nicht täusche, seit fünf, vielleicht auch sechs Jahren. Wenn Sie es genau wissen wollen, müssen Sie meine Frau fragen. Sie hat sie damals eingestellt.«

»Beide gleichzeitig?«, fragte Nolde.

»Nein, er hatte sich bei uns als Gärtner und Hausmeister beworben. Ein Jahr später kam seine Frau nach Deutschland und er fragte, ob sie nicht als Putzfrau bei uns arbeiten könne. Sie macht ihre Arbeit gut, gelegentlich hilft sie in der Küche aus. Ihr Mann ist vielseitig, beide sind zuverlässig. Warum fragen Sie?«

Kommissar Rodig zeigte ein wissendes Lächeln: »Weil das Fragen zu unseren Ermittlungsmethoden gehört. Haben Schaljapins weitere Kinder?«

»Meines Wissens haben sie nur einen Sohn, der ihnen leider Sorgen bereitet, aber dazu sollten Sie die beiden selbst befragen. Ich werde sie jetzt rufen.«

Kommissar Rodig bat die beiden, auf der Terrasse Platz zu nehmen, er setzte sich ihnen gegenüber. Nolde stand neben Herrn Seibold und verfolgte die Befragung.

»Wir haben noch ein paar Fragen an Sie«, begann der Kommissar das Gespräch. »Haben Sie täglich das Turmzimmer sauber gemacht?«, fragte er Frau Schaljapin.

Sie nickte mehrere Male und schien damit nicht mehr aufhören zu wollen: »Ja, täglich«, sagte sie mit erstickter Stimme, »nur Samstag und Sonntag nicht.«

Der Kommissar blickte Herrn Seibold an.

»Ja, das stimmt, wir hatten den Gast schon beim Einbuchen darauf hingewiesen, dass am Wochenende kein Zimmerservice stattfindet und die Putzfrau erst am Montag wiederkommt.«

»Und damit war er einverstanden?«

»Ja, er sagte: ›Dann stört mich niemand. Dann kann ich mich richtig erholen. Hauptsache, das Restaurant ist geöffnet.‹«

»Ist bzw. war er ihr einziger Gast?«

»Nein. Im Souterrain wohnt noch ein weiterer Gast, Herr Gollwitz, Wolfram Gollwitz. Dr. Buchmacher kam am Dienstag und hatte sein Abreisedatum offengelassen.«

»Ist Ihnen an dem Gast irgendetwas aufgefallen?«, fragte Kommissar Nolde die Putzfrau.

Sie schüttelte den Kopf. »Er freundlicher Mann. Hab ihn gesehen nur zwei oder drei Mal.«

»Bekam er Besuch?«

Sie drehte den Zipfel ihrer Kittelschürze hin und her und sah den Geschäftsführer hilfesuchend an.

»Sagen Sie nur, was Sie gesehen haben.«

»Ein oder zwei Mal kommen Besuch«, sagte sie mit schluchzender Stimme. »Frau aber nur von weitem gesehen.«

»Fuhr die Dame ein Auto?«

»Da, da, ein rotes Auto.«

»Haben Sie etwas Besonderes an dem Gast beobachtet?«, fragte Rodig Herrn Schaljapin, der besorgt auf seine Frau sah.

Er schüttelte den Kopf so kräftig, dass eine Strähne seines üppigen schwarzen Haares in sein Gesicht fiel und das linke Auge verdeckte. Mit seiner schwieligen Hand schob er sie zur Seite: »Ich nichts gesehen, auch Frau mit Auto nicht gesehen, ich immer im Garten arbeiten.«

Kommissar Rodig spürte, das war nicht die ganze Wahrheit. »Überlegen Sie noch einmal ganz sorgfältig, ist Ihnen vielleicht doch etwas aufgefallen?«, wiederholte Rodig.

Der Mann wurde nervös und zupfte an seinem Jackenknopf. Seine Frau stieß ihn mit dem Ellbogen in die Seite und sagte etwas auf Russisch.

»Einmal ich habe Frau gesehen«, stammelte er, »schöne Frau, schönes Auto.«

»Wann war das?«, wollte Kommissar Nolde wissen.

Der Gärtner zuckte die Schultern. »Ich nicht genau wissen, vor zwei oder drei Tagen. Sie ging mit Mann nach oben.« Er zeigte mit der Hand zum Turmzimmer.

Kommissar Rodig wandte sich wieder an Frau Schaljapin. »Erinnern Sie sich, ob die Tür zum Turm heute Morgen abgeschlossen war?«

»Tür war geschlossen«, sagte sie in bestimmtem Ton. »Ich noch wunderte, weil ich gedenkte, Gast abgereist.«

Kommissar Rodig sah das Ehepaar abschätzend an. »Boris ist Ihr Sohn?«, fragte er.

Beide wirkten betreten. »Ja, er unser Sohn«, sagte sie.

Rodig spürte, dass ihr die Aussage schwerfiel.

»Wie alt ist er?«

»Zwanzig Jahre ist Sohn alt«, sagte der Mann.

Sie korrigierte ihn: »Einundzwanzig.«

»Und was macht er?«

»Boris keine Arbeit«, sagte sie betreten.

»Zum Schluss noch eine Frage: Was haben Sie am Samstag und Sonntag gemacht?«

Die beiden sahen sich erschrocken an. »Aber Herr Kommissar«, schluchzte die Frau, »wir immer zu Hause sein. Wir keine bösen Leute, würden nie Menschen wehtun.« Ihr Mann stimmte ihr eifrig zu.

»Haben Sie Schlüssel für die Räume des Bismarckturms?«, fragte Nolde.

Die Frau griff in die Tasche ihres Arbeitskittels, entnahm ein Schlüsselbund und legte es auf den Terrassentisch. »Haben immer bei mir«, sagte sie.

»Weiß Ihr Sohn, dass Sie die Schlüssel haben?«

Herr und Frau Schaljapin wechselten ein paar Worte auf Russisch.

»Frau meint, er das wissen können«, antwortete der Mann. »Sohn aber nicht schlimme Dinge damit tun. Er ein guter Junge.«

Rodig dankte dem Ehepaar und bat, sich für eventuelle weitere Fragen bereitzuhalten.

»Haben Sie die Dame mit dem Auto gesehen?«, fragte er Herrn Seibold, der das Gespräch aufmerksam verfolgt hatte.

»Nein, ich war in den letzten Tagen nicht immer hier oben. Ich musste mich um unser Restaurant am Markt kümmern. Fragen Sie doch meine Mitarbeiterinnen, die können Ihnen besser Auskunft geben. Ich werde sie rufen.«

Er verschwand durch den Hintereingang der Küche und tauchte Minuten später mit Yvonne, der Jungkellnerin, und einer etwas verschreckt wirkenden älteren Frau in einem dunklen Kostüm auf.

»Was wissen Sie über den Toten?«, fragte Kommissar Rodig mit forschem Ton.

Die beiden Frauen sahen sich erschrocken an. »Er war ausgesprochen freundlich und großzügig«, antwortete Yvonne spontan. »Er liebte es, auf der Terrasse zu frühstücken.«

»Wie hat er sich angemeldet?«, wollte der Kommissar von der älteren Kollegin wissen.

»Er hat Anfang letzter Woche angerufen und gefragt, ob noch ein Zimmer frei wäre. Ich sagte ihm, dass die Ferienhäuser und das Doppelzimmer im Souterrain belegt seien, die Hochzeitssuite im Turm aber noch frei sei. Er amüsierte sich über den Ausdruck Hochzeitssuite und sagte, dass er eigentlich nicht heiraten, sondern nur ein paar Tage ruhig und ungestört wohnen möchte.«

»Und dann?«, wollte Kommissar Nolde wissen.

»Als ich ihm den Preis für die Suite nannte, war er sofort einverstanden. Er sagte noch: ›Vielleicht bringt auch mir das Turmzimmer Glück.‹« Die Mitarbeiterin sah bedrückt in die Weite: »Es hat ihm leider kein Glück gebracht.«

»Unter welchem Namen ließ er das Turmzimmer reservieren?«

»Als ich nach seinem Namen und der Anschrift fragte, zögerte er für einen Moment, dann sagte er: ›Schreiben Sie Dr. Michael Buchmacher. Das reicht. Ich werde bar bezahlen.‹«

»Hat Sie das verwundert?«

»Zuerst ja. Als er dann am Dienstag mit seinem BMW vorfuhr und wie ein Mann von Welt auftrat, waren meine Zweifel verflogen. Er machte einen soliden Eindruck, gab sich charmant und zuvorkommend. Solche Gäste haben wir selten.«

»Hatte er Besuch?«, fragte Kommissar Rodig.

Die beiden Frauen sahen sich unschlüssig an. »Also, hat er Besuch empfangen?«

Yvonne nickte und errötete. »Ja, mehrere Male.«

»Besucher oder Besucherin?«

»Es war eine Frau.«

»Immer dieselbe?«

»Ja, es war immer dieselbe Frau.«

»Haben Sie die Frau erkannt? Oder können Sie sie beschreiben?«

»Ganz sicher bin ich mir nicht«, stammelte Yvonne. »Die Frau trug immer eine Sonnenbrille und hatte ein Kopftuch umgebunden. Sie fuhr ein rotes Cabrio – einen Alfa Romeo. Deshalb trug sie wohl das Kopftuch.«

»Wer war die Dame, wann kam sie und wie lange blieb sie?«

»Sie kam meist gegen Abend und ging mit Dr. Buchmacher sofort aufs Zimmer. Stunden später fuhr sie weg. Übernachtet hat sie hier nach meiner Beobachtung nicht.«

»Wann haben Sie die Dame zum letzten Mal gesehen?«

»Am Samstag hat sie ihn beim Frühstück überrascht. Das war ihm sichtlich unangenehm.«

»Warum meinen Sie, dass es ihm nicht recht war?«

»Kurz vorher hatte er mit einem rothaarigen Mann gesprochen, den ich bis dahin noch nie gesehen hatte. Sie führten ein ernstes Gespräch und wollten nicht gestört werden. Dr. Buchmacher überreichte dem Fremden zum Schluss einen Briefumschlag, dann ging dieser. Wenige Augenblicke später tauchte sie auf.«

»Wer war die Dame?«, fragte Kommissar Rodig ungeduldig.

Yvonne zögerte mit der Antwort. »Wie schon gesagt, sicher bin ich mir nicht, ich habe aber eine Vermutung.«

»Und, wen vermuten Sie. Verzögern Sie nicht unsere Ermittlungen: Wer war die Dame, die Dr. Buchmacher am Samstagmorgen besuchte?«

»Es war die Bibliothekarin der Internatsschule!«

Kommissar Rodig stutzte und sah die junge Kellnerin überrascht an. »Sagten Sie, die Bibliothekarin der Landesschule?«

Die junge Frau nickte.

»Sind Sie sich sicher?«

»Ich denke schon! Frau Dr. Seewald und ihr rotes Cabrio sind bei uns in Naumburg bekannt. Sie ist eine auffallende Erscheinung.«

Kommissar Rodig konnte nicht glauben, was er soeben gehört hatte. Natürlich kannte er die Bibliothekarin der Schule. Er hatte beim letzten Schulfest an einer ihrer Führungen teilgenommen und war von ihrer Persönlichkeit und ihrem Wissen beeindruckt. Er konnte sich beim besten Willen nicht vorstellen, was diese Frau mit dem Toten zu tun haben sollte.

»Dann müssen wir wohl die Dame hierherbitten«, mischte sich Kommissar Nolde ein, der sein Handy bereits in der Hand hielt. Rodig warf ihm einen missbilligenden Blick zu.

»Wer bewohnt eigentlich das Doppelzimmer im Souterrain?«, fragte Nolde weiter. Sein Blick fiel auf das Fenster, vor dem ein Blumenkasten mit blühenden Geranien hing.

»Ein Herr Gollwitz«, erklärte die ältere Mitarbeiterin. »Er wohnt häufig bei uns und zählt schon seit Jahren zu unseren Stammgästen.«

Rodig stutzte: »Meinen Sie den Schriftsteller Wolfram Gollwitz?«

»Ja, er bucht gerne das Souterrainappartement, und das meist für längere Zeit. Er kann hier oben – wie er sagt – ungestört arbeiten.«

»Sie kennen ihn?«, fragte Nolde seinen Chef.

»Nicht persönlich, ich habe neulich ein Buch von ihm gelesen. Es war recht spannend. Wissen Sie, ob er jetzt da ist?«, fragte er die Kellnerin.

»Das kann ich nicht sagen. Heute Morgen hat er ausnahmsweise im Restaurant gefrühstückt. Er hat so seine Gewohnheiten – wir sehen ihn eigentlich nur selten. Meist ist er in seinem Zimmer und schreibt. Er ist eigenartig und geradezu menschenscheu.«

»Tagsüber lässt er sich kaum sehen«, fügte ihre Kollegin hinzu. »Nachts sitzt er häufig auf der Terrasse, raucht oder starrt vor sich hin. Vermutlich denkt er dabei an seine Geschichten. Am nächsten Morgen sehen wir an den Zigarettenkippen im Aschenbecher, dass er lange gesessen haben muss.«

»Wissen Sie, ob die beiden Männer einander kannten?«, fragte Kommissar Rodig. »Haben Sie sie mal zusammen gesehen? Da sie die einzigen Gäste im Haupthaus waren, müssen sie sich doch zwangsläufig begegnet sein.«

Yvonne sah die ältere Kollegin an. »Ist dir etwas aufgefallen?«

Die schüttelte den Kopf. »Nein, ich habe die beiden nie zusammen gesehen. Ich glaube auch nicht, dass sie sich kannten. Sie waren in ihrem Verhalten so verschieden. Dr. Buchmacher saß am Tage gern auf der Terrasse und plauderte mit uns. Herrn Gollwitz bekamen wir kaum zu Gesicht.«

»Er schien sich aber für Herrn Dr. Buchmacher interessiert zu haben«, pflichtete die junge Kellnerin leise bei.

»Wie meinen Sie das?«, wollte Kommissar Nolde wissen.

Die junge Kellnerin machte eine Handbewegung und deutete auf das Souterrainfenster. Rodig sah, dass das Fenster einen Spaltbreit offen stand und sich der Vorhang bewegte.

»Sie meinen …?«, fragte er.

Sie nickte: »Herr Gollwitz hat Dr. Buchmacher von seinem Zimmer aus beobachtet, wenn dieser auf der Terrasse saß und sich mit Gästen traf.«

»Und das haben Sie gesehen?«, fragte Nolde die junge Kellnerin.

Sie wurde verlegen: »Eigentlich sollen wir nicht über unsere Gäste sprechen«, sagte sie und fingerte an den Bändern ihrer Schürze herum. »Da Sie aber von der Polizei sind und den Mord aufklären wollen, dürfen wir Ihnen unsere Beobachtungen schon mitteilen, oder?«

»Das müssen Sie sogar«, bemerkte Kommissar Rodig.

»Vielleicht müssen Schriftsteller so sein«, murmelte sie und ging.

Rodig blickte der Kellnerin nach. Ein Schriftsteller, der Romane schreibt, sucht einen Ort der Ruhe und Inspiration. Das konnte er nachvollziehen. Auch dass sich dieser Schriftsteller für einen anderen Gast interessierte, der sich hier mit einer Frau traf, die vermutlich nicht seine Ehefrau war, konnte er noch verstehen. Schriftsteller sind eben neugierig und scheinen keine Hemmungen zu haben, andere Menschen zu belauschen. Doch was wollte Dr. Buchmacher hier oben? Suchte er nur einen stillen Platz, wo er sich mit der Bibliothekarin treffen konnte? Oder führte er etwas anderes im Schilde? Rodig wurde das Gefühl nicht los, dass der Mord nur ein Puzzleteil in einer mysteriösen Geschichte sein könnte.

»Haben Sie eine Zigarette für mich?«, fragte er seinen Kollegen.

Nolde machte ein überraschtes Gesicht: »Ich denke, Sie haben sich das Rauchen abgewöhnt.« Er griff in seine Jackentasche, entnahm ihr eine angefangene Schachtel Marlboro und reichte sie seinem Chef.

»Hat das Gespräch mit den beiden Frauen Sie irritiert?«

»In der Tat, das hat es! Ich kann mir nur schwer vorstellen, dass die Bibliothekarin in diesen Fall verwickelt sein soll. Nur weil sie ihn besucht hat, muss sie nicht die Mörderin sein. Das passt meines Erachtens nicht zu ihr. Ich werde sie anrufen und herbestellen.«

»Werden wir auch mit dem Schriftsteller sprechen?«, fragte Nolde.

»Auf jeden Fall! Immerhin wohnt er unmittelbar am Tatort. Und außerdem: Leute, die Geschichten erfinden, haben häufig eine besondere Beobachtungsgabe. Vielleicht hat er irgendetwas gesehen oder gehört, das uns weiterhilft.«

3. Die Bibliothekarin

Kommissar Rodig rief im Sekretariat der Landesschule an und bat die Sekretärin, ihn mit Frau Dr. Seewald zu verbinden.

»Frau Doktor kommt heute nicht«, sagte die Sekretärin, »kann ich ihr etwas ausrichten?«

»Das ist sehr liebenswürdig von Ihnen«, antwortete Rodig, »ich muss sie aber persönlich sprechen. Ich bin Hauptkommissar Ralf Rodig. Können Sie mir ihre Handynummer geben, es ist dringend?«

»Das darf ich auch nicht«, erwiderte die Sekretärin, die sich auch von einem Hauptkommissar nicht beeindrucken ließ. »Ich werde Frau Doktor informieren, dass Sie sie sprechen wollen«, sagte sie. »Geben Sie mir bitte Ihre Nummer, unter der Sie zu erreichen sind.«

Kommissar Nolde hatte das Gespräch seines Chefs verfolgt. »Wenn sie nicht anruft, hat sie etwas zu verbergen«, sagte Nolde zu Rodig. »Und außerdem, warum ist sie heute am Montag nicht in ihrer Bibliothek?«

Kommissar Rodig hing seinen Gedanken nach. Sie standen an der Terrassenbrüstung und blickten auf die kurvenreiche Straße, die sich zwischen dem Bergzug und der Saale hinschlängelte und von Naumburg, vorbei an Schulpforte, über die Windlücke nach Bad Kösen führte.

Rodigs Handy klingelte: Eine resolute Stimme meldete sich: »Hier Sophia Seewald, Sie wollten mich sprechen?«

»Ich bin Hauptkommissar Rodig, Leiter der Ermittlungsgruppe in einem Mordfall. Wir müssen Sie dringend sprechen. Bitte kommen Sie umgehend zum Bismarckturm.«

»Sagten Sie Mordkommission?«

»Ja, Sie haben richtig gehört. Wir ermitteln in einem Mordfall und benötigen Ihre Aussage.«

»Wieso meine? Wer wurde denn ermordet?«

»Das kann ich Ihnen nicht am Telefon sagen. Bitte kommen Sie so schnell wie möglich.«

»Sie sind gut«, antwortete sie. »Ich bin beschäftigt, außerdem habe ich zurzeit kein Auto, um da raufzukommen.«

»Das macht nichts, mein Kollege holt sie ab. Wo wohnen Sie?« Widerwillig nannte sie ihre Anschrift, dann legte sie auf.

»Soll ich sie wirklich allein abholen?«, fragte Nolde seinen Chef.

»Und wenn sie die Täterin ist?«

Rodig machte eine missbilligende Geste: »Sie werden doch keine Angst haben?«

Rodig kannte Frau Dr. Seewald selbst nur von einer Führung in der Schule. Dennoch glaubte er sie gut zu kennen. Sein Sohn Reinhard hatte ihm bereits so viel von ihr erzählt und vorgeschwärmt, dass er meinte, sie einschätzen zu können. Eine Gewalttat traute er ihr nicht zu. Andererseits hatte er keinen Zweifel an der Aussage der Kellnerin, dass sie sich mehrere Male mit Dr. Buchmacher hier oben auf dem Bismarckturm getroffen hat. Er war gespannt, wie sie sich verhalten würde, wenn sie mit dem Toten konfrontiert würde.

Sie stieg energisch aus dem Polizeiwagen, warf die Tür hinter sich zu und kam schnellen Schrittes auf ihn zu. Sie trug eine dunkle Sonnenbrille, das lange schwarze Haar hatte sie zu einem Pferdeschwanz gebunden.

Sie blickte ihn neugierig an. »Kennen wir uns nicht?«, fragte sie und reichte ihm die Hand.

»Mein Sohn Reinhard besucht die Landesschule. Beim letzten Schulfest habe ich an einer Ihrer Führungen teilgenommen.«

Ihr Gesicht hellte sich auf: »Ach daher.« Erst jetzt nahm sie die Brille ab. »Aber deshalb haben Sie mich doch nicht kommen lassen.«

»Wir möchten Sie bitten, einen Toten zu identifizieren.«

»Einen Toten? Warum ich? Ich habe noch nie einen Toten gesehen.«

»Folgen Sie uns bitte ins Turmzimmer«, sagte er, »oder kennen Sie den Weg?« Sie schien mit der Frage nichts anfangen zu können.

Der Polizeibeamte, der am Turmaufgang stand und Wache hielt, öffnete die Tür und gab den Weg frei. Oben öffnete Kommissar Rodig die Zimmertür und trat beiseite. Sie zögerte kurz, dann trat sie ein. Ihr Blick streifte den Raum, bevor sie auf den Toten sah, der mit einem Tuch zugedeckt war.

Der Kommissar fasste einen Zipfel des Tuches und gab das Gesicht frei. Die Bibliothekarin schlug entsetzt beide Hände vors Gesicht. Dann drehte sie sich weg und griff nach der Lehne des Stuhles, der neben der Tür stand.

»Kennen Sie den Toten?«, fragte der Kommissar.

Sie schüttelte den Kopf. »Nein«, sagte sie mit leiser Stimme.

»Sind Sie sich absolut sicher, dass Sie ihn nicht kennen?«, wiederholte der Kommissar seine Frage, während er noch immer den Tuchzipfel in der Hand hielt. Sie warf einen hastigen Blick auf das blutverschmierte, entstellte Gesicht. »Ich kenne ihn nicht. Wer soll das sein?«

»Das wollen wir eben von Ihnen hören.«

»Ich habe diesen Mann noch nie gesehen. Ich kann nicht ausschließen, dass er mal an einer meiner Gruppenführungen durch das Schulgelände teilgenommen hat. Eine Einzelführung hatte er bestimmt nicht. Diese kommen selten vor und ich könnte mich an ihn erinnern.«

Der Kommissar blieb hartnäckig: »Sagt Ihnen der Name Dr. Buchmacher etwas?«

Die Bibliothekarin wiederholte den Namen. »Nein, diesen Namen habe ich noch nie gehört. Ich hätte ihn mir sicherlich gemerkt. Kann ich gehen?«, fragte sie und machte Anstalten, das Turmzimmer zu verlassen.

Kommissar Nolde trat ihr in den Weg: »Nur noch eine Frage: Waren Sie schon einmal in diesem Raum?«

Die Bibliothekarin sah ihn verächtlich an: »Was soll die Frage? Natürlich nicht! Wozu auch?«

»Bitte, schauen Sie sich noch einmal sorgfältig um. Fällt Ihnen was auf?«

Sie blickte sich im Zimmer um. Als sie am Kleiderhaken neben der Zimmertür ihr Kopftuch entdeckte, erschrak sie. Sie stierte auf das bunte Tuch, dann wandte sie sich mit blassem Gesicht ab.

»Lassen Sie mich bitte gehen, mir wird übel.«

Den Kommissaren war ihre plötzliche Reaktion nicht entgangen.

»Sie können gehen«, sagte Rodig zu ihr. Unten angekommen gab er dem Polizeibeamten den Hinweis, den Toten abholen zu lassen. »Wir sind noch nicht fertig«, erklärte Kommissar Rodig. »Wir haben noch ein paar Fragen.«

»Wenn es sein muss«, sagte sie widerwillig. »Ich würde gern einen Tee trinken. Wäre das möglich?«

»Aber sicher. Mein Kollege bestellt Ihnen einen.«

Sie nahm an einem der Terrassentische Platz, öffnete ihre Handtasche und entnahm ihr die Sonnenbrille. Statt sie aufzusetzen, hielt sie sie an einem Bügel für einige Augenblicke ratlos in der Hand und stierte ziellos in die Ferne. Kommissar Rodig bemerkte ihre Erschütterung und setzte sich schweigend ihr gegenüber.

»Und, was wollen Sie noch von mir wissen?«, fragte sie in einem patzigen Ton. »Ich habe Ihnen doch schon gesagt, dass ich den Toten nicht kenne. Warum sollte gerade ich mir den Mann ansehen?«

»Zeugen wollen gesehen haben, dass Sie in den letzten Tagen mehrmals den Herrn aus dem Turmzimmer besucht haben, zuletzt am Samstagmorgen. Sie haben hier an diesem Tisch gesessen.«

Die Bibliothekarin glaubte, sich verhört zu haben: »Was sagen Sie da? Ich soll den Herrn besucht haben?«

»Das sagten die beiden Frauen aus, die hier im Restaurant arbeiten.«

»Das kann nicht sein, die müssen sich irren oder mich mit einer Anderen verwechseln. Ich war von Donnerstag bis Sonntag zu einer Tagung in Hamburg. Ich bin erst am Sonntagabend zurückgekehrt. Ich kann also niemals an diesen Tagen hier gewesen sein.«

»Wir werden das überprüfen«, sagte Kommissar Nolde gewichtig. Er zog seinen kleinen Schreibblock routinemäßig aus seiner Tasche und machte sich eine Notiz.

»Ja, tun Sie das! Ich möchte Sie aber bitten, gehen Sie dabei möglichst diskret vor. Schon allein so ein Verdacht kann mir schaden.«

Kommissar Rodig zeigte Verständnis für ihre Bitte. Ihm war anzusehen, dass er viel zu gern an ihr Alibi glauben würde. Andererseits wusste er aus Erfahrungen, dass man sich nicht immer auf die Alibis verlassen kann. Noch mehr beschäftigte ihn allerdings die Bemerkung der Bibliothekarin, man müsse sie mit jemand anderem verwechselt haben.

Die junge Kellnerin brachte auf dem Tablett das bestellte Kännchen Tee und zwei Tassen Kaffee für die Kommissare. Sie stockte für einen Augenblick, als sie die Bibliothekarin am Tisch sitzen sah. Kommissar Nolde war diese Reaktion nicht entgangen. Yvonne stellte die Tassen und die Getränke auf den Tisch, wobei sie die Bibliothekarin aufmerksam von der Seite musterte. Als sie ging, folgte er ihr.

»Was meinen Sie, mit wem könnte man Sie verwechseln?«, fragte Kommissar Rodig, während er in seinen Kaffee mehrere Würfel Zucker fallen ließ und ihn dann umrührte.

Sie zuckte mit den Schultern, als wollte sie sagen, weiß ich doch nicht.

»Haben Sie ein Auto?«, fragte er.

»Ja, warum?«

»Weil Sie heute kein Auto zur Verfügung haben und mein Mitarbeiter Sie abholen durfte.«

»Ich habe mein Auto verliehen«, erklärte sie kurz und griff in die Jackentasche, als wollte sie sich davon überzeugen, keinen Autoschlüssel bei sich zu haben.

»Ich vermute, Sie fahren ein rotes Cabrio, einen Alfa Romeo, stimmt's?«

»Woher wissen Sie das?«

»Mehrere Zeugen haben ausgesagt, dass die Dame, die Dr. Buchmacher besuchte, mit einem roten Sportwagen vorfuhr.«

»Na und, was wollen Sie damit sagen? Außer mir fahren vermutlich auch noch andere Frauen einen roten Sportwagen.«

»Das mag sein«, erwiderte Rodig. »Aber im ganzen Burgenlandkreis gibt es nur einen roten Alfa Romeo mit dem entsprechenden

Nummernschild und der ist auf Ihren Namen zugelassen. Was sagen Sie dazu?«

Sie fühlte sich bedrängt. Sie trank einen Schluck Tee, dann stand sie auf. »Ich möchte jetzt gehen, ich fühle mich nicht wohl«, sagte sie entschlossen. Sie hatte einen Verdacht, wollte ihn aber auf keinen Fall preisgeben.

Rodig war mit dem Gesprächsverlauf nicht zufrieden. »Ich werde Sie nach Hause bringen«, sagte er. Er hoffte, bei dieser Gelegenheit mehr von ihr zu erfahren.

Wolfram Gollwitz hatte hinter dem Vorhang gestanden und das Geschehen auf der Terrasse verfolgt. Leider hatte er nicht verstehen können, was die Kommissare fragten und welche Antworten sie erhielten. Er war sich nicht sicher, ob es dieselbe Dame war, die er an den letzten Tagen gesehen hatte. Er wunderte sich, dass sie dieses Mal nicht mit dem roten Sportwagen gekommen war. Er glaubte, sie zu kennen.

Rodig nahm die Aussage der Bibliothekarin über ihre Hamburg-Reise zwar zur Kenntnis, blieb aber skeptisch. Ganz sicher würden sie ihr Alibi überprüfen. Er fühlte, dass sie mehr wusste, als sie zugab. Sie kennt die Doppelgängerin, davon war er überzeugt. Sie hat ihr das Auto geliehen. War es ein Zufall, dass sie gerade an diesem Wochenende verreist war, als auf dem Bismarckturm ein Mann ermordet wurde. Er glaubte nicht mehr an Zufälle, er hegte Zweifel.

Auch sie war in Gedanken versunken. Ihr Kopftuch im Zimmer des Toten hatte sie erschreckt. Nachdem auch ihr Wagen am Wochenende dort oben gesehen wurde, wusste sie, dass ihre Schwester sich mit dem Fremden getroffen haben muss. Aber warum? Wer war dieser Mann, auf den Carmen sich eingelassen hatte. Wusste ihr Mann von dieser Affäre?

»Wollen Sie uns nicht endlich sagen, wem Sie Ihren Wagen geliehen haben?« Die Frage des Kommissars riss sie aus ihren Gedanken.

»Entschuldigen Sie bitte, was sagten Sie gerade?«

»Ich fragte, wem Sie Ihren Wagen geliehen haben. So einen schicken Sportwagen verleiht man nicht an irgendjemanden!«

»Natürlich nicht. Meine Schwester ist nicht irgendjemand. Sie hat mich mit meinem Wagen am Donnerstag zum Flughafen nach Leipzig gebracht und wollte mich am Sonntagabend von dort abholen. Zwischenzeitlich hatte sie den Auftrag, sich um meine Wohnung zu kümmern und meinen Kater zu füttern.«

»Und, hat sie Sie nicht abgeholt?«

»Nein, deshalb mache ich mir Sorgen um sie. Vielleicht ist ihr etwas zugestoßen.«

»Wie kommen Sie darauf?«

»Nachdem ich vergeblich auf sie gewartet habe und sie auch nicht auf ihrem Handy erreichen konnte, habe ich mir ein Taxi vom Flughafen genommen.«

»Warum vermuten Sie, dass ihr etwas passiert sein könnte?«

»Als ich in meiner Wohnung ankam, sah ich die Bescherung. Die Tür war aufgebrochen und die Wohnung durchwühlt. Deshalb war ich heute auch nicht in der Schule. Ich musste erst einmal aufräumen.«

»Ihre Schwester haben Sie noch immer nicht erreicht?«

»Nein, auch ihr Mann geht nicht ans Telefon. Ich habe es schon zigmal versucht.«

»Ihre Schwester ist verheiratet?«

»Ja, mit dem Architekten Tangermann.«

Der Kommissar zog die Augenbrauen hoch. »Frau Tangermann ist Ihre Schwester?«

»Kennen Sie sie?«

»Nein, nicht persönlich. Ich weiß nur, sie ist eine bekannte Architektin.«

»Ja, das kann man so sagen. Meine Schwester und ihr Mann sind ein erfolgreiches Team. Manchmal beneide ich die beiden, wenn ich in meiner Bibliothek zwischen den Büchern sitze und meine Schwester, die mich dort gelegentlich besucht, mir von ihren Projekten erzählt. Wir sind ganz unterschiedlich.«

»Auch äußerlich?«

»Nein. Als Kinder und auch später wurden wir gelegentlich verwechselt. Meine Schwester ist nur knapp zwei Jahre jünger als ich. Wir machten uns manchmal einen Spaß daraus, in die Rolle der anderen zu schlüpfen.«

»Könnte man Sie beide auch heute noch verwechseln?«

»Äußerlich unterscheiden wir uns kaum. Wir haben beide schwarze Haare und die gleiche Konfektionsgröße. Im Geschmack liegen wir aber meilenweit auseinander.«

»Sie würden also nicht ausschließen, dass man Sie miteinander verwechseln kann. Ich meine, dass nicht nur die beiden Frauen vom Restaurant, sondern vielleicht auch ein Dritter Ihre Schwester für Sie gehalten hat?«

»Das kann sein. Da ich an diesen Tagen nachweislich nicht hier war, muss es eine andere Person gewesen sein, die die beiden Frauen gesehen haben.«

»Können Sie sich vorstellen, dass Ihre Schwester, so wie früher, in Ihre Rolle geschlüpft ist und die Bibliothekarin gespielt hat. Immerhin fuhr sie Ihr Auto, trug Ihre Sonnenbrille und vermutlich Ihr Kopftuch, das im Zimmer des Ermordeten hing. Es ist doch Ihr Tuch?«

»Das beschäftigt mich schon die ganze Zeit. Ich kann mir nicht erklären, warum sie meine Position eingenommen haben soll. Sie hat doch alles, was ihr im Leben wichtig ist: einen Beruf, der ihr Freude bereitet und Anerkennung bringt, einen liebenswerten Mann, der sie vergöttert. Sie hat keinen Grund, in meine Rolle zu schlüpfen. Mein Leben mit den Büchern entspricht überhaupt nicht ihren Vorstellungen. Sie liebt die Öffentlichkeit, ich die Zurückgezogenheit, sie braucht den großen Auftritt, ich meide Rummel. Sie ist eine echte und erfolgreiche Geschäftsfrau und zugleich eine begabte Architektin.«

»Können Sie sich vorstellen, dass man sie dazu gezwungen hat?«, fragte der Kommissar. »Auch wenn Sie meinen, Ihre Schwester und deren Verhältnisse gut zu kennen, wäre es denkbar, dass Sie nicht alles von ihr wissen?«

Sie nahm seine Frage zur Kenntnis, ging aber nicht darauf ein. Sie war nicht aufgelegt, mit ihm darüber zu diskutieren und schon gar nicht über Geheimnisse zu spekulieren. Das Schicksal ihrer Schwester beschäftigte sie gerade viel zu sehr.

»Würden Sie ihr ein Verhältnis mit einem anderen Mann zutrauen?«, fragte er unerwartet.

»Das kann ich mir nicht vorstellen. Ihre Ehe ist mustergültig. Aber selbst wenn sie von diesem Dr. Buchmacher aus irgendeinem Grund angetan war, erklärt das doch noch nicht, warum er ermordet wurde.«

»Ihrer Schwester würden Sie diese Tat nicht zutrauen?«

»Ich bitte Sie, natürlich nicht, absolut nicht! Meine Schwester macht sich nicht wegen eines fremden Mannes unglücklich. Nein, sie hat sich im Griff.«

Sie waren bei ihrer Wohnung in der Weingartenstraße angekommen.

»Rufen Sie mich an, wenn Sie Ihre Schwester erreicht haben«, sagte der Kommissar. Sie hatte die Wagentür schon geöffnet, als er in seine Jackentasche griff und ihr eine Plastiktüte mit einem Schlüsselbund entnahm. »Kennen Sie diese Schlüssel?«, fragte er.

Die Bibliothekarin griff nach der Tüte, doch er zog seine Hand schnell zurück. »Bitte sehen Sie sich die Schlüssel nur an. Kennen Sie sie?«

»Und ob ich sie kenne. Sie gehören mir. Das sind die Schlüssel für den Eingang zur Schule und die Sicherheitsschlüssel für die Bibliothek. Woher haben Sie die?«

»Die hat die Spurensicherung im Zimmer des Toten gefunden. Sie waren versteckt, sogar sehr gut versteckt.«

»Versteckt? Warum und wo? Haben Sie auch meine Identitätskarte gefunden?«

Der Kommissar schüttelte den Kopf. »Von einer Karte weiß ich nichts«, sagte er.

»Ohne Identitätskarte nützen die Schlüssel nichts«, antwortete sie. »Nur mit der Karte und den Schlüsseln gelangt man in den Bibliotheksbereich.«

Sie war sich sicher, das Schlüsselbund zusammen mit ihren Wohnungsschlüsseln und der Karte für die Bibliothek auf dem Flughafen Carmen übergeben zu haben. Sie erinnerte sich noch an die Situation. »Lass deine Schlüssel und die Karte hier«, hatte sie gesagt und hinzugefügt: »In Hamburg könnten sie dir abhandenkommen.« Sie musste damals über die fürsorgliche Bemerkung schmunzeln.

»Jetzt weiß ich, was die Täter in meiner Wohnung wollten.« Die Bibliothekarin schlug ihre Hand vor die Stirn. »Natürlich, sie suchten nach den Schlüsseln für unsere Bibliothek. Die konnten sie aber nicht finden, weil meine Schwester sie hatte. Deshalb also dieses Chaos in meiner Wohnung.«

»Und da die Täter die Schlüssel nicht in Ihrer Wohnung gefunden haben«, ergänzte Rodig, »statteten sie Dr. Buchmacher im Turmzimmer einen Besuch ab, in der Annahme, Sie – die Bibliothekarin – dort anzutreffen. So oder so ähnlich muss es gewesen sein.«

»Ja –«, sagte die Bibliothekarin und wiegte nachdenklich den Kopf.

»Das bedeutet, wir müssen davon ausgehen, dass zwischen dem Verschwinden Ihrer Schwester und dem Mord an Dr. Buchmacher eine direkte Verbindung besteht.«

»Das glaube ich inzwischen auch«, pflichtete sie ihm bei.

Der Kommissar hielt noch immer die Plastiktüte in der Hand. Er hatte das Gefühl, die Schlüssel wurden schwerer und schwerer. Er erinnerte sich an das Gespräch mit dem Kollegen vom Streifendienst. Der hatte erzählt, dass es am Wochenende in der Landesschule einen Fehlalarm gab. Er und sein Kollege hätten aber nichts Verdächtiges feststellen können und wären nach ihrem Inspektionsgang über das Schulgelände zurückgefahren. Auf der Hinfahrt wäre ihnen allerdings eine Frau in einem roten Sportwagen entgegengekommen, was sie zu dieser ungewöhnlichen Zeit verwunderte.

Die Bibliothekarin saß zusammengekrümmt auf dem Beifahrersitz. Schlimme Gedanken rasten ihr durch den Kopf.

»In unserem Archiv und in der Bibliothek liegen einmalige Schätze, Schriften, die fast genauso alt sind wie die Stifterfiguren in unserem Dom«, begann sie zu erzählen. »Große Universitätsbibliotheken und Bücherfreunde in aller Welt beneiden uns um sie. Es gab im Laufe der Jahre immer wieder Anfragen von zahlungskräftigen Interessenten, die bestimmte Schriften von uns erwerben wollten. Wir haben deren Anfragen immer abgelehnt, weil unsere Bücher und Schriften unverkäuflich sind. Sie gehören zum Kulturgut unseres Landes. Aus diesem Grunde haben wir vor kurzem eine hochmoderne Sicherheitsanlage erhalten. Ohne die Schlüssel und die Identitätskarte kommt niemand in den Bibliotheksbereich. Ich möchte Sie bitten, mir die Schlüssel auszuhändigen, damit ich nachprüfen kann, ob alles in Ordnung ist.«

Der Kommissar schüttelte den Kopf: »Die Schlüssel muss ich mitnehmen, damit die Spurensicherung sie untersuchen kann. Sie erhalten sie anschließend zurück. Sie sollten sich aber umgehend eine neue Karte von Ihrer Sicherheitsfirma ausstellen lassen.«

»Was geschieht, wenn sich meine Schwester nicht bald meldet?« Auf ihrer Stirn bildeten sich Sorgenfalten. Von ihrer anfänglichen Forschheit war nichts mehr zu spüren.

»Wir sollten den heutigen Abend und die Nacht abwarten. Wenn sie sich bis morgen Früh nicht gemeldet hat, werde ich eine Fahndung veranlassen. Hoffen wir, dass sie nicht nötig wird.«

Sie stieg aus. Bevor sie die Tür schloss, stellte Rodig ihr eine letzte Frage: »Was macht Ihr schwarzer Kater?«

»Wieso fragen Sie? Woher wissen Sie, dass ich einen Kater habe, der schwarz ist?« Sie beugte sich und schaute ihn erstaunt an.

»Bei Ihrer Führung, bei der Sie uns von den ehemaligen Zisterziensermönchen und der Schulgeschichte erzählten, zog der Kater die Aufmerksamkeit auf sich. Er stolzierte vor uns her und setzte sich in der Kirche wie selbstverständlich auf einen Stuhl in der ersten Reihe und beobachtete uns Besucher. Er tat so, als würde er alles verstehen.«

Ihr Gesicht entspannte sich und zeigte zum ersten Mal ein Lächeln: »Ja, mein Kater …«, sagte sie.

4. Der Kommissar

Kommissar Rodig konnte sich nicht entschließen, Feierabend zu machen und in seine Wohnung zu fahren. Zuhause wartete niemand auf ihn. Er fuhr ins Büro, in der Hoffnung, seinen Kollegen Walter Ehrenberg anzutreffen.

Rodig hatte zu dem altgedienten Polizeimann ein herzliches Verhältnis, er mochte ihn. Auf seine Meinung und Ratschläge legte er Wert. Walter hatte dafür gesorgt, dass Rodig als Kollege aus dem Westen von der Mannschaft fair aufgenommen wurde. Seit dem Tod seiner Frau blieb Ehrenberg abends meist länger im Büro.

Auf dem Parkplatz vor dem Polizeirevier kam ihm Paul Madig, der Polizeireporter eines regionalen Anzeigenblattes, entgegen. »Ich habe auf Sie gewartet, Herr Hauptkommissar«, sagte er mit einem zynischen Grinsen.

Rodig konnte ihn nicht leiden. »So, haben Sie nichts Besseres zu tun«, antwortete er kurz und ging an ihm vorbei.

Madig folgte ihm. »Was gibt es Brisanteres für einen Polizeireporter und einen Kommissar als einen Mord«, schnaufte er neben ihm.

»So, gibt es bei uns in Naumburg einen Mord?«, fragte Rodig in sarkastischem Ton. »Wer hat Ihnen das aufgebunden?«

Madig griff nach dem Arm des Kommissars und hielt ihn fest. »Bleiben Sie endlich mal stehen, Sie arroganter Fatzke«, schnauzte Madig mit hochrotem Kopf. »Wofür halten Sie sich denn? Noch haben Sie den Fall nicht gelöst. Wenn Sie ihn vergeigen, sind Sie ganz geliefert. Dann können Sie Ihre Koffer packen und wieder abziehen.«

Rodig war von dem hasserfüllten Wutausbruch konsterniert. Mit einer Armbewegung stieß er Madig von sich.

»Obwohl Sie die Zufahrt zum Bismarckturm absperren ließen, habe ich schon so manches erfahren«, fuhr Madig giftig fort. »Ich kann Ihnen nur raten, mit der Presse zusammenzuarbeiten. Aus Erfahrung wissen Sie ja, wie es einem ergehen kann, wenn man uns gegen sich hat.«

»Nehmen Sie Ihren Mund nicht ein bisschen zu voll, werter Herr Polizeireporter?« Rodig machte ein verächtliches Gesicht.

»Sie können sich Ihren Sarkasmus sparen«, erwiderte Madig. »Meine Berichte, die Sie vermutlich nicht beachten, werden von Polizeiobermeister Laminsky in Weißenfels und von Ihren Kollegen in Halle mit großem Interesse gelesen. Ich habe nämlich den Auftrag, alle meine Beiträge aus dem Burgenlandkreis an deren Dienststellen zu schicken. Laminsky hat mich höchstpersönlich informiert, dass er Sie mit den Ermittlungen beauftragt hat.«

»Na dann sollten Sie sich weiterhin an die Kollegen in Halle und Weißenfels halten«, empfahl Rodig und ließ die Eingangstür zur Polizeidirektion hinter sich zufallen.

Ehrenbergs Bürotür stand offen. »Ich habe schon auf dich gewartet!«, rief er, noch bevor Rodig anklopfen konnte. »Tritt ein, nach diesem aufregenden Tag hast du dir ein frisches Bier verdient.« Rodig nahm die Einladung gern an.

»Erzähl schon«, sagte er, »was ist da oben auf dem Bismarckturm passiert?«

Rodig nutzte die Aufforderung und erzählte ihm vom Tatort und von seinem Gespräch mit der Bibliothekarin der Schule. Ehrenberg hörte aufmerksam zu und kritzelte währenddessen mit seinem Bleistift auf einem Schreibblock herum. Rodig und seine Kollegen amüsierten sich gelegentlich über seine Art, sich zu konzentrieren. Zu gern hätten sie seine Kritzeleien gesehen, doch leider ließ er sie stets im Papierkorb verschwinden.

»Du musst wissen«, sagte Ehrenberg, »mit der Schule in Pforta und dem ehrwürdigen Ort fühlen wir Naumburger uns verbunden – und in gewissem Sinne auch für sie verantwortlich. Naumburg und Pforta gehören irgendwie zusammen. Pforta verdankt Naumburg seine Gründung. Unser Bischof Udo war es, der dafür sorgte, dass sich Zisterziensermönche in dieser gottverlassenen Gegend ansiedelten.« Er stand auf und schloss die Tür. »Was ich dir jetzt über die Bibliothek der Schule erzähle, müssen ja die anderen nicht hören.«

Dieses Mal ließ er seinen Bleistift liegen, faltete die Hände über seinem Bauch und lehnte sich in seinem abgewetzten Bürosessel zurück: »Ich erhielt vor vielen Jahren den Auftrag, den Gerüchten nachzugehen, ob die Schule heimlich wertvolle Bücher und Schriften aus der Bibliothek in den Westen verkauft hat. Ich lernte bei den Ermittlungen den damaligen Bibliothekar kennen und freundete mich mit ihm an. Dieser gebildete alte Herr beeindruckte mich tief. Er war in früheren Jahren selbst Lehrer an der Schule und zugleich verantwortlich für das Archiv und die historische Bibliothek. Nachdem man ihn aus politischen Gründen nicht mehr im Schuldienst haben wollte, kümmerte er sich um die Bibliothek. Von ihm erfuhr ich, dass bestimmte Stellen in Ostberlin, die für die Devisenbeschaffung zuständig waren, ihn bedrängten, wertvolle Bücher und Dokumente für den Verkauf ins Ausland freizugeben. Er hatte diese Forderungen kategorisch abgelehnt. Auch sein Nachfolger musste sich so manches einfallen lassen, um die Begehrlichkeiten der höheren Stellen abzuwehren. Leider sind beide tot. Die Bibliothekarin hast du ja kennengelernt. Sie soll – wie man mir erzählte – höchst kompetent und für eine derartige Position noch verhältnismäßig jung sein. Pass also auf dich auf!«

Ehrenberg stand auf, ging zum Regal, in dem Ordner und Bücher standen, und entnahm ihm einen alten Bildband von Naumburg. Wortlos reichte er das Buch Rodig.

»Wie du darin siehst, gehört auch der Bismarckturm bei Almrich zu Naumburg. 2002 feierten wir sein 100-jähriges Jubiläum. Er ist ein beliebter Ausflugsort. Das war in der Vergangenheit nicht immer so. Alte Naumburger können dir so manche Geschichten erzählen. Wusstest du eigentlich, dass er zu DDR-Zeiten in Burgscheidelburg umbenannt wurde?«

»Nein, das wusste ich nicht. Ich bin wohl doch noch zu neu in dieser Gegend.«

»Bismarck, der ehemalige Reichskanzler, war zu jener Zeit verpönt. Für uns Naumburger war es aber weiterhin der Bismarckturm. Man kann nur hoffen, dass der Vorfall seinem Ruf nicht schadet.«

»Ich frage mich«, warf Rodig ein, »warum Dr. Buchmacher ausgerechnet im Bismarckturm wohnte. Er, der dem Anschein nach wohlhabend war, hätte andere, noblere Hotels in Naumburg wählen können. Was wollte er hier an diesem abgelegenen Ort? Waren ihm wirklich die Ruhe und die herrliche Lage so wichtig, oder suchte er die Nähe zur Landesschule? Von seinem Turmzimmer aus konnte er nicht nur die Saale und die Weinberge, sondern auch die Schulbauten gut erkennen, und auf dem schmalen Grottenweg kam er ungesehen vom Bismarckturm zum Schulgelände, ohne die Straße zu benutzen. Er schien einen Plan gehabt zu haben.«

Rodig war aufgestanden und im Büro auf und ab gegangen. Sein Gesicht wirkte angespannt. »Warum und von wem wurde er ermordet?«, murmelte er vor sich hin.

»Das sind viele Fragen«, bemerkte Ehrenberg bedächtig. »Nach meiner Einschätzung liegt das Geheimnis in dieser Bibliothek. Dafür spricht auch die Tatsache, dass die Schlüssel von der Bibliothek in den Räumen des Toten gefunden wurden. Vielleicht weiß die Bibliothekarin mehr, als sie dir bisher gesagt hat. Versuche, ihr Vertrauen zu gewinnen und schau dir mal das Leben des Toten genauer an. Wer war dieser Dr. Buchmacher wirklich?«

Ehrenberg stand auf, schloss das Fenster und griff nach seiner Ledertasche, die auf einer Anrichte neben dem Schreibtisch stand. »Ich mache jetzt Feierabend«, sagte er zu Rodig.

»Bevor du gehst, habe ich noch eine Frage: »Sagt dir der Name Gollwitz etwas?«

Ehrenberg überlegte kurz: »Meinst du den Schriftsteller Wolfram Gollwitz?«

»Ja, den meine ich.«

»Was ist mit ihm?«

»Findest du es nicht merkwürdig, dass dieser Mann, Autor spannender Romane, gerade jetzt im Bismarckturm wohnt?«

Ehrenberg war verblüfft: »Wenn ich recht informiert bin, hält sich dieser Gollwitz gelegentlich bei uns in Naumburg auf. Ob er immer auf dem Bismarckturm wohnt, weiß ich nicht. Es kann also ein Zufall sein, dass er gerade jetzt da ist.«

»Weißt du mehr über diesen Gollwitz?«, fragte Rodig.

Ehrenberg überlegte: »Auf Anhieb will mir nichts einfallen. Ich habe von ihm nichts gelesen. Sein Name ist mir nur deshalb vertraut, weil er gelegentlich im Kulturteil unserer Zeitung erwähnt wird. Ich kann aber meinen Schachfreund, einen pensionierten und belesenen Studienrat, befragen. Er weiß sicherlich mehr über diesen Schriftsteller.«

Rodig wollte noch immer nicht nach Hause fahren. Er setzte sich in seinen Wagen und steuerte ihn ziellos durch die schmalen Straßen der nächtlichen Stadt. Nur vereinzelt sah er noch Jugendliche mit Bierdosen in der Hand, die sich lautstark unterhielten. Ein junges Paar überquerte vor ihm die Straße, ohne auf den Verkehr zu achten.

Er musste daran denken, wie er einst mit seiner Frau durch diese fremde Stadt geschlendert war. Fast achtzehn Jahre waren seitdem vergangen. Die erste Zeit war für ihn und seine Frau nicht leicht, dennoch waren sie glücklich, vor allem, als 1992 ihr Sohn Reinhard geboren wurde. Während er sich einlebte und mit der besonderen Mentalität der Menschen umzugehen lernte, tat sich seine Frau schwer. Immer häufiger fuhr sie mit ihrem Sohn zurück in die Heimat nach Niedersachsen. Dort blieben sie dann für mehrere Tage bei ihren Eltern. Den Sohn ließen sie 1998 in Naumburg einschulen, nach dem ersten Schuljahr wechselte er auf eine Schule in Lüneburg. Rodig sah seine Frau und seinen Sohn dann nur noch an den Wochenenden.

Bei einem Fest in Freyburg lernte er die Gebietsweinkönigin kennen. Das achtzehnjährige Mädchen verliebte sich in den smarten Kommissar. Ihr Verhältnis blieb nicht verborgen. Eine Boulevardzeitung kam hinter ihre Beziehung und berichtete in großer Aufmachung über das Paar. Sein Chef bat ihn damals zu einem Gespräch und erklärte ihm, dass die amtierenden Weinköniginnen der Saale-Unstrut-Gegend absolut tabu wären. Eine Weinkönigin verführt man nicht, hatte er gesagt, schon gar nicht, wenn man verheiratet ist. So ein Verhältnis schadet dem Ansehen der Polizei und natürlich dem eigenen. Seine Frau hatte es ähnlich gesehen und sich scheiden lassen. Er musste sich an die Situation gewöhnen und versuchte sein Leben neu auszurichten. Er begann sich für die Geschichte Mitteldeutschlands zu interessieren, besuchte die nahegelegenen Orte an der Straße der Romanik, dann auch die weiter entfernt liegenden Stätten. Viele Stunden verbrachte er im Naumburger Dom. Die Stifterfiguren waren ihm bestens vertraut. Uta wurde für ihn zum Frauenideal. Er schätzte aber auch den Kontakt zu der lebenden Weiblichkeit. Seine Verhältnisse dauerten meist nicht lange. Um Weinköniginnen machte er allerdings einen großen Bogen.

Dennoch hielt er Kontakt zu seiner Frau und ihrem gemeinsamen Sohn. Nach dem Ende der Grundschulzeit bewarb sich Reinhard um die Aufnahme in Schulpforte. Rodig war überglücklich, als er die Aufnahmeprüfung bestand. Seitdem hatten die beiden – so glaubte Rodig – einen guten Kontakt. Die freien Wochenenden verbrachten sie häufig gemeinsam. In letzter Zeit beschäftigte ihn immer häufiger der Gedanke, wie es wohl sein wird, wenn Reinhard demnächst seinen Abschluss macht und Schulpforte verlässt.

Er hatte ihn am letzten Wochenende auf seine zukünftigen Pläne angesprochen. Reinhard zeigte sich fest entschlossen, anschließend in den USA zu studieren. Auf seinen Vorschlag, sich für eine mitteldeutsche Universität zu entscheiden, ging er nicht ein.

»Hier ist dein Zuhause«, hatte Rodig gesagt. »Was willst du in Amerika, da bist du ein Fremder.«

Das ›Zuhause‹ war für Reinhard das Reizwort gewesen: »Was meinst du damit?« Sein Gesicht nahm einen zynischen Ausdruck an. So hatte Rodig seinen Sohn noch nie erlebt. »Wo ist mein Zuhause, was ist das überhaupt? Ich weiß es nicht. Ist es Lüneburg, wo meine Mutter mit einem fremden Mann zusammenlebt, der mich nicht leiden kann und mich lieber abfahren als kommen sieht? Oder glaubst du, dass ich mich bei dir so fühle? Dein Leben ist irgendwie armselig – ohne Perspektiven und Illusionen. Früher war ich stolz, meinen Freunden erzählen zu können, dass du ein Kriminalkommissar bist und Gangster verfolgst. Und was tust du heute?«

Tränen kullerten über seine Wangen. »Weißt du, die Internatsschule ist der einzige Ort, wo ich mich wohlfühle. Hier habe ich Freunde, mit denen ich mich verstehe, hier gibt es Lehrer und Erzieher, die für unsere Sorgen und Wünsche Verständnis haben. Leider endet nun diese Zeit, das macht mich traurig.«

Rodig war leichenblass geworden. Er stand hilflos da und starrte auf seinen Sohn. Die Vorhaltungen hatten ihn tief erschüttert.

Als er bei der ehemaligen Kadettenanstalt vorbeikam und links in die Klopstockstraße hätte abbiegen müssen, fuhr er einfach weiter. Irgendetwas trieb ihn. Er musste trotz später Stunde nochmals hinauf zum Bismarckturm.

Er fuhr langsam über das Steinpflaster im Ort und war froh, als der geteerte Weg begann. Er schaltete das Fernlicht an, um die Streckenführung besser erkennen zu können. Es war eine sternenklare Nacht. Er musste plötzlich bremsen, weil gerade an einer schmalen Stelle ein Reh stand, das von seinem Licht geblendet wurde. Er schaltete das Abblendlicht ein und fuhr vorsichtig weiter. Das Reh flüchtete in den Wald. Vom Auto aus sah er, dass an der Terrassenbrüstung ein Mann stand, der rauchte. Rodig parkte seinen Wagen und ging auf ihn zu.

»Finden Sie keine Ruhe, Herr Kommissar?«, fragte die Stimme.

»Und warum schlafen Sie nicht zu dieser nächtlichen Zeit, so wie andere Menschen?«

»Weil ich im Unterschied zu den meisten Menschen meine Tageszeiten selbstbestimmt einteilen kann. Ich kann nun mal nachts am besten arbeiten – nämlich schreiben.«

»Dann sind Sie Herr Gollwitz?«

»Kompliment, Herr Kriminalhauptkommissar! Ich bin Wolfram Gollwitz.« Er wandte sich zu Rodig und reichte ihm die Hand. »Ich bin enttäuscht von Ihnen«, sagte er. »Statt mich zu befragen, haben Sie die kleinen Angestellten verhört. Haben deren Aussagen Sie wenigstens weitergebracht?«

»Sie wissen doch, dass ich nichts sagen darf. Ich kann Sie aber trösten, die Beobachtungen der Befragten waren brauchbar. Können Sie auch etwas beisteuern?«

»Ich glaube schon. Der Tote und ich waren die Einzigen hier oben in der besagten Nacht, wenn ich von den Gästen in den Ferienhäusern da drüben einmal absehe. Folglich käme ich – rein theoretisch – sogar als Hauptverdächtiger infrage. Was sagen Sie dazu?«

Rodig amüsierte sich über diese Theorie: »Schriftstellern mag man vieles zutrauen«, sagte er. »Sie für eine blutrünstige Bestie zu halten, fällt mir schwer, aber wer weiß?«

Gollwitz zündete sich eine weitere Zigarette an und reichte Rodig die Schachtel. »Wenn Sie mich schon nicht als Tatverdächtigen vernehmen wollen, sollten Sie mich wenigstens als Zeugen befragen«, empfahl er und blies den Zigarettenrauch in die Dunkelheit.

»Eigentlich wollte ich Sie erst morgen aufsuchen. Da Sie aber – wie Sie sagten – am Tage lieber schlafen, können wir das jetzt gleich tun. Also: Haben Sie etwas Auffallendes beobachtet?«

Gollwitz machte einen tiefen Zug. »Ja, das habe ich. Ich habe nämlich fast die ganze Nacht das Unwetter verfolgt, das hier oben tobte. So etwas habe ich noch nie erlebt. Als das Gewitter endlich weiterzog und der Regen nachließ, sah ich zwei Männer aus dem Turm kommen und über die Terrasse zum Parkplatz laufen. Sie stiegen eilig in einen Wagen und fuhren ohne Licht davon.«

»Haben Sie das Autokennzeichen erkannt?«

»Natürlich nicht, es war dunkel. Ich weiß nicht, wie die Männer reagiert hätten, wenn ihnen aufgefallen wäre, dass sie beobachtet werden.«

»Wissen Sie noch, wie spät es war?«

»Nein, das kann ich Ihnen nicht sagen. Ich sehe selten auf die Uhr. Wie ich schon sagte, mein Leben und mein Tagesablauf verlaufen etwas anders.«

5. Die Schwester der Bibliothekarin

Sophia hatte versucht, ihre Schwester zu erreichen. Sie hinterließ eine kurze Nachricht auf dem Anrufbeantworter. Stunden später meldete sich ihr Mann Arnulf auf dem Festnetz. Seine Stimme klang brüchig. Sie hatte das Gefühl, dass er nicht nüchtern war.

»Ich muss dringend Carmen sprechen«, sagte Sophia aufgebracht. »Warum meldet sie sich nicht?«

»Das weiß ich auch nicht. Ich mache mir große Sorgen. Auch dich habe ich mehrmals angerufen. Du warst wohl verreist?«, murmelte er undeutlich.

»Ich war übers Wochenende in Hamburg. Carmen hatte mich am Donnerstag zum Flughafen gebracht und wollte mich am Sonntag abholen. Sie kam aber nicht. Was ist bei euch los?«

»Kannst du vorbeikommen?«, fragte er.

Es knackte in der Leitung.

»Wenn's sein muss. Ich komme gleich.«

Sie ging zu Fuß den Weg von ihrer Wohnung in die Luisenstraße, wo ihre Schwester mit ihrem Mann eine alte Naumburger Villa bewohnte. Sie kam am Nietzsche-Haus vorbei. Im Erdgeschoss brannte noch Licht. Sie wunderte sich: Die Mitglieder der Nietzsche-Gesellschaft scheinen noch zu tagen. Am Wenzelsring ratterte die Straßenbahn vorbei. In der Bahn saß ein alter Mann. Er blickte müde nach draußen. Als sich ihre Blicke trafen, lächelte er ihr zu. Sie liebte den Weg entlang der Vogelwiese, das Zwitschern der Vögel und den Duft der Bäume. Auf der Parkbank saß ein junges Pärchen, sie nahmen keine Notiz von ihr.

Die Villa war wie immer zu später Stunde hell ausgeleuchtet. Sophia blickte noch einmal hinter sich, dann klingelte sie am Gartentor. Es summte, sie öffnete das Tor und ging schnellen Schrittes die Stufen zum Eingang der Villa hinauf.

Ihr Schwager stand in der Haustür. »Gut, dass du kommst«, sagte er, zog sie in den Flur und schloss hastig die Tür. »Lass uns ins Kaminzimmer gehen«, schlug er vor. Er sprach gehetzt. »Ich weiß nicht, was es zu bedeuten hat. So lange war Carmen noch nie weg. Ihr muss etwas zugestoßen sein.«

Er holte ein Weinglas aus dem Barschrank und goss ihr, ohne zu fragen, aus der offenen Rotweinflasche ein. Es war anscheinend nicht sein erstes Glas.

»Nun erzähl endlich, was ist mit Carmen?«, forderte sie ihn auf und griff nach dem Weinglas. »Ich bin von meiner kleinen Schwester manches gewöhnt, aber was sie sich jetzt geleistet hat, ist unverzeihlich.«

»Wovon sprichst du? Was hat sie angestellt?«

»Sie wird wegen Mordes von der Polizei gesucht, nicht mehr und nicht weniger wird ihr angelastet!«

Die Worte der Bibliothekarin klangen bissig und wütend zugleich.

»Was redest du da? Carmen und ein Mord? Das glaubst du doch selbst nicht.« Seine Stimme klang bestimmt.

»Was ich glaube und was du von deiner Frau hältst, spielt keine Rolle. Entscheidend ist, was die Mordkommission denkt. Immerhin gibt es Gründe, weshalb man sie mit dem Mord auf dem Bismarckturm in Verbindung bringt. Hast du denn nichts davon gehört?«

»Doch, doch, in den Regionalnachrichten. Es hieß, die Mordkommission hätte die Untersuchungen aufgenommen.«

»Ja, das hat sie. Mich haben sie schon vernommen. Es wird eine Frau gesucht, elegant gekleidet, mit langem schwarzem Haar und rotem Sportwagen.«

»Du meinst, Carmen ist mit deinem Auto unterwegs?«

»Zumindest war sie mit meinem Wagen unterwegs. Donnerstag brachte sie mich noch zum Leipziger Flughafen. Sie versprach mir, mich am Sonntagabend abzuholen. Leider habe ich vergeblich auf sie gewartet. Endlich in Naumburg angekommen, stellte ich fest, dass meine Wohnung von Einbrechern durchwühlt worden war. Vielleicht kannst du jetzt verstehen, wie wütend ich auf sie bin?«

Zusammengesunken saß er in seinem Ledersessel und sah sie ungläubig an. »Das wusste ich nicht«, stammelte er. »Zu mir hatte sie gesagt, dass sie das Wochenende bei Freunden in München verbringen wolle. Leider hatte sie mir keinen Namen und keine Adresse hinterlassen. Auf ihrem Handy meldet sich nur die Mailbox.« Die Bibliothekarin hatte Mitleid mit ihrem Schwager. Er wirkte niedergeschlagen und kraftlos. »Ich nehme an, dass sie dich nicht beunruhigen wollte und deshalb die Fahrt nach München erfand. In Wirklichkeit traf sie sich mit diesem Fremden – mit Dr. Buchmacher.«

»Und dieser Mann ist tot?«, fragte er.

Sie nickte. »Die Mordkommission ist der Ansicht, dass er vermutlich in seinem Hotelzimmer ermordet wurde.«

Der Architekt stand wortlos auf und legte mehrere Holzscheite in den Kamin. Kurze Zeit später prasselte das Feuer und Funken stoben in alle Richtungen. Dann setzte er sich in seinen Sessel und fing an zu erzählen: »Jetzt muss ich dir doch unsere Situation schildern. Wir sind finanziell am Ende – sozusagen bankrott!«

Sophia traute ihren Ohren nicht. »Ihr seid bankrott?«

»Ja, wir sind finanziell gescheitert. Das groß angekündigte Freizeitprojekt in Freyburg hat uns ruiniert. Die Banken haben die Kredite auf »fällig« gestellt, unsere Mitgesellschafter haben sich klammheimlich aus dem Staub gemacht. Wir sitzen auf einem Haufen Schulden. Weil Carmen als Geschäftsführerin der Arbeitsgemeinschaft fungiert, droht ihr der Prozess wegen Betruges und Insolvenzverschleppung. Unsere Villa gehört bereits den Banken, unsere Wertsachen haben wir – wie du an den leeren Wänden siehst – längst verpfändet. Am 30. Juli ist Zwangsversteigerung. Dann endet die Ära Tangermann. Den Spott und die Häme unserer Freunde kann ich mir gut vorstellen. Ich würde am liebsten Schluss machen.«

Er schwieg. Mit beiden Händen hielt er das Weinglas und starrte ins Feuer. Im Zimmer roch es nach verbranntem Buchenholz.

Sophia konnte es nicht fassen. »Das wusste ich nicht. Carmen hat mir nie etwas von euren Problemen gesagt, nie eine Andeutung gemacht. Ich dachte, bei euch ist zumindest in finanzieller

Hinsicht alles in Ordnung. Dass Carmen sich gelegentlich das eine oder andere Verhältnis leistete, hat mich gewundert, im Grunde ging es mich aber nichts an. Ich sagte mir, du bist eben ein großzügiger und verständnisvoller Ehemann.«

»Was blieb mir anderes übrig«, sagte er bitter.

Arnulf Tangermann, der allseits respektierte und bewunderte Mann der Naumburger Gesellschaft, der Mann, der sonst so souverän und abgeklärt auftrat und auf Sophia stets wie ein mit allen Wassern gewaschener Geschäftsmann wirkte, saß zusammengesunken in seinem Sessel. Es schien, als hielte er sich an seinem Weinglas fest.

»Du hast ja keine Ahnung, wie es in der Baubranche zugeht. Das ist ein knallhartes Gewerbe«, sagte er und machte ein zerknirschtes Gesicht. »Glaubst du wirklich, dass unsere Angebote immer die besseren und kostengünstigeren waren? Was meinst du, mit welchen Methoden ich nachhelfen musste, um an bestimmte Aufträge zu kommen? Carmen war mir dabei eine große Hilfe. Ihrem persönlichen Einsatz verdankten wir so manches Projekt. Ich nehme an, dass du verstehst, was ich meine. Wie konnte ich ihr ihre Liebschaften vorhalten, wenn ich diese im geschäftlichen Sinne akzeptierte.«

Es sprudelte nur so aus ihm heraus. Auf seiner Stirn bildeten sich Schweißperlen. Er nahm einen Schluck aus dem Weinglas: »Du lebst in einer heilen Bücherwelt, abgeschirmt von ehemaligen Klostermauern und umgeben von gebildeten und noch unverdorbenen Menschen. Du hast keine Vorstellung, wie es draußen aussieht. Da herrscht ein rauer Ton, da gelten andere Gesetze. Carmen, deine kleine Schwester, hat die Spielregeln schnell kapiert und wusste sie meisterlich anzuwenden. Ihrem Einsatz verdanken wir unsere Erfolge – und in dessen Gefolge die Neider. Darum kann ich nicht ausschließen, dass Carmen für den einen oder anderen zur Gefahr wurde. Wir mögen einen respektablen Ruf genießen, unser berufliches Umfeld, auch sogenannte Freunde missgönnen ihn uns. Hilfe können wir von niemandem erwarten.

Ich mache mir Vorwürfe, an Carmens Verschwinden schuld zu sein.« Er wirkte erschöpft.

»Das wusste ich alles nicht«, sagte Sophia. Sie war zutiefst erschüttert.

»Jetzt weißt du es«, bemerkte er. »Du solltest Carmen nicht verurteilen. Sie hat es für uns getan.«

Sophia starrte ins Kaminfeuer. »Woher kannte sie diesen Mann, diesen Dr. Buchmacher?«, fragte sie nach einer Weile. »Carmen hat ihn bei einer Vernissage kennengelernt. Nach ihrer Schilderung war er ein interessanter, gestandener Mann, weltmännisch und mit Wirkung auf die Weiblichkeit. Carmen war von ihm fasziniert. Er betrieb Vermittlungsgeschäfte, wobei er sich auf den Kunst- und Antiquitätenhandel spezialisiert hatte. Er hatte Carmen irgendwelche Geschäfte in Aussicht gestellt. Genaueres hatte Carmen mir nicht gesagt.«

Sophia verzichtete auf Fragen. Sie hatte genug gehört, sie wollte nach Hause. Sie war erschüttert, was sie über ihre kleine Schwester erfahren hat. »Das reicht«, sagte sie. Er tat ihr leid. »Gib mir Bescheid, wenn Carmen sich bei dir meldet.« Dann verabschiedete sie sich von ihm.

Als sie die Villa verließ, stand auf der anderen Straßenseite unter den Linden in einer Parkbucht ein Lieferwagen. Ein Mann saß hinter dem Steuer. Seine Augen schienen ihr zu folgen. Er löste Unbehagen bei ihr aus. Schnellen Schrittes ging sie den Weg zurück, den sie gekommen war. Gelegentlich drehte sie sich um. Sie war froh, endlich in ihrer Wohnung angekommen zu sein.

Sie konnte nicht einschlafen; sie musste an Carmen denken, die ihr äußerlich ähnlich war. Im Wesen waren sie grundverschieden. Carmen war schon in ihrer Jugendzeit spontan und in ihren Handlungen mitunter unüberlegt. Während des Studiums interessierte Carmen sich mehr für Jungs und Studentenpartys, während sie sich auf ihr Studium konzentrierte. Carmen war lebenslustig und begehrt, sie dagegen nachdenklich und zurückhaltend. Sie hatte es aufgegeben, Carmens Freunde zu zählen.

Sie selbst war während ihrer Schulzeit nur mit einem Jungen enger befreundet.

Das Gespräch mit ihrem Schwager machte sie nachdenklich. Der Beruf scheint Carmen verändert zu haben, sie war eine Andere geworden. Nach außen gab sie sich unbeschwert und lebenslustig, in Wirklichkeit war sie berechnend und zielstrebig.

6. Begegnung

Carmen lernte Dr. Buchmacher bei einer Vernissage des Naumburger Kunstvereins Ende April kennen. Er war ihr sofort aufgefallen. Er trug einen eleganten Anzug, in der Hand hielt er einen Panamahut. Die Krawatte und das Kavalierstuch erschienen ihr etwas zu modisch. Sie schätzte ihn auf gute fünfzig Jahre, vielleicht auch auf ein paar Jahre mehr. Sie hielt ihn für einen Kunstagenten oder einen Kunsthändler, der nach Naumburg gekommen war, um die Bilder der bekannten Malerin Britta Jacoblonski zu sehen. Er stand etwas abseits und beobachtete die Künstlerin und ihre Gäste.

Als sich ihre Blicke trafen, nickte er ihr mit einem freundlichen Lächeln zu. Seine Geste machte Carmen verlegen; etwas zu schnell wechselte sie die Blickrichtung. Während sie den Ausführungen der Künstlerin folgte, hatte sie das Gefühl, von ihm beobachtet zu werden.

Nach den einleitenden Worten der Malerin eröffnete der Leiter des Kunstvereins die Ausstellung. Der elegant gekleidete Herr kam auf sie zu. »Sie sind doch Frau Dr. Seewald, die Bibliothekarin der Landesschule Pforta«, sagte er mit einem gewinnbringenden Lächeln.

Carmen war verwirrt. Bevor sie ihn korrigieren und das Missverständnis richtigstellen konnte, fuhr er fort: »Ich habe mir gestern die Schule angesehen und bei dieser Gelegenheit an Ihrer Gruppenführung teilgenommen. Ich war beeindruckt vom mittelalterlichen Gebäudekomplex, aber auch von dem, was Sie über den heutigen Schulbetrieb erzählten.«

Carmen war sich noch immer unschlüssig, ob sie ihn aufklären solle. Seine weltmännische und selbstbewusste Art fand sie aufregend. Er ist eine attraktive Erscheinung, dachte sie. Sie entschloss sich, die Rolle ihrer Schwester zu spielen. Ich riskiere ja nichts, sagte sie sich. Mit einem wohlwollenden Lächeln betrachtete sie den Fremden.

»Entschuldigen Sie bitte, dass ich Sie so dreist angesprochen habe«, sagte er mit leicht verlegenem Unterton, »mein Name ist Dr. Michael Buchmacher. Ich komme aus Berlin und bin sozusagen auf der Durchreise.« Er reichte Carmen die Hand und machte dabei eine elegante Verbeugung.

»Es freut mich, dass Ihnen der Besuch in unserer Schule gefallen hat«, antwortete Carmen mit einem ironischen Lächeln. »Und wie gefällt Ihnen als durchreisendem Berliner unsere provinzielle Kunstausstellung?«

Er machte eine entschuldigende Geste. Er hatte verstanden und nahm sich vor, sie behutsam zu behandeln. »Ich muss zugeben«, sagte er, vor einem abstrakten Gemälde stehend, das einen weiblichen Akt darstellen sollte, »von moderner Malerei verstehe ich nicht viel. Mein Gebiet – und ich möchte sagen meine Leidenschaft – sind die Bücher. Insofern haben wir – gestatten Sie mir bitte diese anmaßende Bemerkung – etwas gemeinsam. Sie hüten den einmaligen Schatz einer Bibliothek und ich bin ständig auf der Suche nach bibliophilen Raritäten.«

»Sind Sie Verleger oder Buchhändler?«, fragte Carmen mit gespielter Gleichgültigkeit, während sie das Gemälde studierte, auf dem auch sie keinen weiblichen Körper erkennen konnte. Der Mann begann sie zu interessieren.

Eine junge Dame mit Getränken kam vorbei. »Nach so viel unverständlicher Kunst haben wir uns doch ein Glas Wein verdient«, bemerkte der Fremde und sah Carmen fragend an.

Sie nickte. »Das ist eine gute Idee«, sagte sie und strich sich mit der Hand das Haar von der Stirn.

Er reichte ihr das Glas und sie stießen an: »Auf Ihr Wohl«, sagte er. »Als ich gestern Ihren sachlichen Ausführungen in diesem mittelalterlichen Gemäuer folgte, fragte ich mich, was mag die Frau bewogen haben, sich den Büchern zu verschreiben. Ich hätte mir nicht träumen lassen, Sie schon so bald persönlich kennenzulernen.«

Unsicherheit beschlich Carmen. Dieser Mann schien sie tatsächlich für die Bibliothekarin zu halten und er war charmant und machte ihr Komplimente. Für einen kurzen Augenblick dachte sie an ihren Mann, der zuhause war und über ihre missliche Lage grübelte. Sie wollte mehr über diesen Menschen erfahren, der ihr so plötzlich über den Weg gelaufen war.

»Und, was sind Sie von Beruf?«, wiederholte sie mit einem charmanten Lächeln.

»Ich bin kein Verleger«, sagte er, »auch wenn ich mich in früheren Jahren auf diesem Gebiet versucht habe. Ich würde mich auch nicht als klassischen Buchhändler bezeichnen, obwohl ich mit Büchern und gedruckten Schriften zu tun habe. Ich habe keinen Buchladen mit gefüllten Regalen und schwer verkäuflichen Titeln. Nein, dazu fehlt mir die Beständigkeit.«

Carmens Neugierde stieg.

»Sind Sie etwa ein Literaturagent, der Manuskripte von Autoren an Verlage vermittelt?«, fragte sie neugierig.

»Auch auf diesem Sektor war ich schon tätig. Ich war recht erfolgreich bei der Vermittlung polnischer und ostdeutscher Autoren an westliche Verlage. Als das Geschäft immer politischer wurde und sich die östlichen Geheimdienste für mich interessierten, habe ich meine Agentur liquidiert. Das Geschäft war mir gefährlich geworden.«

Er trank einen Schluck Wein. Seine Gesichtszüge entspannten sich, sein Blick bekam einen eigentümlichen Glanz: »Ich bin Liebhaber guter und schöner Bücher – ein echter Bibliophiler«, sagte er und fügte hinzu: »Zugleich bin ich – das muss ich gestehen – ein Bibliomane, ein schon fast krankhafter Büchersammler. Ich habe von meinem Vater eine gut sortierte Bibliothek geerbt. Er machte mich frühzeitig mit Büchern vertraut und vermittelte mir das Gefühl, dass es sich um kleine Kostbarkeiten handelt. Ich habe meine Bibliothek inzwischen systematisch erweitert und ausgebaut. Ich bin stolz auf meine Sammlung und liebe jedes Buch wie ein leibliches Kind.«

Carmen strengte das Stehen auf den hohen Schuhen an. Dennoch wollte sie den Fremden nicht unterbrechen. Je mehr er von sich erzählte, umso besser. Die Bedienung kam und schenkte nach.

»Um auf Ihre Frage nach meiner Profession zu antworten, würde ich mich eher als Organisator bezeichnen. Bibliotheken im In- und Ausland, aber auch betuchte Bücherfreunde, die die Öffentlichkeit bei Buchaktionen meiden, beauftragen mich, für sie die Objekte der Begierde zu beschaffen. Es handelt sich dabei meist um mittelalterliche Frühdrucke, also um Inkunabeln, wie auch um Erstausgaben, geografische Karten und historische Dokumente. Die Wünsche sind breit gefächert.«

»Kommt es auch vor, dass Sie mit Verkäufen beauftragt werden?«

»Oh, ja, gar nicht so selten. Diese Kunden wollen selbst nicht in Erscheinung treten und auch in den Auktionskatalogen nicht als Besitzer geführt werden. Die Verkäufer legen Wert darauf, dass ihre Schätze nicht in wissenschaftlichen Bibliotheken landen, sondern von Privatsammlern übernommen werden, die den Wert der Bücher zu schätzen wissen. Ich sorge für die gewünschte Vertraulichkeit.«

»Haben Sie unsere Schule besucht, um Informationen über Schriftstücke unserer Bibliothek zu bekommen?«, fragte Carmen unverblümt.

Er stellte sein leeres Weinglas auf den Stehtisch und nahm eine förmliche Haltung an: »Ja und nein. Einerseits wollte ich endlich Schulpforte kennenlernen, andererseits weiß ich natürlich, welch kostbare Werke in Ihrer Bibliothek lagern. Allein die Nähe zu diesen Schätzen hat für mich eine – entschuldigen Sie bitte diese Bemerkung – erregende Wirkung. Bibliotheken ziehen mich auf eine magische Weise an, in historischen Bibliotheken wird das Wissen der Menschheit aufbewahrt. Ich fühle mich in diesem Umfeld wie in einer heiligen Kathedrale.«

Carmen musste über den Begriff schmunzeln. Sie hätte diesem disziplinierten Geschäftsmann nie so viel Begeisterung zugetraut.

Er ließ sich durch nichts in seiner Euphorie bremsen und fuhr fort: »Ich kenne Bibliotheken in der ganzen Welt, sowohl die prachtvollen Klosterbibliotheken in St. Gallen, Einsiedeln, St. Florian als auch die großen Bibliotheken in Paris, Moskau,

Sankt Petersburg und natürlich auch die Kongressbibliothek in Washington. Vor kurzem habe ich mir die Bibliothek der Jagiellonen-Universität in Krakau angesehen; sie hat mich verzaubert. Auch zur Vatikanischen Bibliothek in Rom habe ich Verbindungen. In deren Auftrag konnte ich das eine oder andere Geschäft erfolgreich abschließen.«

Die Begeisterung des Mannes machte Carmen verlegen. Sie kannte keine dieser Bibliotheken und hatte auch keine Absicht, sie kennenzulernen. Sie bedauerte, dass Sophia sich nicht mit diesem Bücherfreund unterhalten konnte. Um nicht unbeteiligt zu wirken, sagte sie:»Wenn ich Sie von den großen Bibliotheken schwärmen höre, wird mir bewusst, wie bescheiden unsere ist. Unsere Bestände sind überschaubar, unsere Räume können nicht mit den prunkvollen Bibliotheken früherer Klöster und alter Universitäten mithalten.«

»Entschuldigen Sie bitte, ich wollte Sie mit meiner Erzählung keinesfalls angreifen. Sie können stolz sein auf Ihre Bibliothek, sie ist wie ein funkelnder Edelstein, um den man Sie beneiden muss. Auch wenn Ihre Buchbestände kleiner sind, bewahren Sie Schätze, die einmalig sind. Man sollte die Bibliotheken nicht nach ihrer Größe, ihrer architektonischen Ausstattung und der Nutzung beurteilen. Schauen Sie sich die Herzog-August-Bibliothek in Wolfenbüttel an. Sie zählt keineswegs zu den größten, genießt aber weltweit einen außergewöhnlichen Ruf, und diesen nicht nur, weil dort unser großer Lessing gewirkt hat. Ihre Sammlungen über die Schulprogramme deutscher Gymnasien sind einzigartig, etliche Handschriften aus dem Mittelalter sind einmalig. Um die Schriften von Kopernikus und Galilei beneiden Sie große Bibliotheken. So sollten Sie Ihre Position sehen.« Er holte nach dieser leidenschaftlichen Aussage tief Luft:»Entschuldigen Sie bitte, ich hoffe, meine Ansichten langweilen Sie nicht. Ich habe das Gefühl, dass Sie mich verstehen und meine Leidenschaft teilen. Warum hätte sonst eine so attraktive Frau den Beruf der Bibliothekarin einer historischen Büchersammlung wählen sollen!«

Carmen wurden die Offenherzigkeit und Leidenschaft dieses Mannes unheimlich. Sie fürchtete, dass er die Themen vertiefen könnte. Sie entschloss sich, das Gespräch zu beenden und alles Weitere dem Zufall zu überlassen. Sie warf einen Blick auf ihre Armbanduhr. Der Abend war schon weit fortgeschritten.

»Schade, dass ich gehen muss«, sagte sie. »Es hat mich gefreut, Sie kennengelernt zu haben.«

Sie war schon im Begriff aufzubrechen, als er nach ihrer Hand griff. »Ich würde das Gespräch mit Ihnen gern fortsetzen. Können wir uns morgen treffen?«

Carmen spielte die Unentschlossene. »Ich habe morgen in der Schule zu tun. Vor 17 Uhr komme ich nicht weg.«

»Dann könnten wir in einem Restaurant zusammen Abend essen. Was halten Sie davon?«

Carmen überlegte. »Einverstanden, ich versuche, gegen 19 Uhr hier zu sein. Wir können uns vor dem Kunstverein treffen.«

Dr. Buchmacher war zufrieden. »Ich freue mich auf den Abend«, sagte er, dann verließ sie den Kunstverein.

Carmen zögerte: Sollte sie auf dem Heimweg bei ihrer Schwester vorbeigehen und ihr alles erzählen? Da sie aber ahnte, wie Sophia reagieren würde, entschied sie, das Erlebnis mit dem Fremden für sich zu behalten. Sollte er in der Schule erscheinen und die echte Bibliothekarin sprechen wollen, so sagte sie sich, wird sich meine kluge Schwester schon etwas einfallen lassen.

Carmen kannte sich in der Bibliothek gut aus. Immer, wenn sie ein Problem oder Sorgen hatte – und das kam gelegentlich vor –, besuchte sie ihre ältere Schwester. Inmitten der alten Bücher, die duldsam in den hohen Regalen standen, hörten sich ihre Belange und Sorgen kleiner, nichtig an. Hier fand sie, wenn sie mit ihrem Mann gestritten oder mit einem Liebhaber Schluss gemacht hatte, die Ruhe und Gelassenheit. Sie hörte gern ihrer belesenen Schwester zu, die voller Stolz und mit Respekt von ihren Schätzen sprach und diese wie ihren eigenen Augapfel hütete. Ihre Schwester liebte die alten Bücher, Karten und vergilbten Dokumente auf ihre

Weise. Als Carmen sie einmal fragte, was sich im Tresor befindet, erzählte sie ihr von wertvollen Schriften und von handgemalten Weltkarten, auf denen Amerika noch fehlte, von handschriftlichen Aufzeichnungen mittelalterlicher Wissenschaftler und von einer geheimnisvollen Schrift des Astronomen Kopernikus, welche eigentlich dem Vatikan gehört, aber seit fast fünfhundert Jahren in ihrer Bibliothek verwahrt wird. Dabei sprach sie sehr leise, als hätte sie Sorge, dass jemand mithören könnte. Sophia bat sie eindringlich, niemand von diesem Geheimnis zu erzählen. Auf ihre Frage, woher die Bibliothek diese wertvollen Schätze habe, bekam sie keine Antwort. Seit ihrem Studium über Kopernikus frage sie sich, wie diese Schrift mit dem persönlichen Anschreiben an den Papst in ihre Bibliothek gelangt ist.

»Vielleicht ist das gut so, dass du das nicht weißt«, hatte sie damals zu ihrer Schwester gesagt, »ungeklärte Fragen regen unsere Fantasie an.«

Auf ihre Frage, welchen Wert solche Schriften haben, hatte ihre Schwester nur den Kopf geschüttelt und sie verständnislos angesehen.»Das lässt sich nicht in Geld ausdrücken«, hatte sie entgegnet.

Carmen beneidete in diesen Augenblicken ihre Schwester. Sie schien in ihrem Beruf Erfüllung gefunden zu haben. Sie selbst suchte noch nach der Bestätigung für ihr Leben. Ihr Beruf hatte ihr bisher dabei nicht geholfen. Sie hatte davon geträumt, eines Tages zukunftsweisende Gebäude zu entwerfen, die in ihrer Bedeutsamkeit mit dem Naumburger Dom vergleichbar wären, stattdessen musste sie ihren Mann bei der Akquisition mittelmäßiger Projekte unterstützen. Die Spielregeln der Baubranche waren hart und nicht immer fein. Nach zehn Jahren Berufstätigkeit kannte sie sich aus. Sie beherrschte die Branchengesetze besser als manch anderer.

Ihre Ehe war langweilig, auch die gelegentlichen Liebschaften heiterten sie nur für kurze Zeit auf. Bedrückend war ihre finanzielle Lage. Ihr Mann und sie hatten sich mit einem ehrgeizigen Großprojekt überhoben.

Als sie an jenem Abend nach Hause kam, saß ihr Mann, wie so oft in den letzten Wochen, vor dem Kaminfeuer, ein Glas Rotwein in der Hand, und starrte ratlos vor sich hin. Sie setzte sich wortlos neben ihn auf die Armlehne des Ledersessels und spielte mit ihren Fingern in seinem Haar, welches von ersten Silberfäden durchzogen war.

»An deiner Verfassung sehe ich, dass das Gespräch mit dem Bankenkonsortium schlecht verlaufen ist.« Sie nahm ihm das Weinglas aus der Hand.

Er drehte sich wie in Zeitlupe zu ihr. »So ist es«, sagte er mit kraftloser Stimme. »Jetzt weiß ich keinen Ausweg mehr. Wir müssen uns der Situation stellen. Ich hoffe, wir haben die Kraft.«

Sie griff nach seiner Hand; sie fühlte sich schlaff und kalt an. »So schnell geben wir nicht auf«, sagte sie entschlossen. »Wir finden schon noch einen Ausweg.«

7. Erste Erfolge

Sophia hätte am liebsten noch in der Nacht den Kommissar angerufen. Da es bereits nach Mitternacht war, gab sie diesen Gedanken auf und ging schlafen.

Kurz vor acht am nächsten Morgen klingelte ihr Telefon. Aufgeregt griff sie nach dem Hörer:»Carmen, bist du es?«, rief sie hoffnungsvoll.

»Nein, ich bin es, Kommissar Rodig«, war die knappe Antwort. »Ich möchte Sie in einer halben Stunde abholen.«

»Haben Sie meine Schwester gefunden?«

»Nein, aber Ihren Wagen. Ich muss Sie bitten, mit mir nach Flemmingen zu fahren, wo der Wagen steht. Anschließend kann ich Sie an der Schule absetzen.«

Er war pünktlich. »Sie hatten eine unruhige Nacht?«, fragte sie im Auto.

»Ja, das kann man sagen. Ich habe viel telefoniert. Und nachdem mich die Kollegen informierten, ein Jäger hätte in einem abseits gelegenen Waldstück bei Flemmingen ein rotes Sport-Cabrio entdeckt, bin ich sofort hingefahren.«

»Haben Sie etwas über den Verbleib meiner Schwester erfahren?«

Er blickte in den Rückspiegel, um sein Äußeres zu prüfen. Unrasiert fühlte er sich nicht wohl. »Nein, leider nicht.« Er strich sich mit der Hand über sein stoppliges Gesicht. Er wirkte müde, die dunklen Augenränder verstärkten diesen Eindruck.

»Was wissen Sie über den Toten, über diesen Mann, der meine Schwester offensichtlich bezirzt hat?«, fragte sie nach einer Weile. Der Tote ging ihr nicht aus dem Kopf. Sein zerschundenes Gesicht verfolgte sie. Er zögerte und schaute sie von der Seite an. »Oder dürfen Sie mir nichts über den Toten sagen?«, fragte sie.

»So viel kann ich Ihnen sagen: Dr. Buchmacher war keineswegs ein Gentleman, wie sein Auftreten vorgaukelte. Nach unseren Recherchen war er eine ›schillernde Person‹, wohlhabend und äußerst geschäftstüchtig. Über seine familiären Verhältnisse ist nichts bekannt. Seine Geschäftsmethoden waren unorthodox und nicht immer seriös. Sein Fachgebiet waren die Bücher und das bibliografische Schrifttum. Hierin galt er als Experte. Bibliotheken im In- und Ausland nutzten seine Kenntnisse und Verbindungen. Er hatte sowohl zu den ehemaligen Ostblockstaaten als auch zum Westen gute Kontakte. Sein Einfluss bot ihm viel Spielraum für ein anspruchsvolles Leben. Besonders erfolgreich war er, wenn er mit Frauen ins Geschäft kommen konnte. Sein weltmännisches Auftreten und sein Charme öffneten ihm die Herzen der Weiblichkeit.«

»Und jetzt ist er tot«, murmelte Sophia tonlos vor sich hin. »Sein Charme und sein Auftreten konnten ihn nicht schützen.«

»Vermutlich sind ihm seine alten Verbindungen zum Verhängnis geworden«, bemerkte Rodig, während er von der Kösener Straße abbog und in Richtung Flemmingen weiterfuhr.

»Und was haben Sie herausbekommen?«, fragte er sie.

Sie zögerte kurz, dann erzählte sie ihm ungeschminkt von den finanziellen Problemen der Familie Tangermann und von den Befürchtungen ihres Schwagers, seine Frau könnte entführt worden sein.

»Was wollen die Entführer von ihr, wenn bei der Familie Tangermann nichts zu holen ist. Das ergibt keinen Sinn.«

»Das habe ich mich auch gefragt. Mein Schwager erzählte, Dr. Buchmacher, den sie bei einer Vernissage im Kunstverein kennengelernt hat, würde mit alten und wertvollen Büchern und Schriften handeln. Verstehen Sie mich?«

»Nein.«

»Der Tote hat meine Schwester offensichtlich mit mir verwechselt.«

»Sie meinen, Ihre Schwester ist in Ihre Rolle geschlüpft?«

»Das wäre denkbar. Und ich spekuliere weiter: Sie sah in diesem cleveren Mann die Chance, sich mit dessen Hilfe aus ihrer Lage zu befreien.«

Nach einer holprigen Fahrt auf dem schlaglochreichen Feldweg erreichten sie das abgelegene Waldstück. Schon von weitem erkannte sie neben einem Holzstapel ihren Wagen. Polizeibeamte hatten das Gebiet um das Auto abgesperrt, weshalb sie das letzte Stück zu Fuß zurücklegen mussten. Die Kollegen von der Spurensicherung untersuchten gerade den Wagen und das umliegende Gelände.

»Man könnte meinen«, sagte der Leiter der Spurensicherung, ein asketischer Mann mit einer Glatze, die wie ein Vollmond strahlte, »dass der Wagen ganz ordnungsgemäß abgestellt wurde. Am Lenkrad und an der Gangschaltung haben wir nur Fingerabdrücke von der Frau gefunden. Sie muss den Wagen selbst gefahren haben. Im näheren Umfeld haben wir weitere Autospuren und Schuhabdrücke entdeckt, auch von einem Damenschuh. Welche Spuren von den Tätern und welche vom Jäger stammen, wird noch geklärt.«

Kommissar Rodig umrundete den Wagen. Der war unversehrt. Das Verdeck war verschlossen.

»Ist das Ihr Auto?«, fragte der Kommissar und winkte die Bibliothekarin herbei.

»Ja, natürlich ist das mein Wagen.«

»Ich muss Sie das offiziell fragen.«

»Habt ihr im Auto etwas gefunden, was von Bedeutung ist?«, fragte der Kommissar die Kollegen.

Ein anderer Kollege vom Spurensicherungsteam, der damit beschäftigt war, das Armaturenbrett mit einem Pinsel abzuwedeln, erklärte gewichtig: »Auf dem Rücksitz lagen Kleidungsstücke und eine blonde Perücke steckte in einer Plastiktüte.«

»Eine blonde Perücke?«, fragte Rodig und wandte sich der Bibliothekarin zu.

Sie zuckte mit den Schultern. »Ich besitze keine Perücke.«

»Kann sie Ihrer Schwester gehören?«

»Schon denkbar; meine Schwester hat Sinn für Verkleidungen und besitzt auch einige Perücken.«

Wieder an die Spurensicherer gewandt, fragte der Kommissar: »Könnt ihr etwas zu den Kleidungsstücken sagen?«

»Noch nicht viel«, dröhnte der Kollege. Seine Stimme erinnerte Rodig an eine Trompete, dessen Bläser sich noch in der Übungsphase befindet.

»Weder an der blauen Jeans noch am grauen Pullover und der Strickjacke waren Spuren. In der Tasche der Jacke befanden sich Tempo-Taschentücher, sonst nichts.«

»Gehören die Kleidungsstücke Ihnen?«, fragte der Kommissar die Bibliothekarin und wies auf die durchsichtigen Tüten, in denen die Fundstücke einzeln abgepackt im Spurensicherungswagen lagen.

»Ja, ich denke schon.«

»Wo bewahren Sie diese Sachen für gewöhnlich auf?«

»Nicht in meinem Auto, irgendwo im Schrank in der Wohnung.«

»Ihre Schwester scheint sie gebraucht zu haben.«

»Sie hat sich vermutlich verkleidet«, trompetete der Kollege der Spurensicherung. »Wir werden die Teile sorgfältig untersuchen.«

Sophia hatte sich von der Gruppe entfernt und an einen Baumstamm gelehnt. Für einen Augenblick schloss sie die Augen. Sie brauchte Ruhe. Welch ein groteskes Bild: Ihr roter Sportwagen auf einem zerfurchten Waldweg vor einem Holzstapel. Träume ich, oder ist es wahr? Wildtauben saßen in den Baumkronen und begleiteten mit ihrem Gurren das Geschehen. Sie sehnte sich nach ihrer vertrauten Welt.

Der Kommissar trat zu ihr. »Wir können im Moment nichts tun. Wir werden Ihren Wagen abholen lassen und ihn in unserer Werkstatt weiter untersuchen.«

»Gehen Sie von einer Entführung aus?«

»Ja, das tue ich. Warum sollte Ihre Schwester freiwillig Ihren Wagen hier im Wald abstellen? Wenn sie untertauchen wollte, hätte sie den Wagen in irgendein Parkhaus gebracht. Und warum sollte sie freiwillig verschwinden? Ich gehe davon aus, nicht nur der Ermordete, sondern auch noch andere interessieren sich für

Ihre Bibliothek und bedienen sich Ihrer Schwester. Ich frage mich allerdings, welche Rolle Ihre Schwester spielt. Die Perücke und die ausgeliehenen Kleidungsstücke deuten darauf hin, dass sie möglicherweise selbst in eine kriminelle Handlung verstrickt ist.«

»Wie meinen Sie das?«

»Lassen Sie uns zurückfahren.« Er öffnete die Beifahrertür und ließ sie einsteigen. Er setzte sich ans Steuer und fuhr los.

»Ich habe heute Nacht erfahren, dass es Kreise gibt, die sich brennend für das Sicherheitssystem Ihrer Schulbibliothek interessieren«, sagte er unterwegs.

»Sie meinen, die Entführung meiner Schwester hat etwas mit der Bibliothek zu tun?«

»Der Eindruck verdichtet sich.« Seine Stimme klang belegt. »Ich werde den Rektor der Schule informieren und notwendige Vorkehrungen veranlassen. Wir werden das Gelände der Schule in nächster Zeit verstärkt beobachten.«

8. Die Nacht im Hotel

Carmen war entschlossen, die Bekanntschaft mit dem Fremden zu nutzen, um ihre Probleme zu lösen. Je länger sie darüber nachdachte, umso sicherer wurde sie: Die Begegnung mit ihm war kein Zufall. Sie trug ein schwarzes Oberteil und einen eng anliegenden schwarz-weiß gestreiften Rock. Beide Teile betonten ihre Figur. Ein roter Schal verdeckte nur ansatzweise den tiefen Ausschnitt. Sie war mit ihrer Aufmachung zufrieden.

Er stand mit einer Rose in der Hand vor dem Haus des Kunstvereins und sah ihr entgegen. »Schön, dass Sie gekommen sind«, begrüßte er sie mit einem strahlenden Lächeln. »Ich hatte schon Sorge, den Abend allein verbringen zu müssen.« Er reichte ihr die Rose und küsste mit galanter Geste ihre Hand.

Er hatte in einem Restaurant in unmittelbarer Nähe vom Topfmarkt einen Tisch reserviert. Carmen war mit seiner Entscheidung einverstanden, wenngleich sie sich sorgte, von Bekannten erkannt zu werden. Da aber das Restaurant an diesem Abend nur schwach besucht war, schwanden ihre Bedenken bald.

Sie entschieden sich für das Rehragout auf Thüringische Art. Carmen wählte dazu Kroketten, Dr. Buchmacher wollte die Kartoffelklöße mit Nüssen probieren. Dazu bestellten sie den ›Blauen Silvaner‹ vom Pfortenser Köppelberg.

Er war gut aufgelegt und erzählte ihr bereitwillig aus seiner Jugendzeit in Berlin und von seinen Reisen, die er in den letzten Jahren unternommen hatte. Manche Erzählung erschien ihr etwas merkwürdig, sie ging aber darüber hinweg und verzichtete auf Nachfragen. Über seine Familienverhältnisse machte er keine Andeutungen und sie vermied alles, womit sie sich hätte verraten können.

Sie genossen das Essen und die gemütliche Atmosphäre in dem ruhigen Restaurant. Zu fortgeschrittener Stunde, der Wein tat seine Wirkung, plauderten sie sehr vertraut und er erzählte ihr von einem guten Geschäft, das er am Nachmittag abgeschlossen hatte. Er lachte dabei und zeigte seine strahlenden Zähne.

Carmen wurde neugierig. »Darf man fragen, was Sie erworben haben?«

Bereitwillig erzählte er von einem Antiquar, der ihm ein wertvolles Buch für einen seiner Kunden besorgt hatte. »Es ist ein außergewöhnliches Werk«, fügte er hinzu. »Ich würde es Ihnen gern zeigen, um Ihre Meinung zu hören.«

Er hatte ihre Hand ergriffen und sie zärtlich gestreichelt. Sie ließ ihn gewähren. Ein heißer Strom durchfloss ihren Körper und erregte sie.

»Alte Bücher interessieren mich schon berufsbedingt«, entgegnete sie und zog behutsam ihre Hand zurück. »Wo haben Sie das Prachtstück?«

Er machte eine entschuldigende Handbewegung und blickte beschämt auf den Tisch: »Im Hoteltresor«, sagte er leise.

Sie amüsierte sich über seine Verlegenheit. »Das ist gut so«, bemerkte sie und fuhr sich mit der Zunge verführerisch über die Oberlippe. »Wertvolle Bücher sollte man wie Schmuckstücke aufbewahren.«

»Heißt das, ich darf Ihnen meine Errungenschaft heute Abend noch zeigen?«, fragte er und sah sie unsicher an.

»Wenn ich Ihren Erwerb begutachten soll, müssen Sie ihn mir schon zeigen«, antwortete sie sachlich und zog mit der Hand die Enden ihres Halstuches zurecht.

Er schien irritiert und blickte verwundert in ihre tiefschwarzen Augen. Er hatte offenbar nicht mit einer Zusage gerechnet. Vielleicht ist er doch nicht so abgebrüht, wie sie dachte. Carmen liebte diesen Augenblick. Das reizvolle Spiel der Verführung hatte begonnen.

»In welchem Hotel wohnen Sie?«, fragte sie und blickte auf ihre Armbanduhr.

»In einem kleinen Hotel am Lindenring.«

Sie erwiderte seinen Blick mit einem Lächeln, das losgelöst von ihren Gedanken schien: Ich bestimme die Spielregeln, und das wird sich niemals ändern.

Es war ein warmer Maiabend. Da die Naumburger nach reger Tagesarbeit früh zu Bett gingen, waren nur noch vereinzelt Leute unterwegs. Es waren meist jüngere Paare, die die abendliche Stimmung und die Ruhe der Stadt auskosteten. Carmen konnte sich nicht daran erinnern, wann sie zum letzten Mal mit ihrem Mann durch die Stadt gebummelt war. Er hatte für derartige Unternehmungen keinen Sinn, sie waren für ihn nur Zeitvergeudung. Sie gingen über den Marktplatz und kamen am Rathaus vorbei. Die Uhr der Wenzelskirche schlug elfmal. Bei der Buchhandlung am Markt blieben sie stehen. Im linken Schaufenster lagen aktuelle Neuerscheinungen, im rechten Fenster wurden antiquarische Bücher präsentiert, darunter auch einige sehr seltene Publikationen über das ehemalige Kloster Pforta.

»Haben Sie diese Bücher auch in Ihrer Bibliothek?«, fragte er.

Sie zwinkerte ihm zu, als wolle sie sagen, welch komische Frage.

»Und, haben Sie sie alle gelesen?«

Carmen verdrehte die Augen. »Viele unserer ehemaligen Schüler fühlen sich bemüßigt, ihre persönlichen Erfahrungen und Erlebnisse für die Nachwelt festzuhalten. Nein, das ist nicht zu schaffen.« Sie schüttelte den Kopf. »Sie haben doch auch nicht alles gelesen, was Sie in Ihrer privaten Sammlung zusammengetragen haben, oder?«

Er machte ein schuldbewusstes Gesicht. »Natürlich nicht! Ich habe höchstens einen Bruchteil meiner Bücher gelesen und davon längst nicht alle verstanden. Ich bin nicht wissenschaftlich interessiert, das kann ich ganz ehrlich gestehen. Mir kommt es nicht auf den Inhalt eines Buches an, sondern auf seine körperliche Beschaffenheit, seine äußere Gestaltung, seine Aufmachung, seinen Druck und vor allem auf sein Alter. Je älter ein Buch ist, umso mehr fasziniert es mich, dann möchte ich es besitzen.«

Sie standen noch immer vor der Buchhandlung. Dicht vor der Schaufensterscheibe hatte er sich nach vorn gebeugt und starrte auf die ausliegenden antiquarischen Werke. Einige waren aufgeschlagen, sodass außer dem Titel auch weitere Angaben über den Verlag, die Druckerei und vor allem das Erscheinungsdatum zu sehen waren. Carmen hatte das Gefühl, dass ihr Begleiter in eine andere Welt eintauchte, zu der sie keinen Zugang hatte. Sie konnte seine Faszination nicht nachvollziehen und bedauerte in diesem Moment, nicht Sophia zu sein. Sie hüstelte und berührte seinen Arm.

Er schreckte auf. »Entschuldigen Sie bitte«, stammelte er.

Carmen hakte sich bei ihm unter und gemeinsam schlenderten sie weiter durch die Fußgängerzone. Sie fühlte sich wohl an der Seite dieses Mannes, den sie erst gute vierundzwanzig Stunden kannte und mit dem sie jetzt auf dem Weg zu seinem Hotel war. Sie war neugierig, ob er ihr wirklich etwas zu zeigen hat. Sie schloss nicht aus, dass das Buch ihm nur als Lockmittel diente, um sie in sein Hotelzimmer und vielleicht sogar ins Bett zu bekommen, dennoch war sie nicht abgeneigt, den Fremden näher kennenzulernen. Er ist ein attraktiver Mann in den besten Jahren, sagte sie sich, der mir in vielerlei Hinsicht noch nützlich sein kann.

Es war ein gemütliches Hotel, in dem die Gäste mit ihren Zimmerschlüsseln auch die Haupttür öffnen konnten. Niemand sah, dass der Gast in Damenbegleitung kam.

Im Fahrstuhl berührte er zärtlich ihre Wange und strich ihr eine schwarze Haarsträhne aus dem Gesicht. »Sie sehen verführerisch aus«, sagte er und versuchte sie zu umarmen. Sie schüttelte den Kopf und hielt ihre Handtasche mit beiden Händen vor ihren Oberkörper gepresst. In diesem Moment öffnete sich die Fahrstuhltür rumpelnd.

»Entschuldigen Sie bitte«, flüsterte er, »Sie verwirren mich.«

»Ich denke, Sie interessieren sich nur für alte Bücher«, antwortete sie mit ironischem Unterton.

»… aber auch für attraktive Frauen«, fügte er schmunzelnd hinzu.

Mittig positioniert, an einer Wand mit dezent gestreifter Vliestapete, stand das Doppelbett. Sie legte ihre Handtasche auf den Sessel und durchstreifte mit den Augen das Zimmer, während er aus dem Kühlschrank eine Flasche Champagner holte.

»Bevor ich Ihnen meine Errungenschaft zeige, sollten wir auf unsere Bekanntschaft anstoßen«, sagte er. »Mein Name ist Michael, darf ich Sie Sophia nennen?«

»Woher kennen Sie meinen Vornamen?«, fragte sie erstaunt.

»Sie haben uns nach der Führung in der Schule eine Informationsschrift überreicht, in der der Name Dr. Sophia Seewald stand.«

Er öffnete gekonnt die Flasche und goss den prickelnden Champagner in die bereitstehenden Gläser. Er reichte ihr eins, dann stießen sie an.

»Also dann nochmals: auf unsere Bekanntschaft«, sagte er.

Sie hob das Glas und lächelte ihm zu. Sie war entschlossen, die Rolle der Frau Dr. Seewald zu spielen und ihrer Schwester sobald als möglich ihr falsches Treiben zu beichten.

Er nahm ihr das Glas aus der Hand, stellte es auf den Tisch und versuchte sie erneut zu umarmen. Sie drehte sich mit einem eleganten Schwung weg und berührte dabei absichtlich mit ihrem Busen seinen Arm.

»Wolltest du mir nicht deine Errungenschaft zeigen?«, fragte sie und stellte sich vor den Wandspiegel, streifte ihre langen Haare nach hinten, legte das Halstuch ab und steckte das Oberteil stramm in den weißen Rock, sodass ihr Busen noch stärker zur Geltung kam.

Er stand regungslos da, hielt das Champagnerglas in der Hand und beobachtete ihre aufreizenden Bewegungen vor dem Spiegel.

»Was ist?«, fragte sie. »Wolltest du mir nicht etwas zeigen, oder gibt es dieses Buch gar nicht?«

Er schreckte auf. »Pardon«, stammelte er, »ich war gerade in deinen Anblick so vertieft. Natürlich gibt es dieses Buch, wie kannst du daran zweifeln.«

Er ging zum Schrank, öffnete die Tür und gab auf dem Tresor etliche Zahlen ein. Dann öffnete er ihn und entnahm einen unscheinbaren Karton. Vorsichtig legte er ihn auf den Tisch, öffnete die Verpackung und schlug ein rotes Samttuch auseinander.

»Das ist meine Errungenschaft«, sagte er voller Stolz.

Es war ein Band der »Topographia Germaniae« von Matthäus Merian.

Carmen trat zu ihm und lehnte sich bei ihm so eng an, dass er ihren Busen spürte. Beide blickten auf das seltene Buch, das wie ein Schatz auf dem Samttuch lag.

»Es ist Band 12 der ersten Ausgabe von 1650, die Matthäus Merian noch selbst veranlasste«, sagte er. »Meinem Kunden fehlt gerade dieser Band über Sachsen und Thüringen. Er will ihn unbedingt haben.«

Carmen gab sich beeindruckt und fragte sich, was wohl ihre Schwester in diesem Augenblick sagen würde.

»Ich wusste nicht, dass jemand Merian-Bände zum Verkauf angeboten hat. Dein Händler scheint über gute Kontakte zu verfügen.«

»Der kann dir alles beschaffen«, erklärte Dr. Buchmacher mit strahlenden Augen. »Wenn der Preis keine Rolle spielt, besorgt er dir die ausgefallensten Manuskripte oder Erstausgaben. Es ist alles eine Frage des Geldes.«

»Darf ich fragen, was du für den Band bezahlt hast?«

»Frag lieber nicht. Du würdest versucht sein, deine Schätze nur noch nach ihrem möglichen Geldwert zu betrachten. Im Übrigen sind die Preise eine sehr vertrauliche Angelegenheit. Wir ›Beschaffer‹ wollen bei diesen Geschäften natürlich auch verdienen.«

Auch wenn er den Preis nicht nannte, war Carmen von seiner Offenheit angetan.

»Bist du nun von meiner Lauterkeit überzeugt, oder glaubst du noch immer, ich wollte dich nur in mein Hotel locken?«, fragte er.

Carmen setzte ihr verführerisches Lächeln auf. So manchen Mann hatte sie auf diese Weise für sich gewonnen. »Glaubst du wirklich, dass du mich mit einem alten Buch verführen kannst? Ich hoffe, dass du noch mehr zu bieten und zu zeigen hast.«

Er streifte mit der Hand über ihre Wange, fuhr mit dem Zeigefinger auf ihrem Nasenrücken zu ihren Lippen, umkreiste sie mehrere Male, bevor er ihren Hals berührte und zu ihrem Busen fuhr. Tief atmend schloss sie die Augen. Wortlos hob sie beide Arme in die Höhe und ließ sich das Oberteil ausziehen. Er zog sie an sich und küsste sie begehrlich auf die Lippen. Carmen blieb noch immer passiv. Sie wollte ihre Erregung und sein Begehren weiter steigern. Geschmeidig drehte sie sich um und bot ihm an, sie aus dem Büstenhalter zu befreien. Gierig griff er mit beiden Händen nach ihren wohlgeformten Brüsten und massierte ihre rosigen Spitzen, bis sie aufstöhnte. Langsam streifte sie den Rock nach unten.

»Jetzt bist du an der Reihe«, sagte sie genussvoll und fuhr sich mit der Zunge über die Lippen. Bedächtig knöpfte sie sein Hemd auf, zog es aus und ließ es auf den Boden fallen. Dann öffnete sie den Gürtel der Hose. Sie drückte sich an ihn und rieb ihre Brüste an seinem behaarten Brustkorb, während sie ihn mit der Hand streichelte. Als er aufstöhnte, drückte sie ihn aufs Bett und setzte sich auf ihn. Sie liebten sich leidenschaftlich und mit großer Wollust.

Erschöpft schmiegte sich Carmen an ihn und spielte verträumt mit seinen krausen Brusthaaren. Michael hatte seinen Arm um sie gelegt und genoss den Duft ihres Körpers und ihre Leidenschaft. Ihre Blicke fielen auf den »Merian«, der auf dem roten Samttuch lag.

»Bist du dir sicher, dass es eine Originalausgabe ist?«, fragte sie plötzlich.

Er schreckte auf. »Was meinst du?«

»Ich fragte, ob dein ›Merian‹ eine Originalausgabe ist.«

»Wie kommst du darauf?« Abrupt richtete er sich auf und sah sie ungläubig an.

»Ich meine nur, dass du nicht der Erste wärst, dem man eine Fälschung für viel Geld unterjubelt.«

Er schüttelte den Kopf. »Ich bin mir ganz sicher, dass es ein originales Exemplar ist. Das spürt man einfach. Mein Auftraggeber wird das Exemplar noch von einem anerkannten Sachverständigen prüfen lassen, bevor er bezahlt. Inzwischen bin aber auch ich sachverständig genug, um beurteilen zu können, was echt und was gefälscht ist. Außerdem kenne ich alle lebenden Buchfälscher im deutschen Sprachraum persönlich. Sie würden sich hüten, mir ein faules Produkt unterzujubeln. Jeder von ihnen hat sein geheimes Kennzeichen, das nur wenige kennen. Ich bin einer von diesen.«

Dass er mit Fälschern Kontakt pflegt, irritierte sie. Möglicherweise sind seine Geschäfte auch nicht ganz sauber, dachte sie. »Mich erstaunt, dass es Privatpersonen gibt, die so horrende Summen für bibliophile Werke ausgeben.«

»Schau dir doch den Sammlermarkt insgesamt an. Millionen werden für Musikhandschriften bekannter Komponisten oder für einen Impressionisten ausgegeben – egal, ob das Bild schön ist oder nicht. Hier geht es um spekulative Finanzanlagen. Diese Bilder verschwinden in Banksafes oder in Privatsammlungen, und Normalsterbliche bekommen sie nie mehr zu sehen«, sagte er und zündete sich eine Zigarette an. »Willst du auch eine?«

Sie lagen nebeneinander im Bett. Der Zigarettenrauch schwebte über ihren Köpfen. Carmen sah dem Rauch nach, bis er verschwand. Sie musste an die wertvollen Manuskripte, Karten und Erstdrucke denken, die im Tresor der Schulbibliothek lagen und von ihrer Schwester gehütet wurden. Kein Lebender hat sie bisher gesehen, sagte sie sich, außer meine Schwester und vielleicht noch ihre Vorgänger, die längst unter der Erde sind. Die Kostbarkeiten liegen wie in einem »kalten Grab« und nutzen niemandem.

Als ob er ihre Gedanken erraten hätte: »Was meinst du, welche Werte in eurer historischen Bibliothek und in euren Archiven ruhen? Manche Exemplare sind vermutlich ein Vielfaches von meinem ›Merian‹ wert, ganz zu schweigen von den Schriften, die in eurem Tresorraum lagern. Zurzeit suchen polnische Universitäten nach Gedrucktem und Geschriebenem von Kopernikus. Sie wollen mit einer groß angelegten Sammlung der Welt beweisen, dass dieser geniale Astronom und Theologe kein Deutscher und auch kein deutscher Pole, sondern ein echter Pole war, der mit seinen Erkenntnissen das Wissen über unser Universum revolutioniert hat.«

»Du scheinst gut informiert zu sein«, bemerkte Carmen und legte ihren Oberkörper auf seine behaarte Brust.

Er spürte ihre Brüste und streichelte ihr zärtlich den Kopf. »Ich habe den Eindruck, es ist kein Zufall, dass wir uns begegnet sind.«

Er zog an seiner Zigarette. Wie sollte er ihr antworten?

»Ich war gestern Abend noch auf eurer Homepage«, sagte er. »Du hast mit deinen Aussagen über eure Kopernikus- und Galilei-Dokumente nicht nur die Fachwelt neugierig gemacht. Ich kann mir vorstellen, dass man sich bald für dich persönlich und für eure – oder sollte ich sagen deine – Schätze interessieren wird.«

Seine Bemerkung verunsicherte sie. Sie kannte die wissenschaftlichen Veröffentlichungen ihrer klugen Schwester nicht, so weit ging ihr Interesse nicht.

»Ich weiß, dass Frauenburg an der Frischen Nehrung – die Polen nennen heute die Stadt Frombork –, wo Kopernikus gelebt und seine Forschungen betrieben hatte, ein großes Interesse an allem hat, das von Kopernikus stammt. Ein großzügiger und finanzstarker Mäzen unterstützt die ehrgeizigen Pläne der Bürgermeisterin. Dieser Mäzen behauptet, Kopernikus wäre einer seiner Vorfahren und er habe darum einen persönlichen Anspruch auf sein Vermächtnis. Er hat also ein ganz persönliches Motiv.« Er drückte die Zigarette in den Aschenbecher auf dem Nachttisch.

»Was willst du damit sagen?«

»Die Universität Krakau will sich von dieser kleinen Stadt nicht den Rang ablaufen lassen und möchte für ihre Kopernikus-Ausstellung auch die begehrten Unterlagen haben. Sie haben bereits Kontakter beauftragt, die in Bibliotheken europaweit nach Kopernikus-Werken suchen.«

»Bist du auch so ein Kontakter?«, fragte sie spontan. Er zögerte mit der Antwort.

»Ja – und nein. Einen direkten Auftrag habe ich nicht übernommen. Die Universität geht davon aus, alle wichtigen Schriften bereits zu besitzen. Sollten aber weitere Originale gefunden
werden, würde ich mich einschalten.«

»Weil so ein Geschäft dann richtig lohnend ist …, oder?«

»Weil es lohnend sein kann, ist es allerdings auch riskant.«

»Wie meinst du das?«

»Ich meine, je mehr Menschen oder Institutionen sich um
eine Sache streiten, umso teurer oder gefährlicher wird die Aus-
einandersetzung.«

»Wäre es unter diesen Bedingungen klüger, lieber rechtzeitig
auszusteigen?«

»Das ist Ansichtssache. Ich finde, jetzt wird der Kampf um die
Kopernikus-Schriften erst richtig spannend, zumal sich noch ein
weiterer Interessent gemeldet hat, der sogar einen Anspruch auf
das ›Kopernikus-Vermächtnis‹ erhebt.«

»Um wen handelt es sich?«

»Experten der Vatikanischen Bibliothek vertreten die Meinung,
die ›Vermächtnis-Schrift‹ würde dem Vatikan gehören.«

»Und du meinst, diese Experten glauben, wir hätten sie?«

»Ja, das vermuten sie.«

Carmen war sprachlos. Was ihr der Fremde anvertraute, klang
geradezu ungeheuerlich. Sie hatte mit einem interessanten Lie-
besabenteuer gerechnet, und nun erfuhr sie Dinge, von deren
Existenz sie vor ein paar Stunden noch nichts wusste. Wie sage
ich das meiner Schwester, dachte sie in diesem Moment. Ich muss
sie vor den Gefahren warnen.

Er spürte ihre Unsicherheit und wollte sie beruhigen. »Unsere
Bekanntschaft ist – ich schwöre es dir – ein echter Zufall. Ich
bin sehr glücklich, dich kennengelernt zu haben. Du bist eine
wunderschöne und leidenschaftliche Frau. Vergrab dich nicht
unter den Büchern, du bist für die Liebe geboren.«

Es wurde schon Morgen, als sie sich von ihm verabschiedete.

»Ich reise heute ab«, sagte er, als er sie zum Fahrstuhl begleitete.

»Ich komme aber wieder. Ich gebe dir auf deinem Handy Bescheid.«

Sie gab ihm ihre Nummer, dann trennten sie sich.

9. Beim Rektor der Schule

Der Rektor war sichtlich überrascht, als seine Sekretärin ihm meldete, Frau Dr. Seewald und ein Herr Rodig müssten ihn dringend sprechen.

»Sie sollen kommen«, rief er der Sekretärin zu, »es wird ja wohl nicht lange dauern.« Er ging dem Besuch entgegen. »Was gibt es so Eiliges?«, fragte er die Bibliothekarin.

»Wir müssen Sie dringend sprechen. Das ist Herr Rodig, er ist der Vater von Reinhard.«

Der Rektor reichte ihm die Hand. »Ich kenne bereits Herrn Rodig. Kommen Sie wegen Ihres Sohnes?« Er bedeutete ihnen, auf den Stühlen vor seinem Schreibtisch Platz zu nehmen. Er setzte sich und blickte die beiden fragend an. »Dann legen Sie mal los«, sagte er und warf einen kurzen Blick auf den aufgeklappten Laptop, der auf der rechten Seite seines Schreibtisches stand.

Auf der linken Seite sah Rodig unter einer modernen Schreibtischleuchte mehrere eingerahmte Kinderfotos.

»Ich bin heute aus einem anderen Grund hier in der Schule«, sagte Rodig. »Wir müssen Sie über etwas Wichtiges informieren.«

Der Rektor rückte mit dem linken Zeigefinger seine Brille auf dem Nasenrücken nach oben und blickte Rodig erwartungsvoll an. »Sie machen mich neugierig.«

Rodig lehnte sich auf dem Stuhl nach vorn und stützte sich mit beiden Händen auf den Armlehnen ab: »Sie wissen vermutlich nicht, dass ich Leiter des hiesigen Kriminalkommissariats und für die Ermittlungen in einem Mordfall zuständig bin?«

»Nein, das wusste ich nicht.«

»Sie haben sicherlich von den Geschehnissen auf dem Bismarckturm gehört?«

»Ja schon, die Zeitungen haben darüber berichtet. Haben Sie den Fall aufgeklärt?«

»Nein, noch nicht. Wir ermitteln zurzeit in alle Richtungen.«

»Warum erzählen Sie mir das? Und was hat Frau Dr. Seewald mit dem Fall zu tun?«

Kommissar Rodig straffte seine Haltung: »Auch wenn anfangs der Eindruck entstand, es handle sich bei dem Mord um eine Beziehungstat, müssen wir inzwischen davon ausgehen, dass mehr dahintersteckt. Die Täter haben vermutlich das Archiv und die historische Bibliothek der Schule im Visier.«

Der Rektor machte ein erstauntes Gesicht. »Wie kommen Sie zu dieser Annahme?«

»Der Tote war in Fachkreisen dafür bekannt, zahlungskräftigen Auftraggebern bibliophile Schriften zu beschaffen. Er bediente sich dabei nicht immer sauberer Methoden. Aus zuverlässiger Quelle wissen wir, dass auch andere Kreise und Institutionen hinter einer bestimmten Schrift von Kopernikus her sind, die – so wird vermutet – bei Ihnen in der Bibliothek aufbewahrt wird. Sowohl Frauenburg, die Stadt, in der Kopernikus gelebt hat, als auch die Universität Krakau, an der er unter anderem studierte, scheinen hinter diesen Aktionen zu stecken.«

Der Rektor griff nach einem Brief, der auf dem Papierstapel obenauf lag, und reichte ihn der Bibliothekarin. »Jetzt verstehe ich, warum uns die Herren aus Polen besuchen wollen«, sagte er und lehnte sich in seinem Stuhl zurück.

Die Bibliothekarin überflog den Brief, in dem der Dekan der Naturwissenschaftlichen Fakultät der Jagiellonen-Universität Kraków bei der Schulleitung anfragte, ob sie auf ihrer Reise zu der deutschen Partnerstadt Nürnberg einen Zwischenstopp an der Schule im Saaletal einlegen dürfen. Stutzig machte sie der Satz: »Wir würden es sehr begrüßen, wenn wir bei dieser Gelegenheit Ihre Bibliothek besichtigen und uns mit Ihrer geschätzten Frau Dr. Seewald über aktuelle Fachthemen austauschen könnten.«

Sie überlas ihn nochmals und reichte den Brief an den Rektor zurück. »Haben Sie schon geantwortet?«, fragte sie.

Er schüttelte den Kopf. »Der Brief ist erst gestern bei uns eingetroffen. Ich wollte hören, wann es Ihnen passt und worüber die Gäste aus Polen mit Ihnen sprechen wollen.«

Sie dachte nach. »Das ist es«, sagte sie plötzlich mit strahlenden Augen.

Der Rektor und der Kommissar blickten sie verwundert an. »Wollen Sie uns an Ihren Überlegungen nicht teilhaben lassen?«, fragte der Rektor ungeduldig.

»Vor ein paar Tagen rief mich ein ehemaliger Studienkollege aus Jena an, der beim Mitteldeutschen Rundfunk im Kulturressort tätig ist. Er erzählte mir von einer Sendung des polnischen Fernsehens über die bevorstehende Kopernikus-Ausstellung der Krakauer Universität und dass polnische Wissenschaftler Zweifel hegen, ob die in der Universität aufbewahrten Kopernikus-Schriften wirklich echt sind. Es gibt Expertenmeinungen, die das sogenannte ›Kopernikus-Vermächtnis‹ als eine gut gemachte Fälschung betrachten und das Original noch immer an einem geheimen Ort in Mitteldeutschland vermuten. Wie gesagt, das weiß ich von meinem alten Studienkollegen«, fügte die Bibliothekarin hinzu. »Ich selbst habe die Sendung nicht gehört, außerdem verstehe ich kein Polnisch.«

»Und Sie meinen, dass uns die Herren aus Krakau besuchen, weil sie mit Ihnen über diesen Kopernikus sprechen wollen?«, fragte der Rektor.

»Vermutungen existieren schon lange, dass in unserer Bibliothek wichtige Schriften von diesem bedeutenden Astronomen aufbewahrt werden.«

Kommissar Rodig hatte dem Gespräch interessiert zugehört. Ihm war es gleichgültig, worüber die klugen Professoren aus Krakau mit der Bibliothekarin diskutieren wollten, ihn bewegten andere Fragen.

»Vor den Professoren aus Krakau sollte Ihnen nicht bange sein. Die wollen mit Frau Dr. Seewald diskutieren. Gefährlich sind die Personen, die inzwischen das Schulgelände und insbesondere das Sicherheitssystem der Bibliothek ausgekundschaftet haben«, erklärte Rodig.

»Können Sie konkreter werden?«, fragte der Rektor. Die Aussage des Kommissars beunruhigte ihn.

»Wir ermitteln noch, Genaues kann ich Ihnen noch nicht sagen.«

»Sie meinen, kriminelle Elemente interessieren sich für unsere Bibliothek?«

»Ja, davon gehen wir aus. Der Mord auf dem Bismarckturm geht auf deren Konto und wir schließen nicht aus, dass die gleichen Täter Frau Tangermann entführt haben.«

Der Rektor machte ein bestürztes Gesicht: »Ihre Schwester wurde entführt?«

Sie nickte, ihre Besorgnis war ihr anzusehen.

Er sah die Bibliothekarin ungläubig an: »Warum Ihre Schwester? Sie hat doch mit unserer Schule nichts zu tun.«

»Vermutlich ist sie Opfer einer Verwechslung«, entgegnete Kommissar Rodig.

»Die Täter halten offensichtlich Frau Tangermann für die Bibliothekarin.«

»Sie meinen, dass man eigentlich Frau Dr. Seewald …«, er sprach nicht weiter.

»Davon müssen wir ausgehen«, bemerkte der Kommissar.

»War das neulich Ihre Schwester in der Bibliothek?«, fragte der Rektor.

»Ja, das war sie.«

»Dann kann ich Ihre Vermutung nachvollziehen«, sagte der Rektor zum Kommissar. »Die beiden Damen kann man bei flüchtiger Betrachtung verwechseln.«

Für einen Augenblick herrschte Stille. Nur das leise Ticken der Wanduhr war zu vernehmen.

»Was sollen wir tun?«, unterbrach der Rektor das Schweigen.

»Deshalb bin ich hier. Ich muss Sie davon in Kenntnis setzen, dass die Schule ins Visier dubioser Kreise geraten und Ihre

Bibliothek besonders gefährdet ist. Ich habe bereits mit dem Polizeichef gesprochen: Wir werden die Schule und einen bestimmten Personenkreis bis auf Weiteres schützen.«

»An welche Personen haben Sie gedacht?«

»An Sie, an Ihre Familie und an Frau Dr. Seewald.«

»Ist das notwendig?«, fragte der Rektor.

»Zumindest so lange, bis wir davon ausgehen können, dass die Jagd nach dem ›Kopernikus-Vermächtnis‹ zu Ende ist. Das kann sich allerdings noch hinziehen. Außerdem werden wir uns mit der Sicherheitsfirma in Verbindung setzen und sie über die erhöhte Gefährdungslage informieren. Sie sollten sich umgehend mit der Firma beraten und die Aufschaltungsmodalitäten ändern.«

Der Rektor hatte keine Einwände. »Was können wir selbst zu unserer Sicherheit tun?«, fragte er den Kommissar.

»Sie sollten die Führungen fremder Besuchergruppen für die nächste Zeit einstellen und – er zögerte für einen Augenblick mit der Aussage – das bevorstehende Schulfest absagen.«

Das Gesicht des Rektors verfärbte sich. Blassweiß im Gesicht, stand er auf und trat ans Fenster. Er blickte auf den Vorplatz, auf dem jährlich das traditionelle Schulfest eröffnet wird.

»Wissen Sie, was Sie da vorschlagen?«, sagte er mit belegter Stimme. »Das Schulfest hat eine über ein Jahrhundert alte Tradition. Es wurde noch nie abgesagt. Selbst in Kriegs- und Katastrophenzeiten wurde es begangen. Es hat für unsere Schüler und für alle Ehemaligen eine symbolische Bedeutung, die ich nicht unterbrechen kann. Ein Rector portensis ist auch der Tradition verpflichtet. Nein, das Schulfest muss stattfinden.« Er drehte sich um und sah Kommissar Rodig energisch an: »Verstärken Sie Ihre Ermittlungen und sorgen Sie für die Sicherheit unserer Schüler und aller Tätigen in diesen Mauern. Wir lassen uns nicht einschüchtern. Wir werden das Fest etwas übersichtlicher organisieren, einige Veranstaltungen in die Räume und in den Kreuzgang verlegen und zusätzliche Absicherungen vornehmen!« Seine Worte klangen unmissverständlich.

Der Kommissar war von der Entschlossenheit und der sachlichen Lagebeurteilung des Rektors überzeugt. Erst vor wenigen Jahren hatte der das schwierige Amt übernommen und sich in kurzer Zeit bei Schülern und Lehrern hohe Anerkennung erworben. Diese Geschichte kam ihm absolut ungelegen. Er und seine Schule wollen mit Leistung überzeugen, auf keinen Fall Anlass für spektakuläre Schlagzeilen liefern.

Rodig konnte sich in seine Lage versetzen, dennoch musste er auf die Gefahren hinweisen. »Die Polizei kann nur begrenzten Schutz bieten«, sagte er, »die Verantwortung tragen Sie als Schulleiter.«

Die Keilglocke erklang, der Rektor erhob sich. »Ich habe gleich Unterricht. Halten Sie mich bitte über die Ermittlungen auf dem Laufenden.«

»Nur einen Moment noch«, bat Rodig. »In der Eingangshalle hängt ein Plakat, auf dem eine Lesung mit dem Schriftsteller Wolfram Gollwitz angekündigt wird.«

»Ja, ja, ich weiß auch nicht, wie die Mitglieder unserer Literarischen Arbeitsgemeinschaft es geschafft haben, diesen bekannten Autor für eine Lesung zu gewinnen. Wenn ich es einrichten kann, werde ich auch daran teilnehmen. Aber worauf wollen Sie hinaus?«

»Herr Gollwitz wohnt zurzeit auf dem Bismarckturm.«

Der Rektor war überrascht. »Das wusste ich nicht. Sollen wir die Veranstaltung deshalb absagen?«

»Eine Absage könnte Spekulationen auslösen. Lassen Sie Herrn Gollwitz selbst entscheiden, ob er den Termin wahrnimmt.«

Teil 2

Frauenburg/Frombork an der Ostsee, im Vordergrund die Kopernikus-Statue, dahinter der Turm, in dem Kopernikus von 1504 bis zu seinem Tode 1543 lebte.

10. Frauenburg

»Lassen Sie sich etwas einfallen und beschaffen Sie uns das ›Kopernikus-Vermächtnis‹«, sagte die Bürgermeisterin von Frombork zu den beiden Männern im Turmzimmer der Frauenburg.

Marija Kowalska, eine resolute mittelgroße Frau, hatte trotz ihres Alters noch immer tiefschwarze Haare. Sie liebte es, sie offen zu tragen. Eine eigene Familie hatte sie nicht, ihr Einsatz galt voll und ganz ›ihrer‹ Stadt und deren großem Sohn, ihrem Mikolaj Kopernika, wie sie und ihre Landsleute Kopernikus liebevoll nennen. Vor elf Jahren war sie mit großer Mehrheit zur Bürgermeisterin von Frombork gewählt worden – sie hatte ehrgeizige Pläne. Sie wollte dafür sorgen, dass Kopernikus, dessen sterbliche Überreste noch immer in einem unauffälligen Grab liegen, nun endlich eine würdige Ruhestätte im Dom erhält. Die Überführung seiner Gebeine soll zu einem großen Ereignis für ganz Polen werden, hatte sie sich geschworen. Und als Höhepunkt dieser Zeremonie wollte sie der Weltöffentlichkeit sein ›Vermächtnis‹ präsentieren. Niemand kannte die geheimnisvolle Schrift, viel wurde über sie spekuliert.

Schon während ihres Studiums an der Universität Kraków interessierte sie sich für Astronomie und für Kopernikus. Nach ihrem Studium bewarb sie sich als Lehrerin in Frombork, um seiner Wirkungsstätte möglichst nah zu sein. Sie gründete zusammen mit einigen Freunden die Kopernikus-Gesellschaft und engagierte sich in der Kommunalpolitik. Die Wiederherstellung der Burganlage, die das kleine Städtchen an der Ostsee prägt, und die Pflege der Kopernikus-Stätten wurden für sie zur Herzenssache. Die späte Würdigung Kopernikus' sollte der Höhepunkt ihres Lebens werden.

Die beiden Männer, Andrzej Michnikowski und Tadeusz Rybanski, waren ihr vom Chef des polnischen Geheimdienstes, einem ehemaligen Studienfreund, empfohlen worden. Sie hatte ihn um Unterstützung bei ihrem ehrgeizigen Vorhaben gebeten.

»Ich kann dir keine aktiven Mitarbeiter unseres Dienstes zur Verfügung stellen«, hatte er gesagt, »dein Vorhaben ist höchst bedenklich und wir wollen keinen Ärger mit unseren deutschen Nachbarn haben. Ich kann dir aber die Namen zweier handfester Kerle nennen, die wir aus dem Dienst ausschließen mussten, da sie Praktiken anwandten, die wir nicht akzeptieren konnten.«

»Ich glaube, du hast mich nicht richtig verstanden«, hatte sie entrüstet gesagt. »Das ist kein Auftrag für Killer, sondern eine Herausforderung für Leute, die Grips haben.«

»Keine Sorge, die beiden können nicht nur mit Waffen und Fäusten umgehen, sie verfügen auch über Verstand und kennen sich auch bestens mit Computer- und Sicherheitssystemen aus. Sie haben aber ihre eigenen Regeln und Methoden – und lassen sich selten etwas sagen. Mit ein Grund, weshalb wir auf ihre Mitarbeit verzichten mussten. Du musst sie nur umfassend instruieren!«, hatte er ihr geraten. »Ich vermute, dass diese Schrift, von der du mir erzählt hast, nicht in polnischer Sprache, sondern in Latein verfasst ist, weshalb du ihnen entsprechende Vorlagen mitgeben solltest. Latein beherrschen unsere Leute trotz ihrer guten Ausbildung nicht. Ich bin froh, wenn sie der Sprachen in ihren Einsatzgebieten mächtig sind. Die beiden Männer, an die ich denke, waren früher hin und wieder in Deutschland. Schau sie dir an, lass dich aber nicht von ihrem Aussehen abschrecken.«

»Na gut«, hatte sie gesagt. »Kannst du ihnen Bescheid geben?«

Er schüttelte den Kopf: »Das musst du schon selbst machen. Ich will mit dieser Aktion absolut nichts zu tun haben! Sollte es erforderlich sein, werde ich jede Verantwortlichkeit bestreiten.«

»Weißt du, was die beiden heute machen?«

»Sie haben einen Security-Service. Gelegentlich sehe ich sie bei Veranstaltungen als Personalschützer. Die beiden sind nicht billig.«

»Da mach dir mal keine Sorgen. Ein finanzkräftiger Mäzen unserer Stadt und Kopernikus-Fan unterstützt das Projekt. Er heißt Koppernich und meint, ein Nachfahre von Kopernikus zu sein.«

»Und, ist er das?«

»Schon möglich. In unserer Gegend gibt es zahlreiche Namen, die ähnlich lauten oder klingen. Dieser Koppernich ist von sich und seiner Abstammung überzeugt und hat außerdem einen Experten beauftragt, ihm alle Schriften und Dokumente von Kopernikus zu beschaffen, egal, was es kostet.«

»Hoffentlich kommen die sich nicht in die Quere«, sagte der Geheimdienstchef. »Die beiden verstehen keinen Spaß.«

Andrzej Michnikowski und Tadeusz Rybanski standen im Innenhof der Frauenburg vor der Gedenktafel, die zum fünfhundertsten Geburtstag von Kopernikus an der Burgmauer angebracht worden war. Als sie die beiden sah, stutzte sie; sie hatte sich die Männer anders vorgestellt. Der Ältere, er nannte sich Andrzej, war auffallend schmächtig und hatte ein spitzes Gesicht. Die Haare waren platt nach hinten gekämmt. Er trug eine getönte Brille, die seine hervorstehenden Augen verdeckte. Als sie ihm die Hand reichte, spürte sie nur Kälte. Entschlossen griff Tadeusz zu. Er war größer und kräftiger und hatte einen Kugelkopf. Auf seiner linken Wange hatte er eine Narbe. Seine Glatze war mit einem Tattoo verziert, das einen feuerspeienden Drachen zeigte. Er kaute ununterbrochen auf seinem Kaugummi. Andrzej schlabberte die Jacke um die Schultern, Tadeusz' Blouson schien zwei Nummern zu klein zu sein.

»Folgen Sie mir«, sagte sie bestimmt und ging auf der Holztreppe voran in das Turmzimmer.

»Hier oben«, begann sie ohne Umschweife ihre Ausführungen, »hat unser großer Kopernikus von 1504 bis zu seinem Tode 1543 gelebt und gearbeitet und seine Studien betrieben, mit denen er bewiesen hat, dass nicht die Erde, sondern die Sonne der Mittelpunkt unseres Universums ist.«

Sie hielt kurz inne. Ihr missfiel, dass die beiden offensichtlich gelangweilt dasaßen und an ihren Ausführungen wenig Interesse zeigten.

»In diesem Buch«, sie streckte sich, um größer zu wirken, und zeigte mit der Hand auf den Schaukasten, in dem zahlreiche handschriftliche Blätter neben einem Buch mit braunem Leder-einband lagen. »In diesem Buch«, wiederholte sie mit kraftvoller Stimme und klopfte mit dem Zeigefinger ihrer rechten Hand auf den Glaskasten, »mit dem komplizierten Titel ›De Revoluti-onibus Orbium Coelestium‹, übersetzt ›Von den Umdrehungen der Himmelskörper‹, weist Kopernikus nach, dass sich alles um die Sonne bewegt – und nicht, wie bis dahin angenommen, die Planeten und die Sonne um die Erde.«

Die beiden warfen einen Blick auf den Schaukasten und schie-nen plötzlich interessiert zu sein.

»Diese Auffassung war damals so außerordentlich, dass Koper-nikus zunächst zögerte, sie zu veröffentlichen. Er hatte Sorge, dass man ihn für einen Spinner halten könnte. Nur seinen engsten Freunden erzählte er von seinen Beobachtungen.«

»Was hat denn die Kirche zu seiner Theorie gesagt?«, fragte Andrzej. »Meines Wissens war er ein katholischer Geistlicher und sogar einer der Domherren.«

Die Frage überraschte und erfreute Frau Kowalska, sie hatte nicht damit gerechnet.

»Kopernikus wusste, seine Thesen standen im krassen Wider-spruch zur Lehre der Kirche. Er musste damit rechnen, Schwie-rigkeiten zu bekommen.«

»… und – hat er welche bekommen?«, wollte Tadeusz wissen.

»Da er nicht nur ein genialer Wissenschaftler, sondern auch ein erfahrener Diplomat war, bediente er sich eines sehr klugen Schachzuges«, erklärte die Bürgermeisterin. »Er verfasste eine komprimierte Niederschrift seiner Thesen und sandte sie als sein persönliches Vermächtnis an den amtierenden Papst nach Rom, mit der untertänigsten Bitte, der Heilige Vater möge sich mit seinen bescheidenen Erkenntnissen vertraut machen. Er beauf-tragte einen Mönch vom Zisterzienserkloster Stolpe mit dieser vertrauensvollen Aufgabe und beschwor ihn, die Sendung nur dem Papst persönlich zu übergeben.«

»Und wie hat der Papst reagiert?«, wollte Andrzej wissen.

»Zunächst gar nicht«, antwortete die Bürgermeisterin spontan.
»Nachdem Kopernikus mehr als drei Jahre auf eine Antwort aus Rom gewartet hatte, gab er auf Drängen seiner Freunde das vollständige Manuskript seines Hauptwerkes für den Druck frei. Kopernikus war damals bereits ein schwerkranker Mann. Kurz vor seinem Tod – er verstarb 1543 – übergab man ihm das erste gedruckte Exemplar.«

»Warum ist Ihnen seine ›Vermächtnis-Schrift‹ so wichtig, wenn Sie sein gedrucktes Hauptwerk besitzen?«, fragte Andrzej.

Die Bürgermeisterin zeigte ein wissendes Lächeln: »Aus Tagebuchaufzeichnungen von seinem Freund Bischhof Giese wissen wir, dass Kopernikus in seiner ›Vermächtnis-Schrift‹ die Aussage macht, es gäbe keine Gewähr dafür, dass unsere Erde für alle Zeiten ihrer Umlaufbahn folgen wird. Er soll sogar errechnet haben, wann und unter welchen Umständen unser Planet seine Bahn verlassen und für immer im Weltall verschwinden wird. Er selbst fand diese Erkenntnis so ungeheuerlich, dass er sie nur dem Papst anvertrauen wollte.«

»Ich wage mir nicht vorzustellen«, sagte Andrzej, »was aus uns Menschen wird, wenn dieser Kopernikus tatsächlich Recht hat und seine Prophezeiung eintreten sollte. Warum hat der Papst auf diese ketzerischen Ideen nicht reagiert? Sie sind ja fast noch gefährlicher als die Thesen von Luther gewesen.«

»Kopernikus hatte seiner Schrift eine persönliche Widmung für Papst Paul III. vorangestellt, in der er seine Motive darlegte und ihre Wirkungen aufzeigte. Ob der Papst sie zur Kenntnis genommen hat, wissen wir nicht. Erst Jahre später verbot der Vatikan sämtliche Veröffentlichungen, die von der damaligen herrschenden Lehrmeinung abwichen. Galileo Galilei, ein Anhänger von Kopernikus, wurde von der Inquisition als Ketzer angeklagt und musste widerrufen. Giordano Bruno, der das ›heliozentrische System‹ von Kopernikus verteidigte, wurde zum Tode verurteilt und in Rom auf dem Scheiterhaufen verbrannt. Erst 1835 wurden Kopernikus' Schriften vom Index der verbotenen Bücher gestrichen und 1992 erfuhren sie ihre Rehabilitation.«

Tadeusz stand auf, ging zur Vitrine und betrachtete das gebundene Werk. »Und worin besteht unser Auftrag?«, fragte er die Bürgermeisterin. »Sollen wir etwa die Richtigkeit seiner Erkenntnisse verproben?« Die Bürgermeisterin unterdrückte ein Lächeln. »Das müssen Sie nicht, das haben andere Leute schon getan. Kopernikus hat – wie ich schon sagte – einen Zisterziensermönch beauftragt, das ›Kopernikus-Vermächtnis‹ nach Rom zu bringen und es dem Papst zu übergeben.«

»Sollen wir das Dokument – dieses ›Vermächtnis‹ – wieder zurückholen?«, fragte Andrzej entgeistert.

»Ja, das sollen Sie. Bringen Sie uns diese Schrift. Sie ist in diesem Raum an diesem Schreibtisch entstanden – und hier gehört sie hin. Zu unserer großen Jubiläumsfeier wollen wir sie der Weltöffentlichkeit präsentieren.«

»An wen sollen wir uns in Rom wenden? Und warum machen Sie das eigentlich nicht selbst?«, erkundigte sich Tadeusz.

Die Bürgermeisterin zeigte ein amüsiertes Lächeln. »Wenn das so leicht wäre, würden wir Ihre Hilfe nicht benötigen. Das ›Kopernikus-Vermächtnis‹ ist angeblich nie im Vatikan eingetroffen. Es muss unterwegs verloren gegangen sein. Das, meine Herren, sollen Sie herausfinden!«

Frau Kowalska stand auf und ging im Raum auf und ab. Während sie anfänglich Bedenken hatte, den beiden den heiklen Auftrag zu übertragen, hatte sie nun Sorge, sie könnten ihn ablehnen. Sie stand am Turmfenster und blickte für einige Minuten auf den Burghof und die Kathedrale, wo sich gerade eine Touristengruppe versammelte. Ihre Gedanken schweiften ab. Sie sah sich, umgeben von führenden Persönlichkeiten des Landes und Repräsentanten aus aller Welt, bei einer feierlichen Zeremonie. Die sterblichen Überreste von Kopernikus wurden in die Kathedrale überführt. Die Anwesenden lauschten ihrer Rede. Dann verschwanden die Bilder vor ihren Augen.

Sie gab sich einen Ruck und blickte die beiden Männer an: »Wir wollen Ihren Einsatz selbstverständlich angemessen honorieren«, sagte sie. »Sie erhalten von einem Mittelsmann je 10.000 Euro als Vorschuss für Ihre Aufwendungen. Wenn Sie uns das Dokument übergeben, erhält jeder von Ihnen nochmals 40.000 Euro. Ich glaube, die Vergütung ist angemessen.« Die beiden sahen sich kurz an, sie waren einverstanden.

»Ich kann also davon ausgehen, dass Sie uns die Schrift zurückbringen werden«, stellte sie fest.

Beide nickten unmissverständlich.

»Dann muss ich Ihnen noch Folgendes mit auf den Weg geben: »Meinen Namen und den Namen unserer Stadt kennen Sie nicht. Ich habe niemals mit Ihnen gesprochen. Unsere Stadt hat mit Ihrer Aktion nichts zu tun, absolut nichts. Ihre Vorgehensweise interessiert mich nicht. Beweisen Sie, dass Sie zu den Besten gehören. Sie übernehmen einen Auftrag von allergrößter Bedeutung für unser Land und für die Wissenschaft. Vermutlich enthalten die Aufzeichnungen Erkenntnisse und Prophezeiungen, die für unser Leben entscheidend sind.«

Sie machte eine Pause, um die Wirkung ihrer Worte zu beobachten.

Andrzej nutzte die Pause, um ihr eine Frage zu stellen, die ihm schon die ganze Zeit auf den Nägeln brannte: »Woran erkennen wir diese Schrift, die für den Papst bestimmt war? Sie ist vermutlich in Latein abgefasst?«

»Die Frage ist berechtigt«, entgegnete sie. »Auch ich weiß nicht, wie sie aussieht und woran man sie erkennen kann. Aus einer Tagebuchaufzeichnung von Kopernikus wissen wir, dass er die Sendung versiegelt dem Mönch übergeben hat. Als Domherr besaß Kopernikus ein eigenwilliges Siegel. Wie wir aus überlieferten Briefen und Schriftstücken wissen, verwendete er gern diesen Stempelabdruck mit der Abbildung der Sonne und den kreisförmigen Umlaufbahnen der Planeten.«

Sie griff in die Mappe vor ihr auf dem Tisch, entnahm eine Kopie und reichte sie den beiden. Andrzej besah sich die Abbildung und gab sie an seinen Kollegen weiter.

»Ich habe die Kopie für Sie anfertigen lassen, damit Sie eine Vorlage haben. Im Unterschied zu seinem Manuskript für sein Hauptwerk, das mit zahlreichen Tabellen, Zahlenreihen und Skizzen mehr als vierhundert Seiten umfasst, soll die ›Vermächtnis-Schrift‹ höchstens vierzig Seiten umfassen.«

Andrzejs Stirn zeigte tiefe Furchen. Die beiden sahen sich skeptisch an. Sie hatten konkretere Hinweise erwartet.

»Ich weiß«, sagte die Bürgermeisterin, »vielleicht ist das Ihr schwierigster Auftrag, den Sie je übernommen haben. Lassen Sie sich etwas einfallen. Freiwillig wird man Ihnen das ›Vermächtnis‹ nicht übergeben.«

Andrzej und Tadeusz standen auf und besahen sich den Raum, in dem Kopernikus so viele Jahre gelebt und studiert haben soll. Seine einfachen Schreib- und Arbeitsgeräte amüsierten sie.

»Ich würde mich bei der Suche an die Klöster der Zisterzienser-mönche halten«, gab die Bürgermeisterin ihnen noch mit auf den Weg. »Und noch ein Hinweis: Sie sind nicht die Einzigen, die nach seiner Schrift suchen. Wir haben Hinweise, dass sich auch die Universität Kraków für die ›Vermächtnis-Schrift‹ interessiert und sogar unseren Botschafter in Deutschland um Unterstützung gebeten hat. Beeilen Sie sich also. Ich wünsche Ihnen – und damit auch uns – viel Erfolg.«

Die zwei verließen nachdenklich das Turmzimmer und stiegen die Holzstufen nach unten. Ihr ehemaliger Chef hatte sie zwar wissen lassen, es würde sich um einen ungewöhnlichen Auftrag handeln, hatte aber nicht gesagt, dass sie in Deutschland alte Klöster abklappern müssten, um verschollene Schriften eines mittelalterlichen Astronomen aufzutreiben.

»Nehmen Sie bei diesem Einsatz Ihre Presseausweise und die Fotoausrüstungen mit«, hatte er ihnen mitteilen lassen. »In Deutschland genießen Journalisten hohen Respekt, auch wenn sie aus Polen kommen.«

Der Auftrag war in der Tat ungewöhnlich, aber das Erfolgsho-norar konnte sich sehen lassen. Sie wollten sich den ›Finderlohn‹

auf jeden Fall verdienen und ihrem früheren Chef beweisen, dass sie zu den Besten zählen.

Als Erstes entwickelten sie eine Strategie: Sie fuhren nach Danzig in die Universitätsbibliothek und informierten sich über den Zisterzienserorden. Auf einer Deutschlandkarte markierten sie alle ehemaligen und noch aktiven Klöster. Ihre Erkundungstour wollten sie beim ehemaligen Kloster Neuenkamp in Franzburg südlich von Stralsund starten und sich dann – wie der brave Mönch vor fünfhundert Jahren – von Kloster zu Kloster in südliche Richtung vorarbeiten. Gleich hinter dem Grenzübergang Stettin mieteten sie bei einem Gebrauchtwagenhändler einen komfortablen Wohnwagen mit deutschem Kennzeichen. Sie vereinbarten zwei Wochen Mietzeit – wie sie dem Händler erzählten – für eine Fototour durch Norddeutschland.

Der Pfarrer in Franzburg war gesprächsbereit, nachdem sie ihm erzählten, für ein angesehenes Kulturmagazin einen Bericht über die ehemaligen Zisterzienserklöster veröffentlichen zu wollen. Ausschweifend berichtete er über die Geschichte ›seines‹ Klosters Neuenkamp, von dem heute nur noch Reste zu sehen sind. Auf ihre Frage nach der einstigen Klosterbibliothek zuckte er nur die Schultern.

Bei Greifswald besichtigten sie die Klosterruine Eldena und schossen Aufnahmen, um glaubwürdig zu erscheinen. Das Kloster Dargun, das nach der Reformation aufgelöst und im letzten Krieg fast gänzlich zerstört worden war, wurde jetzt für Festivals und andere Freiluftveranstaltungen genutzt. Hier trafen sie einen auskunftsfreudigen, pensionierten Oberstudienrat, der sich seit Jahren eingehend mit der Kulturgeschichte der Zisterzienser beschäftigte. Er schien alle ehemaligen Klöster zu kennen, die meisten hatte er – wie er sagte – bereits mehrere Male besucht. Er bedauerte, dass viele von ihnen nur noch fotogene Ruinen sind oder als Museen genutzt werden. Mit Bewunderung erzählte er von dem ehemaligen Kloster Pforta bei Naumburg an der Saale, in dem sofort nach seiner Auflösung eine Schule eingerichtet wurde. »Die Schüler sind sozusagen von heute auf morgen in die Mönchszellen eingezogen«, sagte er. »Dieses Kloster hatte das große Glück, ohne Unterbrechungen genutzt worden zu sein.«

Auf ihre Frage, ob es in diesem ehemaligen Kloster noch die Klosterbibliothek gibt, strahlten seine Augen. »Im letzten Jahr nahm ich an dem Nietzsche-Kongress in Naumburg teil«, erzählte er mit erkennbarem Stolz. »Bei dieser Gelegenheit besuchten wir Kongressteilnehmer natürlich auch die Landesschule Pforta, in der Nietzsche und andere Geistesgrößen zur Schule gingen. Die Bibliothekarin führte durch die Schulanlage und zeigte uns auch die historische Bibliothek.«

Tadeusz unterbrach ihn: »Sagten Sie Bibliothekarin?«

»Ja, die Bibliothek wird von einer Frau geleitet.«

»Bei Bibliothekaren denkt man zumindest bei uns in Polen immer an ältere Männer mit vollen Bärten und dicken Brillengläsern«, sagte Andrzej.

»Das ist bei uns in Deutschland nicht anders. Leute, die sich mit Büchern beschäftigen, gelten allgemein als gereifte Personen. Diese Dame ist ohne Zweifel eine Ausnahme und ein Aushängeschild für diese Schule. Auch ihr Rektor entspricht nicht dem Bild früherer Schulleiter. Dieser Mann ist jung, sportlich und weltgewandt.«

Auf ihre Frage, ob die Schule und die Bibliothek so ohne Weiteres besichtigt werden können, meinte er, dass dies mit Voranmeldung sicherlich möglich ist. Er könne sich vorstellen, die Bibliothekarin würde zwei Journalisten aus dem befreundeten Nachbarland diesen Wunsch nicht verwehren.

Der Studienrat a. D. beschrieb ihnen Schulpforte, welches zwischen der Domstadt Naumburg und dem Kurort Bad Kösen in unmittelbarer Nähe zur Saale liegt, als einen Ort mit großer Tradition und einer besonderen Atmosphäre. Sie dankten dem auskunftsfreudigen Herrn und beschlossen, sich gleich am nächsten Morgen auf den Weg zu machen. Für sie war die Entscheidung gefallen.

Sie waren mit ihrem Wohnwagen früh aufgebrochen und fuhren auf der Deutschen Alleenstraße in Richtung Süden, vorbei an den zahlreichen Mecklenburger Seen und unendlich weiten Feldern und Wiesen. Die Morgensonne löste allmählich den diesigen Schleier auf. Bei Wittstock gingen sie auf die Autobahn und fuhren im Westen an Berlin vorbei. In Ludwigsfelde verließen sie den Berliner Ring. Auf der Bundesstraße 101 erreichten sie das Kloster Zinna bei Jüterbog. Sie schossen einige Aufnahmen, bevor sie bei Niemegk wieder auf die Autobahn fuhren.

Die Gegend im südlichen Teil Sachsen-Anhalts war ihnen nicht fremd. Vor drei Jahren waren sie in einem der großen Chemiewerke in Merseburg mit einem Spezialauftrag gewesen. Wie andere Geheimdienste hatte auch der polnische Abwehrdienst Kontaktleute in Mitteldeutschland. Meist waren es freiwillige Mitarbeiter, die Sympathien für ihr Land haben und bereit waren, Aufträge zu übernehmen oder Informationen zu beschaffen. Edgar Poschalski war einer dieser ›freiwilligen Mitarbeiter‹. Sie kannten ihn von früheren Einsätzen und schätzten seine technischen Fähigkeiten. Als ehemaliger Mitarbeiter einer Sicherheitsfirma verfügte er neben seinen sonstigen Fähigkeiten über spezielle Erfahrungen mit Überwachungssystemen. Sie verabredeten sich mit ihm am Bahnübergang in Almrich.

»Was habt ihr vor?«, fragte Edgar neugierig, als er sie begrüßte. »Ein großes Projekt?«

»Wissen wir noch nicht«, antwortete Tadeusz. »Kennst du die Internatsschule zwischen Naumburg und Bad Kösen?«

»Du meinst Schulpforte?«

»Ja, das ehemalige Kloster.«

»Das kennt doch jeder«, erklärte Edgar mit geschwellter Brust. »Wollt ihr euch dort als Lehrer oder als Handwerker bewerben?«

»Dieses Mal sind wir Journalisten«, erklärte Andrzej und klopfte Edgar freundschaftlich auf die Schulter.

»Du kennst die Schulanlage?«

»Ich musste mich früher gelegentlich um deren altmodische Alarmanlage kümmern«, erklärte Edgar und zündete sich eine f6-Zigarette an, die zwischen seinen riesigen Händen fast ganz verschwand. Wie konnten solche tellergroßen Handflächen elektrische Schaltsysteme bedienen, fragte sich Andrzej und starrte dabei auf Edgars Tatzen.

»Und, hast du sie hinbekommen?«

»Natürlich, obwohl es ein altmodisches Ding ist, fast so alt wie die Bauten und die verstaubten Schwarten in den Bücherregalen.«

Andrzej grinste über das ganze Gesicht. »Das ist gut so.«

Da Edgar mal wieder klamm war, kam ihm ein Sonderauftrag gelegen. Während Tadeusz sich von ihm das Terrain erklären ließ, rief Andrzej in der Schule an.

»Wir sind zwei Journalisten, die die Straße der Romanik abfahren und gern das ehemalige Kloster Pforta kennenlernen wollen«, erklärte er überzeugend der Dame am Telefon.

»Unsere nächste Führung ist heute Nachmittag um 15 Uhr«, erklärte die Mitarbeiterin der Schule. »Eine Gruppe von der Universität Jena ist angemeldet. Frau Dr. Seewald, unsere Bibliothekarin, führt die Besucher. Sie hat sicher nichts dagegen, wenn Sie sich anschließen.«

Andrzej und Tadeusz baten Edgar, sie mit seinem Auto zur Schule zu fahren.

»Ich setze euch am Torhaus ab, aufs Gelände komme ich nicht mit«, erklärte Edgar, der nicht daran interessiert war, für die beiden den Chauffeur zu spielen. »Beschafft euch selbst einen unauffälligen Wagen, damit man uns drei nicht zusammen sieht«, fügte er hinzu.

Edgar legte keinen großen Wert auf sein Äußeres. Am liebsten trug er seine alte Latzhose und den abgewetzten Schlapphut, der sein üppiges rotes Haar nicht ganz verbergen konnte. Dass seine Freunde ihn wegen seiner Haarpracht und seiner massigen Statur scherzhaft Barbarossa nannten, daran hatte er sich gewöhnt. Sein schlürfender Seemannsgang passte zu seinem Erscheinungsbild; Edgar war nicht zu übersehen.

»Ich warte im Fischhaus auf euch«, sagte er und ließ die beiden aussteigen.

11. An der Universität Krakau

Professor Dr. Boleslaw Szeszinski, Dekan der Naturwissenschaftlichen Fakultät, Professor für Astrophysik und Vorsitzender der Astronomischen Gesellschaft der Jagiellonen-Universität, ein Mittfünfziger mit asketischem Aussehen und geschmeidigen Bewegungen, hatte seine Mitglieder zu einer außerordentlichen Besprechung in den Kapitelsaal der Universität geladen.

Die sieben Herren, langjährige Dozenten der Universität und anerkannte Wissenschaftler auf ihren Gebieten, waren vollzählig erschienen. In ihren dunklen Anzügen wirkten sie höchst respektabel. Ihren Gesichtern war anzusehen, dass ein bedeutungsvolles Thema zur Entscheidung anstand.

Professor Szeszinski erhob sich, streifte mit der rechten Hand bedächtig über die silbergrauen Strähnen und schob die Brille auf seinem Nasenrücken höher. Ohne Umschweife begann er seine Ansprache:»Liebe Kollegen, der Beitrag in der gestrigen Kultursendung des Fernsehens hat uns wohl alle überrascht und zutiefst verärgert. Man hat uns, die Mitglieder der Astronomischen Gesellschaft Polens, geradezu lächerlich gemacht. Wir wurden vor der Ausstrahlung der Sendung weder informiert, geschweige denn befragt. In höchst indiskutabler Weise hat sich der Moderator, ein noch junger und wenig gebildeter Mann, über uns und unsere ehrwürdige Universität ausgelassen. Seine Ausführungen stützten sich im Kern auf einen Artikel in einer deutschen Fachzeitschrift, die für ihre provokanten Beiträge bekannt ist, in dem behauptet wurde, dass das ›Kopernikus-Vermächtnis‹, das in unserem Archiv wie ein Augapfel gehütet wird, nicht die Originalschrift, sondern nur eine Abschrift sei.«

Professor Dr. Boleslaw Szeszinski hielt inne. Er lockerte seinen Hemdskragenknopf, trank einen Schluck aus seinem Wasserglas und fuhr fort:»Wir, alles angesehene und vielfach ausgezeichnete Wissenschaftler auf unseren Fachgebieten, Mitglieder zahlreicher Gremien und Beiräte, wurden in der Sendung von diesem halbgebildeten Fernsehjournalisten als inkompetente, eitle Pseudo-Astronomen dargestellt, die nicht qualifiziert wären, das Erbe von Kopernikus würdig zu vertreten.«

Sein Gesicht verfärbte sich rot, sein Blutdruck stieg in besorgniserregende Höhe. Er setzte sich und atmete tief. Die Mitglieder der Gesellschaft blickten besorgt auf ihren Vorsitzenden.

Professor Silawskij, sein Stellvertreter, ergriff das Wort: »Auch mich hat der Bericht erschüttert und wütend gemacht. Das haben wir von der viel gepriesenen Presse- und Meinungsfreiheit. Selbsternannte Wissenschaftsredakteure erdreisten sich, über Themen zu urteilen, von denen sie keine Ahnung haben. Ihre Respektlosigkeit ist besorgniserregend. Auch wenn ich diesen Stil verurteile und den Angriff auf unser Kollegium am liebsten ignorieren würde, müssen wir meines Erachtens darauf reagieren. Wir können diese fragwürdige Aussage nicht im Raume stehen lassen; wir müssen sie mit aller Entschiedenheit zurückweisen.«

Professor Silawskij sah seine Kollegen fragend an; ihr Kopfnicken bestärkte ihn in seiner Forderung. Er nahm das Taschentuch aus der Hosentasche und wischte sich den Schweiß von der Stirn.

Dr. Mariusz Borsutzki, Professor der Geisteswissenschaften und seit zwei Jahren emeritiert, stand schwerfällig auf, stützte sich auf die Tischplatte und wandte sich an die Anwesenden: »Auch ich habe mich, als ich noch an der Universität lehrte, mit den Kopernikus-Unterlagen beschäftigt, die wir im Rahmen eines Kulturaustausches von der DDR Anfang der 70er Jahre erhalten haben. Etwas Verdächtiges war mir seinerzeit an der ›Vermächtnis-Schrift‹ nicht aufgefallen. Ich muss allerdings zugeben, dass ich sie mir so speziell nicht angesehen habe. Wenn ich mich recht erinnere, haben wir damals auch keinen sachverständigen Schriftenprüfer hinzugezogen. Warum sollten wir auch? Wenn ich höre, dass wir nur eine gutgemachte Abschrift besitzen, frage ich mich: Wer hat das Original?«

Die Herren Kollegen klopften respektvoll auf die Tischplatte.

Dr. Krolowski, ordentlicher Professor für Neuere europäische Geschichte, meldete sich zu Wort:»Ich hörte aus zuverlässiger Quelle, dass die Stadt Frombork großes Interesse an den Kopernikus-Schriften hat. Man will bei dem siebenhundertjährigen Stadtjubiläum die sterblichen Überreste von Kopernikus in der Kathedrale beisetzen. Kopernikus wird in allen Medien sein. Sollte Frombork die Originalschrift der Welt präsentieren, hätten sie einen unerhörten Erfolg.«

»… und wir hätten das Nachsehen«, fügte einer der Anwesenden grimmig hinzu.

Professor Szeszinski hatte sich wieder erholt und ergriff das Wort:»Wir stimmen also überein, dass wir auf diese mediale Unverschämtheit reagieren müssen«, sagte er und fuhr sich wieder durch sein Haar.»Ich werde Sie informieren, sobald ich Neues erfahren habe. Ich möchte Sie bitten, so lange keine Erklärungen, weder der Presse noch dem Fernsehen gegenüber, abzugeben. Für heute beende ich unsere außerordentliche Zusammenkunft.«

Nach einer Woche lud Professor Dr. Boleslaw Szeszinski die Mitglieder erneut zu einer Besprechung ein. Im Kapitelsaal der Universität war es angenehm kühl, die brütende Hitze des Nachmittags drang nicht bis hierher vor.

»Liebe Freunde«, seine Stimme schien Bedeutendes zu verkünden,»wir haben neue Erkenntnisse über das ›Kopernikus-Vermächtnis‹.«

Er genoss diesen Augenblick. Er war stolz, in dieser heiklen Angelegenheit Ergebnisse vorweisen zu können.»Kein Geringerer als unser Botschafter in der Bundesrepublik Deutschland bestätigte mir in einem persönlichen Gespräch, dass er seinerzeit an den Verhandlungen um das Kulturabkommen mit der DDR teilgenommen hat. Er erinnerte sich auch an die Gespräche in der Internatsschule im ehemaligen Zisterzienserkloster Pforta an der Saale. In der historischen Bibliothek der Schule wurde tatsächlich über Jahrhunderte unsere Schrift verwahrt, um deren Herausgabe die polnische Regierung die DDR dringend gebeten hatte. Der damalige Bibliothekar hatte sich vehement geweigert, die Schriften auszuhändigen. Erst auf Drängen des Kultusministers der DDR zeigte er Einsicht. Im Protokoll steht, dass es sich bei der übergebenen Schrift um die Originalfassung handelt. Auf diesen Zusatz hatten unsere Vertreter ausdrücklich bestanden. So viel dazu, meine Herren. Ist das nicht bedeutsam? Wer will jetzt noch an der Echtheit unserer Schrift zweifeln, wenn wir den Botschafter als Kronzeugen aufbieten können?«

Stolz wie ein Pfau schaute Professor Dr. Boleslaw Szeszinski in die Runde. Die Herren wirkten zufrieden und zollten ihm Beifall.

»Um ganz sicherzugehen«, schlug Professor Krolowski vor, »sollten wir zur Schule Pforta Kontakt aufnehmen, um den Vorgang zu überprüfen.«

»Dem stimme ich zu«, bemerkte Professor Silawskij. »Uns interessiert einfach, wie die ›Vermächtnis-Schrift‹ in dieses abgelegene Kloster gelangt ist. Wir sollten zu dem Bibliothekar der Schule umgehend Kontakt aufnehmen.«

»Ich darf Sie korrigieren, lieber Kollege. Der Bibliothekar ist eine Frau und trotz ihrer jungen Jahre bereits durch zahlreiche Veröffentlichungen in Fachkreisen anerkannt«, sagte Krolowski.

Ein Murmeln ging durch die Runde: »Eine Frau, sagen Sie?«

»Ja, eine Frau. Ich habe mir die Homepage der Schule angesehen und war von Frau Dr. Seewalds Beiträgen sehr angetan. Ein Besuch in der abgelegenen Schule an der Saale kann uns nicht schaden.«

12. Die Vatikanische Bibliothek

Monsignore Strabatoni hatte schlecht geschlafen. Lange lag er wach. Das kam in letzter Zeit häufig vor und hätte – so meinte er – mit seinem Tinnitus zu tun, der ihn nicht schlafen lasse. Auch wir Angestellte Gottes sind nicht vor den Plagen der Menschheit geschützt, dachte er und war aufgestanden.

Er zählte inzwischen mit zu den ältesten Gehilfen Gottes auf Erden und fühlte sich dem deutschen Papst besonders verpflichtet, obgleich er aus Sizilien kam und noch nie in Deutschland war. Die deutsche Sprache hatte er sich selbst angeeignet, um die großen deutschen Schriftsteller und Philosophen lesen zu können. Er sah auf den nächtlichen Petersplatz. Immer wieder war er aufs Neue von diesem einzigartigen Bauwerk beeindruckt. Das Schreiben aus Krakau ließ ihn nicht zur Ruhe kommen. Er musste an die Universität und an seine Studienzeit in Krakau denken und daran, wie sie schlagartig endete, als der Krieg ausbrach. Er erinnerte sich, wie er sich als Student zum ersten Mal intensiv mit dem großen Astronomen Kopernikus und dem nach ihm benannten ›kopernikanischen Weltbild‹ beschäftigte und wie beeindruckt er von dem Mut des Gelehrten war, dessen Erkenntnisse über das Weltsystem die damalige Auffassung gänzlich auf den Kopf stellten.

Strabatoni öffnete das Fenster und warf einen Blick auf den nächtlichen Himmel. Es war eine klare Sternennacht. Er versuchte sich vorzustellen, wie dieser Kopernikus über viele Jahre nachts von seinem Turm in Frauenburg an der Ostsee den Himmel studierte. Er fühlte sich in diesem Moment dem mutigen Wissenschaftler eng verbunden. Als junger Theologiestudent war er verwundert, warum gerade die protestantische Kirche seine Ideen kritisierte und Luther, eigentlich für alles Neue aufgeschlossen, sich öffentlich von ihm distanzierte, während die katholische Kirche Kopernikus zunächst gewähren ließ. Erst als sich andere Wissenschaftler zu dem ›kopernikanischen Weltsystem‹ bekannten und seine Theorien weiterentwickelten, reagierte der Vatikan und verbot sein Hauptwerk und alle Schriften, die die bislang geltende Auffassung in Frage stellten. Ihn schauderte, mit welcher Brutalität und Unmenschlichkeit seine Kirche gegen Andersdenkende vorging. Giordano Bruno, ein Anhänger von Kopernikus, wurde auf dem Scheiterhaufen verbrannt. Galileo Galilei, der mit seinen Beobachtungen Kopernikus bestätigte, musste auf Druck der Inquisition widerrufen. Monsignore Strabatoni war zutiefst berührt, wenn er an diese mutigen Männer dachte, die ihrer Anschauungen wegen von der Inquisition verfolgt wurden. Er schämte sich für die Taten seiner Kirche und bewunderte diese Männer vorbehaltlos.

Er stand noch immer am Fenster seiner Wohnung. Eine frische Brise spielte mit den Gardinen und brachte Kühlung in den stickigen Raum. Er musste an den polnischen Kardinal Wojtyla aus Krakau denken, der zur allgemeinen Überraschung 1978 zum Papst gewählt und als Johannes Paul II. allseits geschätzt und verehrt wurde. Der hatte ihm in einem persönlichen Gespräch den Auftrag erteilt, sich mit den mittelalterlichen Inquisitionsverfahren zu beschäftigen und die Protokolle der Verhandlungen gegen die damaligen Naturwissenschaftler zu studieren. Strabatoni hatte diese Aufgabe als einen besonderen Vertrauensbeweis empfunden und sich vorbehaltlos mit diesem unerfreulichen Kapitel der Kirchengeschichte beschäftigt. Geradezu erschüttert war er, als er im vatikanischen Geheimarchiv auf einer Widerrufsurkunde Galileis Namenszug entdeckte. Er versuchte sich vorzustellen, wie Kopernikus reagiert hätte, wenn er, wie seine Anhänger Bruno und Galilei, vor die Inquisition geladen worden wäre. Zum Glück – so dachte er – starb Kopernikus rechtzeitig. Ihm blieben diese Demütigung und der Scheiterhaufen erspart.

Monsignore hatte den Brief aus Krakau inzwischen mehrere Male gelesen. Der Dekan der Fakultät bat ihn um eine zuverlässige Auskunft, ob in der Vatikanischen Bibliothek oder im Archiv die ›Vermächtnis-Schrift‹ von Kopernikus vorläge. Die Anfrage weckte Erinnerungen an das Gespräch mit dem verstorbenen Papst, bei dem dieser sich gezielt nach den Schriften von Kopernikus und dessen Schreiben an Papst Paul III. erkundigt hatte. Strabatoni hatte gespürt, wie wichtig dem Papst das Anliegen war, und hartnäckig in der Bibliothek nach der besagten Schrift gesucht. Er fand aber nur die verschiedenen Ausgaben seines Hauptwerkes, nicht das geheimnisvolle ›Vermächtnis‹. Auch im Geheimarchiv wurde er nicht fündig. Es gab weder diese Schrift noch irgendeinen Eingangsvermerk in der Bestandskartei. Er war inzwischen überzeugt, dass Kopernikus' letzte Botschaft niemals in Rom eingetroffen ist.

Der Papst, der nach dem versuchten Attentat vom 13. Mai 1981 kränkelte, hatte ihn nicht mehr auf Kopernikus angesprochen. Und dennoch ließ Strabatoni die Frage nicht los, was dieser hartnäckige Geist da oben im Norden auf seinem Turm beobachtet und gedacht haben musste, das er nur dem Papst anvertrauen wollte. Er entschloss sich, die Suche nach dieser geheimnisvollen Schrift erneut aufzunehmen und seinen jungen Mitarbeiter aus der Deutschland-Abteilung damit zu beauftragen.

Bruder Bernardus war Mitglied des Jesuitenordens und kam aus dem Eichsfeld in Mitteldeutschland. Er lebte seit einigen Jahren in Rom und fühlte sich wohl in dieser Stadt. Er nutzte die vielfältigen Möglichkeiten, die der Vatikan bot, für seine wissenschaftlichen Arbeiten. Monsignore Strabatoni schätzte seine Beharrlichkeit und seine kultivierte Umgangsform. »Ich habe mal wieder einen Auftrag für Sie«, sagte er mit würdiger Stimme und sah den Pater mit erkennbarer Sympathie an. »Ich möchte Sie bitten, für eine gewisse Zeit in Ihre Heimat zurückzukehren und Nachforschungen anzustellen. Es handelt sich dabei um einen Auftrag, den mir noch der selige Papst Johannes Paul II. erteilte, den ich aber zu seiner Lebenszeit nicht erledigen konnte. Ich bin inzwischen aus gesundheitlichen Gründen nicht mehr in der Lage, mich derartigen Strapazen auszusetzen. Außerdem erscheinen Sie mir für diesen Auftrag besser geeignet. Sie verfügen über Kontakte, die von Nutzen sein können.«

Pater Bernardus hatte Monsignore aufmerksam zugehört. Er stand ihm in seiner schwarzen Kutte gegenüber, die Hände vor seinem Bauch überkreuzt, den Kopf leicht nach vorn geneigt. Mit seiner asketischen Länge überragte er den Monsignore deutlich.

Pater Bernardus musste sich beherrschen, um nicht seine freudige Stimmung zu erkennen zu geben, als er hörte, dass ihn dieses Mal der Auftrag in seine alte Heimat führen wird. Monsignore informierte ihn über den ›Geheimauftrag Kopernikus‹.

»Wir müssen endlich wissen, warum diese Schrift nicht bei uns eingetroffen ist, wo sie möglicherweise abgefangen wurde oder verloren gegangen ist«, erklärte er entschieden. »Gehen Sie mit dem nötigen Gespür vor. Ich werde den Nuntius in Berlin über Ihren Aufenthalt informieren, Sie können sich aber weder auf ihn noch auf mich und schon gar nicht auf den Vatikan berufen.«

Der Monsignore stand mühevoll von seinem Schreibtisch auf und ging zum Fenster. Es stand offen, doch Kühlung war an diesem Nachmittag nicht zu erwarten.

»Konkret«, sagte er plötzlich mit resoluter Stimme, »klären Sie ab, wo sich die ›Vermächtnis-Schrift‹ von Kopernikus befindet. Und wenn Sie das wissen, lassen Sie sich etwas einfallen, wie Sie dieses mittelalterliche Dokument nun endlich in unseren Besitz bringen. Ich bin, nachdem ich mich schon viele Jahre mit diesem großen Astronomen beschäftige, ausgesprochen neugierig und ungeduldig, zu erfahren, was er uns als Vermächtnis hinterlassen hat.«

Er ging zurück an seinen Schreibtisch, nahm Platz, griff nach einer Mappe und entnahm ihr einen Plan.

»Als ich mich seinerzeit mit diesem Thema beschäftigte, habe ich mir auf einer Deutschlandkarte die damaligen Zisterzienserklöster in Mitteldeutschland eingezeichnet. Ich bin nach wie vor davon überzeugt, dass in einem dieser ehemaligen Klöster die verschollenen Papiere liegen.« Er schlug die Karte auf und wies mit dem Zeigefinger auf die Saalegegend. »Hier in dieser idyllischen Landschaft liegt das ehemalige Kloster Pforta. Sofort nach der Reformation wurde es eine Internatsschule.«

»Die Gegend und die Schule in Pforta mit ihrer umfangreichen und wertvollen Bibliothek sind mir vertraut.«

Monsignore hatte das Gefühl, der Jesuitenpater ist der richtige Mann für diesen Auftrag.

»Was ich Ihnen noch ans Herz legen möchte«, sagte er und winkte Bernardus näher zu sich heran. Mit gedämpfter Stimme sagte er: »Aus zuverlässiger Quelle weiß ich, dass auch die Jagiellonen-Universität Krakau an dieser Schrift interessiert ist. Eine Abordnung der Naturwissenschaftlichen Fakultät hat sich in der Internatsschule bereits angemeldet.«

Pater Bernardus war überrascht. »Dann ist wohl Eile geboten?«, folgerte er sachlich.

»Sogar höchste Eile«, erwiderte Monsignore. »Reisen Sie gleich morgen. Und wenn ich Ihnen noch einen Rat geben darf«, sagte er, »da Ihr Jesuiten in manchen Gegenden und Kreisen nicht übermäßig beliebt seid, reisen Sie inkognito. Lassen Sie Ihre Ordenskleidung hier in Rom oder in Ihrem Koffer. Schlüpfen Sie in die Rolle des normalen Mannes, vergessen Sie aber nicht, dass Sie im Dienste der Kirche stehen und Ihr Orden Ihnen nur gewisse Freiheiten gewährt.« Er stand auf und reichte Bruder Bernardus die Hand. »Dann wünsche ich Ihnen viel Erfolg, reisen Sie mit Gott!«

Pater Bernardus war verwirrt, als er das Büro des Monsignore verließ. Er ging zu seinem Schreibtisch in der Bibliothek und versuchte, seine Gedanken auf einem Blatt Papier niederzuschreiben. Er war auf den Auftrag nicht vorbereitet gewesen; das Gespräch hatte ihn überrascht. Ein Berg von Schriftstücken und Büchern türmte sich vor ihm auf. Sollte er sie so liegen lassen, um sie erst nach seiner Rückkehr aus Deutschland zu bearbeiten? Oder sollte er sie an das Geheimarchiv zurückgeben? Er hatte keine Vorstellung, wie lange er fort sein würde und wie schnell er den Auftrag erledigen könnte.

Ein französischer Ordensbruder beobachtete ihn. »Lass sie liegen«, sagte er. Er schien zu ahnen, dass sein deutscher Bruder einen Eilauftrag erhalten hatte. Bernardus war ihm für die drei Worte dankbar. »Dann bis bald«, sagte er, stand auf und verließ den Arbeitsraum.

Er ging über den Petersplatz. Heute wählte er einen Umweg zum Ordenshaus. Einerseits freute er sich auf die Fahrt in seine Heimat, andererseits überkamen ihn Bedenken, die er sich so nicht erklären konnte. Vor sieben Jahren war er zuletzt für kurze Zeit zu einem Seminar in Regensburg gewesen. Er hatte damals überlegt, einen Abstecher in seine alte Heimat zu machen, hatte den Gedanken aber schnell verworfen und war gleich nach der Veranstaltung nach Rom zurückgefahren. Dieses Mal kann ich nicht kneifen, gestand er sich, als er über die Brücke Umberto, vorbei an der Engelsburg ging. Man hat mich beauftragt, in meine Heimat zurückzukehren. Sein Gelübde verbot ihm, den Auftrag abzulehnen. Und selbst wenn er dem Monsignore gesagt hätte, dass er diese Schule im Saaletal nicht nur kennen würde, sondern sie vier Jahre lang besucht habe, hätte er den Auftrag erledigen müssen. Ordensbrüder haben grundsätzlich zu gehorchen, das war ihm klar, und diesem Gebot hatte er sich schon vor Jahren unterworfen.

Fürchte ich die Begegnung mit meiner Vergangenheit, meiner Jugendzeit in diesen ehemaligen Klostermauern? Fürchte ich die Erinnerung an die qualvolle Zeit, als ich über meinen weiteren Lebensweg entscheiden musste?

Auf der Brüstungsmauer des Arno-Flusses saßen jungen Leute, plaudernd und scherzend, und genossen das warme Frühlingswetter. Ein junger Mann hob sein Mädchen auf die Mauer, wofür sie ihm mit einem Kuss dankte. Auch er hatte dieses Gefühl einmal kennengelernt, sich einem Mädchen anvertraut und ihre Zuneigung erfahren. Er hatte sich zu ihrer großen Enttäuschung für ein Leben im Orden entschieden, für den Dienst an der Kirche und der Wissenschaft. Deshalb – darüber wurde er sich immer klarer – fürchtete er die Begegnung mit seiner Heimat und seiner Vergangenheit.

Bernardus nahm den Nachtzug von Rom nach München. Dort stieg er am Morgen in den ICE nach Leipzig. Seine Reisetasche und den Koffer legte er im Abteil ab und ging in den Speisewagen, um einen Kaffee zu trinken. Die lange Fahrt hatte ihn angestrengt. Er blickte hinaus und ließ die fränkische Landschaft an sich vorüberziehen. Bernardus musste daran denken, wie er zum ersten Mal nach Rom gefahren war. Neun Jahre waren seitdem vergangen.

Eine junge Mädchenstimme schreckte ihn auf: »Entschuldigen Sie«, flötete sie, »dürfen wir uns zu Ihnen setzen. Sie scheinen allein zu sein?«

»Ja, natürlich«, antwortete er. »Warum meinst du, dass ich allein bin. Ich darf doch du zu dir sagen, oder?«

»Sie sind so nachdenklich«, gab sie zur Antwort und setzte sich ihm gegenüber an den Fensterplatz.

»Mit wem bist du unterwegs?«

»Ich war mit meiner Mutter in München. Wir hätten fast den Zug verpasst. Sie ist noch auf der Toilette, um ihr Make-up aufzubessern.« Sie stützte ihre Ellenbogen auf den Tisch und verdrehte die Augen. »Wie weit fahren Sie?«, fragte sie, während ihr Blick erst seine Augen, dann seinen Mund und die Hände studierte, in denen er die Servicekarte hielt.

»Bis nach Leipzig.«

»Das ist ja ein Zufall. Wir fahren auch nach Leipzig. Und woher kommen Sie? Etwa auch aus München?« Sie zappelte unruhig auf der Sitzbank hin und her.

»In München bin ich in diesen Zug gestiegen«, gab er zur Antwort. »Wenn du es aber ganz genau wissen willst, ich komme aus Rom.«

»Oh, wie spannend!«, rief sie. »Ich war mit meinen Eltern vor zwei Jahren in Rom. Wir haben uns auch den Vatikan und den Petersdom angesehen. Es war einfach toll.«

»Was war toll?«, fragte eine Frauenstimme.

»Ach, das ist meine Mutter«, sagte das Mädchen und stand von der Bank auf. »Wir dürfen uns zu dem Herrn setzen. Er ist allein und kommt aus Rom«, erklärte sie ihrer Mutter.

Bernardus drehte sich um. Ihm stockte der Atem.

»Das gibt es doch nicht«, die Frau starrte Bernardus an. »Bist du es wirklich?«

»Hallo … Juliane«, stammelte er. »Welch eine Überraschung.«

»Wie, kennt ihr euch?«, fragte das Mädchen mit großen Augen. »Der Herr kommt aus Rom.«

»Aus Rom?«, fragte Juliane und setzte sich neben ihre Tochter.

»Sag schon«, drängelte die, »woher kennt ihr euch?«

»Aus der Schule.«

»Wir sind zusammen auf die Oberschule gegangen und haben im gleichen Jahr Abitur gemacht«, sagte Bernardus und sah noch immer seine ehemalige Mitschülerin verwundert an. Er konnte nicht fassen, dass er schon am ersten Tage in seiner Heimat von seiner Vergangenheit eingeholt wurde.

In diesem Moment trat der Steward an ihren Tisch und reichte die Getränkekarte.

»Ich weiß schon, was ich will«, rief Elena, »einen Becher Kakao.«

»Bitte, heißt das«, korrigierte Juliane ihre Tochter, »und für mich bitte ein Kännchen Darjeeling.«

»Ich hätte gerne eine Tasse Kaffee mit Zucker und Milch«, sagte Bernardus. Dann war der Steward auch schon hinter seinem Tresen verschwunden.

»Dann sind Sie der gutaussehende junge Mann, der mit meiner Mutter und Tante Sophia auf dem Foto vom Abiturball ist, stimmt's? Sie tragen einen schwarzen Anzug mit Fliege und meine Mutter und Tante Sophia ziemlich altmodische lange Kleider«, stellte das Mädchen fest.

Bernardus blickte Juliane fragend an.

»Elena, meine neugierige Tochter, stöbert gern in meinen alten Fotobüchern«, erklärte sie entschuldigend, »dabei hat sie auch die

Bilder aus meiner Schulzeit entdeckt. Sophia ist übrigens ihre Patentante.« Seine Gesichtsfalten zuckten nervös, als sie Sophias Namen erwähnte.

»Dann heißen Sie Bernardus?«, stellte Elena fragend fest.

Er nickte. »Stand mein Name unter dem Bild?«

Elena grinste. »Meine Mutter schreibt gern Kommentare unter Bilder. Unter diesem stand: ›Sophia sieht ihren Bernardus verliebt an.‹«

»Elena, ich bitte dich«, schimpfte Juliane.

»Das verstehe ich nicht«, antworte die schlagfertig, »Tante Sophia sieht auf diesem Bild wirklich ganz verliebt aus. Im Übrigen gefällt mir Ihr Name außerordentlich gut. Ich habe mein Pony Bernardus getauft. Was sagen Sie dazu?«

»Ich hoffe, es ist ein liebes Pony.«

Der Schaffner kam vorbei, um die Tickets zu kontrollieren. Juliane nutzte die Gelegenheit, ihre Tochter in das Abteil zu schicken.

»Wie geht es ihr?«, fragte er, ohne ihren Namen zu nennen. »Was macht sie? Seid ihr weiterhin befreundet?«

»Wir telefonieren gelegentlich, und wenn sie in Leipzig zu tun hat, besucht sie uns. Sie geht ganz in ihrem Beruf auf.«

»Hat sie keine Familie?«

Juliane schüttelte den Kopf. »Die Bibliothek ist ihr Leben. Sie liebt die Bücher. Wirst du sie treffen?«

Der Stuart balancierte etwas ungeschickt die Getränke auf einem Tablett zum Tisch. Nachdem er sie abgestellt hatte, wiederholte Juliane ihre Frage: »Wirst du sie treffen?«

Bernardus wirkte unsicher. »Ich weiß nicht.«

»Du hast lange nichts von dir hören lassen. Als wir das letzte Mal über dich sprachen, sagte Sophia, dass du dich für den Orden entschieden hast und bis auf Weiteres in Rom bleiben wirst. Was führt dich jetzt in deine alte Heimat?«

»Ich habe den Auftrag, einen Vorgang aus dem Mittelalter zu recherchieren«, sagte er mit einem verlegenen Lächeln. »Ich kann nicht ausschließen, dass mich meine Nachforschungen auch in die Schule und die Bibliothek führen werden.«

»Dann wirst du sie wiedersehen.« Sie machte sich Sorgen um ihre alte Freundin und um ihn, den liebenswerten Freund aus vergangenen Jahren. Er schien nicht glücklich. »Ich lade euch beide zu uns nach Leipzig ein. Da kannst du auch meinen Mann und Elenas Pony kennenlernen. Was hältst du davon?«

13. Die Bibliothek der Landesschule

Edgar Poschalski hatte im Laufe seines Lebens zahlreiche Jobs gehabt, war aber nie für längere Zeit bei einer Firma beschäftigt gewesen. Da er sich gelegentlich auch auf ›unfeine Geschäfte‹ einließ, war er der Polizei kein Unbekannter. Er lebte zurzeit von Hartz IV und wohnte bei einer Bekannten, die einen kleinen Kiosk im Gewerbegebiet betrieb. Er hoffte, irgendwann mal das ›große Ding‹ zu drehen, um dann für immer ausgesorgt zu haben. Dass er in seinem Alter noch eine sichere Anstellung finden würde, daran glaubte er nicht mehr.

»Dieses Mal lasse ich mich von meinen polnischen Freunden nicht so billig abspeisen«, sagte er sich, als er mit seinem Auto zum Fischhaus fuhr. »Dieses Mal müssen sie für meine Arbeit richtig zahlen.«

Am Bahnübergang musste er warten; die Schranken versperrten die Weiterfahrt. Er stellte seinen Motor ab und blickte nach draußen. Über dem Bergzug bildeten sich dunkle Wolken, die die Sonne verdeckten. Es wird ein Gewitter geben, dachte er und freute sich auf die Abkühlung. Der Tag war schwül, die Hitze machte ihm zu schaffen. Als der Zug vorbeigedonnert war, hoben sich die Schranken und gaben die Fahrt frei.

Im Fischhaus herrschte reger Betrieb. Eine Gruppe Wanderer hatte Zwischenstation gemacht. Sie saßen vor riesigen Portionen Pflaumenkuchen mit Sahne und redeten wild durcheinander. Der Kaffee verströmte einen köstlichen Duft. Am Ecktisch saß ein Herr, der sich durch nichts stören ließ. Er schrieb unermüdlich in ein kleinformatiges Heft, ohne aufzusehen. Edgars laute Bassstimme konnte er nicht überhören, als der ihn fragte, ob er sich zu ihm setzen dürfe. Mit einer wirschen Handbewegung deutete der Schreiber auf den freien Platz. Edgar bestellte ein Bier und grübelte darüber, was die polnischen Freunde vorhaben könnten. Es überstieg sein Vorstellungsvermögen, weshalb Leute große Summen für alte Bücher ausgeben.

Die Stimmung im Gastraum wurde immer ausgelassener. Als die Damen und Herren anfingen zu singen, schlug sein schweigsamer Tischnachbar entnervt sein Heft zu, brummelte etwas Unverständliches vor sich hin und ging.

Kurze Zeit später kam der Kellner und räumte den Tisch ab.

»Wer war dieser Mann?«, fragte Edgar.

»Das war der Schriftsteller Gollwitz. Er kommt gelegentlich hier vorbei, trinkt mehrere Tassen schwarzen Kaffee und sagt kein einziges Wort. Wenn es ihm zu laut wird, steht er auf und geht – so wie heute. Er ist schon etwas eigenartig. Als ihn neulich eine Frau um ein Autogramm bat, blaffte er sie an und wimmelte sie ab. Manchmal sitzt er Stundenlang draußen auf der Terrasse und starrt auf die Saale. Dann wissen wir, dass er nicht gestört werden will.«

Edgar hatte Tadeusz und Andrzej am Torhaus abgesetzt und ihnen den Tipp gegeben, sich unter die Besuchergruppe zu mischen, die gerade aus einem Bus ausgestiegen war. Unter den jungen Leuten, offensichtlich Studenten, fiel nicht auf, dass die zwei nicht dazugehörten. Sie hatten sich ihre Fotoapparate umgehängt und trödelten hinter den Besuchern her.

Die Bibliothekarin begann mit der Führung im Vestibül der Schule. Andrzej hatte mit einer älteren Dame in altmodischem Kostüm und dickrandiger Hornbrille im blassen Gesicht gerechnet. Umso mehr war er erstaunt, als die Gruppe von einer Frau in einem lindgrünen Tweedkostüm begrüßt wurde, die Ende dreißig, vielleicht Anfang vierzig war. Sie stellte sich als Frau Dr. Seewald vor und schilderte kurz, dass sie vor Jahren Schülerin dieser Schule war und nach ihrem Studium in Jena als Assistentin des hiesigen Bibliothekars arbeitete. Seit seinem Tode sei sie für das Archiv der Schule und für die historische Bibliothek verantwortlich.

Tadeusz und Andrzej waren nicht im Geringsten am Rundgang durch den Kreuzgang und die Klosterkirche interessiert. Voller Ungeduld warteten sie auf die Besichtigung der Bibliothek. Vor einer schmiedeeisernen Tür in der Eingangshalle machte die Gruppe halt, bis alle versammelt waren.

»Ich möchte Sie bitten«, sagte die Bibliothekarin mit feierlichem Klang in ihrer Stimme, »bevor wir nun das ›heilige Reich der Bücher‹ betreten, zusammenzubleiben. Bitte berühren Sie nichts und verzichten Sie aufs Fotografieren.«

Es herrschte andächtige Ruhe, als sie den ersten Vorraum betraten. In Vitrinen lagen alte Schriften und Karten, an den Wänden hingen Bilder verdienter ehemaliger Schüler und Rektoren. Auf mittelalterlichen Tischen wurden unter Glas sakrale Gegenstände aus der Klosterzeit und zahlreiche Requisiten aus vergangenen Epochen präsentiert. Während die Besucher sich für die Exponate interessierten und die Bibliothekarin mit Fragen bestürmten, richtete sich das Augenmerk der beiden polnischen Männer auf die Absicherungsmaßnahmen der Räume. Ihnen war nicht entgangen, dass die Bibliothekarin die Tür erst öffnete, nachdem sie ihre Identitätskarte vor einen Scanner gehalten und nach einer kurzen Verweildauer einen Code eingegeben hatte. Mit zeitlicher Verzögerung öffnete sich die Tür. Welche Nummern sie auf der Tastatur eingetippt hatte, war auch mit den schärfsten Augen nicht auszumachen. Einen normalen Sicherheitsschlüssel nutzte Frau Dr. Seewald für die Tür zwischen Vor- und Besprechungsraum. Die Tür zum Bibliothekssaal war zusätzlich gesichert. Sie hielt erneut ihre Identitätskarte vor ein kleines Scangerät an der rechten Türseite und tippte eine vierstellige Zahl ein. Das konnte Andrzej, der so tat, als würde er intensiv den Stahlstich von der Saalegegend betrachten, aus dem Augenwinkel heraus erkennen. Zu gerne hätte er die Zahlen gesehen, doch dafür stand er nicht nahe genug.

Eine kleine, etwas rundliche Studentin wollte wissen, ob die Bibliothek schon immer in diesen Räumen untergebracht war.

»Natürlich nicht«, sagte die Bibliothekarin. »Wie Sie sehen, gehört dieser neugotische Teil zu den jüngsten Bauten der Anlage. Er wurde um das Jahr 1880 errichtet. Erst seit dieser Zeit befindet sich die Bibliothek in diesen Räumen. Die Bestände wurden im Laufe der Jahrhunderte mehrfach umgelagert. Ursprünglich befanden sie sich im nordwestlichen Gewölberaum des Kreuzganges, dann wurde die Bibliothek in die Evangelistenkapelle im Südostteil der Kirche umgelagert, bevor sie 1860 im neu erbauten Torhaus Zwischenstation machte. Aus meiner Schilderung können Sie entnehmen, dass die Zisterziensermönche keinen großen Wert auf eine repräsentative Bibliothek gelegt haben. Ora et labora war ihr Motto. Insofern haben wir nur wenige Exemplare aus der Klosterzeit. Die wertvollen mittelalterlichen Handschriften stammen aus dem ehemaligen Kloster Bosau. Nach den Beständen des Klosters Porta wird noch gesucht. Sie sollen – so erzählt man sich – an einem geheimen Ort liegen. Ich bin zuversichtlich, dass sie eines Tages gefunden werden.«

Tadeusz sah seinen Kollegen ratlos an. Er hatte mit diesem komplizierten Sicherheitssystem nicht gerechnet. Mit seinen Blicken gab er Andrzej zu verstehen, sich die Fenster anzusehen. Er selbst interessierte sich für den holzgetäfelten Fußboden und die Decke. Beim Rundgang durch das Schulhaus hatte er registriert, dass sich darüber Unterrichtsräume befanden. Der Fußboden war ungleichmäßig. An einigen Stellen waren die ausgetretenen Holzbohlen durch neue ersetzt. Im hinteren Bereich des Raumes gab es eine Bodentür. Die Holzplatten schienen nachträglich eingepasst worden zu sein. Er nahm sich vor, nach der Führung den Schulbau von außen zu studieren, um zu sehen, ob es einen Kellerzugang oder Kellerfenster gibt.

Ein Student wollte von der Bibliothekarin wissen, was sich in dem Nebenraum befindet, der sich im westlichen Teil der Bibliothek anschloss.

»Dort ist unsere Klimakammer untergebracht«, erläuterte sie. »Hier lagern Schriften, die wegen ihres Alters besonderer Pflege bedürfen.«

Das Interesse des jungen Mannes schien geweckt. »Bewahren Sie hier auch die Schriften von Kopernikus und Galilei auf?«

»Kostbarkeiten dieser Art müssen natürlich besonders geschützt werden«, erklärte Frau Dr. Seewald knapp.

Tadeusz hatte sich in der Zwischenzeit so platziert, dass er mit seiner Handkamera möglichst unauffällig den Zugang fotografieren konnte.

»Sie scheinen Ihre Bibliothek mit einem sehr modernen Sicherheitssystem abgesichert zu haben«, bemerkte ein Mann mit schlichtem Blouson und Jeans. »Wir haben an unserer Universitätsbibliothek in dieser Hinsicht noch Nachholbedarf. Unser System ist überaltert und wegen der häufigen Fehlalarme ein Ärgernis.«

Die Bibliothekarin zeigte ein wissendes Lächeln. »Ich kenne das Problem«, sagte sie. »Unsere alte Anlage war auch sehr fehleranfällig. Mein Vorgänger erzählte, dass er öfters mitten in der Nacht zur Schule kommen musste, um den Fehlalarm auszuschalten. Ich kann mich auf unsere neuartigen Sicherheitssysteme verlassen.«

Der Kollege von der Universitätsbibliothek war noch nicht zufrieden. Er wollte mehr erfahren und stellte Fragen zur Systembezeichnung und der Sicherheitsfirma. Die Bibliothekarin bot ihm an, in den nächsten Tagen in einem Telefonat Details zu besprechen.

Die Besichtigung hatte wegen des großen Interesses der Gäste länger als üblich gedauert. Die Besucher bedankten sich bei der Bibliothekarin für die Ausführungen und verließen in Gruppen das Schulgebäude.

Tadeusz und Andrzej trennten sich draußen unauffällig von den anderen. Niemandem war aufgefallen, dass sie nicht zur Universitätsgruppe gehörten.

»Die sind ja noch mehr gesichert als das Forschungslabor des Chemiewerkes in Merseburg«, bemerkte Andrzej spöttisch.

Er und Tadeusz hatten sich unter der Linde auf die Bank gesetzt. Der Mühlteich mit seinem grünen Algenteppich lag vor ihnen.

»Da hast du recht«, erwiderte Tadeusz. Sein runder Kopf war gerötet. »Denk an die Worte unseres Chefs, dass es kein perfektes System gibt. Jedes Sicherheitssystem hat Schwachstellen, man muss sie nur erkennen.«

»Und, hast du sie erkannt?«

»Ich glaube schon. Das System scheint eine deutsche Konstruktion zu sein, die perfekt durchdacht und technisch sauber ausgeführt wurde. Die Schwachstelle ist der Mensch.«

»Du meinst …«, Andrzej sprach nicht weiter.

»Ja, ich meine, eine Schwachstelle ist die Bibliothekarin, die das System zu bedienen weiß, und die andere Schwachstelle ist der Techniker, der die Anlage konzipiert und eingebaut hat. Wir sollten uns zunächst auf diese konzentrieren, bevor wir über andere Methoden nachdenken.«

Als die Bibliothekarin ihr Büro verließ, begegnete ihr Frau Winkelmann vom Empfang. »Waren die beiden Journalisten schuld, dass Ihre Führung so lange dauerte?«, fragte sie.

»Wieso Journalisten? Das waren Studenten und Mitarbeiter der Jenaer Universität.«

»Und ich dachte, die beiden würden sich bei Ihnen vorstellen«, sagte Frau Winkelmann. »Sie hatten angefragt, ob sie an einer Ihrer Führungen teilnehmen können. Sie sagten, sie würden über die Straße der Romanik einen Bildbericht verfassen.«

Frau Dr. Seewald schüttelte den Kopf. »Nein, da bin ich mir ganz sicher, Journalisten waren nicht unter den Besuchern. Das wäre mir aufgefallen.«

Andrzej und Tadeusz gingen um den Mühlteich herum zum Torhaus, wo Edgar in seinem Auto auf sie wartete. Er war verärgert. Unproduktives Herumsitzen im Auto hasste er. Missmutig warf er die Kippe seiner Zigarette aus dem Fenster. »Beeilt euch und steigt ein, wenn ihr trocken zu eurem Wohnwagen kommen wollt«, blaffte er sie an. »Das Gewitter nimmt auch auf polnische Journalisten keine Rücksicht.«

»Wusstest du, dass die Bibliothek ein neues Sicherheitssystem hat?«, fragte Tadeusz, der sich neben Andrzej auf dem Rücksitz breitmachte.

»Nein, wusste ich nicht, verwundert mich aber auch nicht. Das alte war ein Witz.«

»Das kann man von dem neuen nicht sagen«, schimpfte Andrzej. »Die sind wie eine Großbank gesichert. An den Tresor, in dem die Schriften liegen, ist kein Rankommen.«

»Habt ihr erkennen können, um welches Sicherheitssystem es sich handelt? Ist es zur Polizei oder zu einer Sicherheitsfirma aufgeschaltet?«, fragte Edgar, dem die Ratlosigkeit der beiden Komplizen nicht entgangen war.

»Nein«, knurrte Tadeusz wirsch. »Wir mussten vorsichtig sein. Ich hatte auch den Eindruck, dass es Kameras gibt. Ich rufe morgen die Bibliothekarin an und gebe mich als Kollege von Jena aus. Dem hat sie ein telefonisches Gespräch versprochen.«

»Das ist eine glänzende Idee«, antwortete Andrzej. »Dann könnte Edgar recherchieren, welche Sicherheitsfirma das System installiert hat.«

»Und was geschieht dann«, fragte Edgar, der inzwischen ziemlich flott die kurvenreiche Strecke nach Naumburg fuhr. Er hoffte, noch vor dem einsetzenden Gewitter in Naumburg zu sein. Doch kurze Zeit später prasselte der Regen auf das Autodach. Die Scheibenwischer rasten auf höchster Stufe über die Windschutzscheibe. Edgar konnte kaum noch die Fahrspur erkennen. In Strömen schoss das Wasser in Almrich die Straße herunter in Richtung Kleine Saale. Die beiden Polen zeigten sich von dem Gewitter und den Regenmassen unbeeindruckt. Sie verließen sich auf ihren Fahrer und waren mit ihren Gedanken beschäftigt.

»Du kennst unsere Methode«, sagte Tadeusz zu Edgar. »Ich bin fest davon überzeugt, dass die Bibliothekarin erpressbar ist. Sie hat sicherlich Familie oder irgendeinen anderen Schwachpunkt.«

»Sie trug keinen Ehering«, warf Andrzej ein, der von der klugen Frau Doktor ziemlich beeindruckt war. »Sie scheint mit den alten Büchern liiert zu sein. Hast du nicht gesehen, wie ihre Augen glänzten, als sie von den dickleibigen Folianten sprach. Mit unserem Charme können wir da nicht landen. So eine Frau ist auch nicht bestechlich, sie hat alles. Die riskiert doch nicht ihren Job und ihren untadligen Ruf. Bei der müssen wir uns schon etwas Wirkungsvolleres einfallen lassen.«

»Ich helfe euch gern«, erklärte Edgar unmissverständlich, »mit der Bibliothekarin möchte ich aber nichts zu tun haben. Ich kenne die Frau und sie kennt mich. Da müsst ihr ohne meine Hilfe auskommen.«

Die beiden nahmen seine Ankündigung kommentarlos zur Kenntnis.

Das Gewitter war in östliche Richtung weitergezogen und die Straße wieder befahrbar. Edgar setzte seine Tour fort und brachte Andrzej und Tadeusz zu deren Wohnwagen, den sie auf einem stillgelegten Gewerbegrundstück vor Roßbach abgestellt hatten.

Beim Aussteigen griff Tadeusz Edgar von hinten kraftvoll an der Schulter: »Was wir besprochen haben, bleibt unter uns! Und falls du auf die Idee kommen solltest, das Ding alleine oder mit jemand anderem zu drehen, weißt du, was dir blüht. Hast du uns verstanden? Lass dir etwas einfallen, wie wir diese Bücherfestung in dem ehemaligen Kloster knacken können!«

14. Ein Wiedersehen

Am Dienstag rief Dr. Buchmacher endlich an. Mit Ungeduld hatte Carmen auf seinen Anruf gewartet. Häufig musste sie an diesen Fremden denken, den sie nicht durchschaute und der sie vom ersten Augenblick an faszinierte. Sie sehnte sich nach ihm und erhoffte eine Lösung ihrer privaten Sorgen.

»Ich werde morgen eintreffen. Wenn du kannst, würde mich ein Wiedersehen freuen.«

Ihr Herz schlug schneller; sie glaubte, seinen Atem und seine Zärtlichkeiten zu spüren. »Ich versuche es«, sagte sie. Ihr war klar, dass sie es nicht nur versuchen würde. »Wirst du wieder in dem gleichen Hotel absteigen?«

»Nein, ich habe mir etwas Ruhigeres ausgesucht. Auf dem Bismarckturm gibt es ein Turmzimmer, das vermietet wird.«

»Wusste ich gar nicht«, antwortete sie. Ihr war es recht, dass sie sich außerhalb der Stadt treffen werden. In Naumburg waren sie und ihr Mann bekannt. Man musste sie nicht mit diesem fremden Mann sehen.

»Dann bis morgen auf dem Bismarckturm.«

Ein merkwürdiges Kribbeln durchströmte ihren Körper. Sie musste daran denken, wie sie sich zum ersten Mal im Hotel geliebt haben. Sie freute sich auf das Wiedersehen mit diesem rätselhaften, leidenschaftlichen Fremden, der für ein paar Stunden ihre Sorgen vergessen machte und ihr das Gefühl gab, eine begehrte Frau zu sein.

Sie rief ihre Schwester in der Bibliothek an: »Kann ich bei dir auf einen Sprung vorbeikommen?«

»Deinem Tonfall nach zu urteilen, scheinst du gerade mal wieder eine Eroberung gemacht zu haben«, stellte Sophia fest.

»Habe ich recht?«

»Du hast deine kleine Schwester mal wieder durchschaut«, gestand sie. »Und außerdem habe ich das Bedürfnis, für ein paar Augenblicke in deine heile Welt einzutauchen.«

»Dich scheint es wohl richtig erwischt zu haben«, stellte Sophia fest. »Komm vorbei, für meine kleine Schwester habe ich immer Zeit!«

Sie hatten sich in den letzten Wochen selten gesehen. Wenn Sophia anrief oder sie am Samstag zufällig beim Einkaufen auf dem Markt traf, wirkte Carmen nervös. Sie klagte über Arbeit und Probleme, die ihnen das Großprojekt in Freyburg bereite.

Sie tranken zusammen Kaffee und plauderten über Belanglosigkeiten. Carmen erkundigte sich, woran Sophia im Moment arbeitete, hörte aber schon nicht mehr zu, als Sophia von ihrer Abhandlung über die Astronomie im Mittelalter sprach. Sie sah sich in der Bibliothek um, erkundigte sich nach Neuanschaffungen und wollte wissen, ob die Bibliothek auch Bücher verkaufen oder ausleihen würde. Sophia wunderte sich, warum Carmen nicht über ihre neue Eroberung sprach und stattdessen Fragen über Bibliotheksangelegenheiten stellte, die sie bisher nie interessierten. Sie selbst wollte nicht nachfragen.

Nach einer guten Stunde brach Carmen wieder auf. »Ich habe eine Bitte«, sagte sie, »kannst du mir deinen Wagen leihen? Du kannst mit meinem nach Hause fahren. Er parkt neben deinem.« Sie griff in die Jackentasche, holte den Autoschlüssel heraus und hielt ihn Sophia hin.

»Du willst doch nur mit meinem Flitzer bei deinem neuen Verehrer Eindruck machen«, sagte sie, umarmte ihre Schwester und gab ihr den Schlüssel.

»Du hast mich durchschaut. Ich danke dir, hast bei mir was gut.«

»Das höre ich gern. Du kannst mich am Donnerstag zum Flughafen bringen. Ich habe am Wochenende ein Seminar in Hamburg und möchte meinen Wagen nicht im Parkhaus abstellen. Wenn du mich am Sonntagabend wieder abholst, kannst du den Wagen so lange nutzen.«

Carmen strahlte. »Ausgemacht, du weißt, auf deine kleine Schwester ist Verlass. Dann bis morgen!«

Mit federnden Schritten verließ sie gut gelaunt die Bibliothek.

Dr. Buchmacher saß auf der Terrasse und trank eine Berliner Weiße. Er hatte seine Jacke über die Stuhllehne gehängt, die Krawatte gelockert und den Hemdskragen geöffnet. Lässig lehnte er sich auf dem Stuhl zurück. Sein Blick glitt über die gegenüberliegenden Weinberge und die Saale, die an dieser Stelle zu einem großen Bogen ansetzt, um später im Blütengrund die Unstrut aufzunehmen. Der Ort und die Aussicht waren ihm noch immer vertraut, auch wenn inzwischen mehr als zwanzig Jahre vergangen waren. Das Turmzimmer erweckte Erinnerungen an die damalige Zeit. Er hatte sich für den Bismarckturm nicht aus sentimentalen Gründen entschieden. Der Standort und die räumlichen Verhältnisse schienen ihm für sein ›Kopernikus-Projekt‹ bestens geeignet.

Carmen fuhr mit dem Cabrio ihrer Schwester vor. Er hatte sie nicht gleich erkannt. Erst als sie ihm vom Wagen aus zuwinkte, stand er auf, ging ihr entgegen und begrüßte sie mit einem leidenschaftlichen Kuss. Er war von ihrer Aufmachung überrascht. Sie trug eine Prada-Sonnenbrille, hatte das Kopftuch streng nach hinten umgebunden, sodass nur wenig von ihren schwarzen Haaren zu sehen war. Die obersten Knöpfe ihrer Bluse hatte sie noch kurz zuvor geöffnet.

»Nicht so stürmisch«, flüsterte sie ihm ins Ohr. Sie setzte sich an seinen Tisch und begutachtete sein legeres Outfit. »So kenne ich dich nicht«, bemerkte sie mit anerkennendem Blick. »Dir scheint es hier oben zu gefallen.«

Sie bestellten bei der jungen Kellnerin eine Flasche Weißwein aus der Saalegegend und etwas Knabbergebäck.

»Was hast du in der Zwischenzeit erlebt?«, fragte sie.

»Das Übliche«, antwortete er lapidar. »Ein paar Reisen hier, ein paar Reisen da. Erzähl mir von dir und von der Schule.«

Sie machte ein gelangweiltes Gesicht: »Wir bereiten zurzeit eine Ausstellung über die Zisterziensermönche und das Kloster Pforta für unsere Kirche vor. Sie soll zum Schulfest fertig sein und dann der Öffentlichkeit präsentiert werden. Ich bezweifle, dass wir das bis dahin schaffen.«

»Soll das heißen, du hast wenig Zeit für mich?«

Sie nahm ihr Glas und stieß mit ihm an. »Auf jeden Fall habe ich genügend Zeit, um mir dein Turmzimmer anzusehen.«

»Habe verstanden«, entgegnete er. Er griff nach der Flasche und dem Schlüssel. Carmen folgte ihm. Für den herrlichen Ausblick vom Bismarckturm hatte sie in diesem Moment keinen Sinn. Eilig öffnete sie die Blusenknöpfe und ließ den Rock fallen. Er stand fasziniert da und bewunderte ihren reizvollen Körper.

»Was ist?«, forderte sie ihn auf und ließ sich rücklings auf das Bett fallen. Ihr sinnlicher Blick und ihre ausgebreiteten Arme signalisierten ihm ihre Bereitschaft und ihr Verlangen nach Liebe. Leidenschaftlich erfüllte er ihr Bedürfnis. Danach lagen sie nebeneinander, rauchten und bliesen den Zigarettenrauch in die Luft.

»War dein Kunde eigentlich mit dem Neuerwerb zufrieden?«, fragte sie.

»Du meinst den Kunden, für den ich den Merian beschafft habe?«

»Ja, den.«

»Er war sehr zufrieden und hat den Preis anstandslos akzeptiert. Er ist ein versessener Sammler. Ich habe den Auftrag, ihm auch noch die späteren Merian-Bände zu beschaffen.«

»Und, kann dein Antiquar sie liefern?«

»Leider nein. Er sieht auch keine Chance mehr, sie zu beschaffen«, sagte Dr. Buchmacher und streichelte ihr zärtlich über die Stirn. »Die Bibliotheken, mit denen wir bisher in Kontakt standen, haben ihre internen Kontrollen verstärkt und sich von einigen zu geschäftstüchtigen Mitarbeitern getrennt.«

»Wir haben die komplette Ausgabe von Merian in unserer Bibliothek«, sagte Carmen wie beiläufig, »alle zwanzig Bände.«

Er stutzte und richtete sich auf: »Sagtest du, alle zwanzig Bände?«

»Ja, überrascht dich das? Einige Bände haben wir auch mehrfach. Du weißt, uns werden häufig von ehemaligen Schülern ganze Büchereien vererbt.«

»Warum verkauft ihr nicht die Bücher, die ihr doppelt habt? Damit könntet ihr euren Etat für weitere Exponate auffüllen.«

»Das dürfen wir leider nicht, das verbietet uns die Bibliotheksordnung von 1813«, antwortete sie. Die Aussage sollte möglichst kompetent wirken. Michael Buchmacher stand auf und schloss das Fenster. Es war ein herrlicher Abend. Die Sonne verschwand hinter dem gegenüberliegenden Bergzug. Er überlegte. Carmens Aussage hatte ihn irritiert. Er war sich sicher, dass die originale Ausgabe der ›Topographia Germaniae‹ von Matthäus Merian nur sechzehn Bände umfasst und als vollständige Ausgabe nur noch in wenigen Großbibliotheken vertreten ist. Eine Bibliothekarin musste das wissen.

»Ich habe meinem Kunden von dir und eurer Bibliothek erzählt«, sagte er und drehte sich zu ihr. Die Zudecke hatte sie zur Seite geschlagen. Sie lag entspannt auf dem zerwühlten Betttuch und spielte mit dem rechten Zeigefinger an einer Haarsträhne. »Und, was hat er gesagt?«

»Er würde gern mit dir ins Geschäft kommen – natürlich anonym.«

»Was soll das heißen?« Sie richtete sich auf und blickte ihn wissbegierig an.

»Er ist an Schriften interessiert, die ihr vermutlich mehrfach besitzt. Falls ihr euch von dem einen oder anderen Exemplar trennen wollt, solltet ihr sie ihm anbieten – natürlich über mich!« Er setzte sich zu ihr auf die Bettkante und zeigte ein breites Grinsen. »Bei einem solchen Deal möchte ich natürlich beteiligt sein«, sagte er und ließ langsam seine Hand über ihren Körper gleiten.

»Und was habe ich davon?«, fragte sie.

»Auch du kannst eine stattliche Provision erwarten.«

»Hat dein Kunde besondere Wünsche?«

»Seine Wünsche sind immer besonders und ganz erlesen. Die Schriften von Kopernikus stehen an oberster Stelle auf seinem Wunschzettel.«

»Warum gerade Kopernikus?«

»Es sind insbesondere polnische Institutionen, die sich in letzter Zeit für Kopernikus interessieren und alles aufkaufen, was von ihm stammt und ihn betrifft.«

Sie dachte an ihre Schwester, die vor längerer Zeit einen Artikel über Kopernikus veröffentlicht hatte und von ganz neuen Erkenntnissen schrieb.

»Es soll von ihm eine ›Vermächtnis-Schrift‹ geben, in der von dramatischen Ereignissen berichtet wird. Es wird vermutet, dass sie in irgendeiner Klosterbibliothek liegt.«

»Und du meinst, wir haben diese Schrift?«

»Dein Artikel in einer Fachzeitschrift hat in gewissen Kreisen die Vermutung aufkommen lassen.«

Carmen wurde unruhig und stand auf. Sie nahm seinen Bademantel und zog ihn über. Seine Fragen brachten sie immer mehr in Verlegenheit. Hätte sie es sich erlauben können, wäre sie geflüchtet. Aber sie dachte an ihre Lage, aus der sie nur noch ein Wunder retten konnte.

»Und selbst wenn wir diese besagte Schrift besäßen, würden wir sie nicht abgeben können. Sie ist ein nationales Kulturgut und darf niemals veräußert werden. Das weißt du, und das müsste auch dein Kunde und Auftraggeber wissen.« Carmen wirkte überzeugend. So etwas Ungeheuerliches konnte man von ihr nicht erwarten. »Ich würde mich strafbar machen«, fügte sie hinzu.

Michael Buchmacher gab nicht auf. Er hatte das Gefühl, ihr Entsetzen war nicht ehrlich und ihre Entrüstung gespielt. »Wenn das ›Kopernikus-Vermächtnis‹ schon nicht verkäuflich ist«, sagte er, »könntest du die Schrift doch wenigstens ausleihen. Dazu dürftest du als verantwortliche Bibliothekarin befugt sein, oder?«

»Auch das ist mir nicht erlaubt.«

Er legte seine Arme um Carmen und zog sie an sich.

»Du willst, dass ich sie dir beschaffe, stimmt's?«, fragte sie.

»Wenn du so fragst, ja«, antwortete er, »mein Kunde möchte sie besitzen und ist auch bereit, dafür einen entsprechenden Preis zu bezahlen. Für dich würde dabei eine stattliche Summe herausspringen. Und da diese Schrift vermutlich wieder in einem Tresor landet, würde kein Mensch merken, dass sie ihren Platz gewechselt hat. Insofern glaube ich, dass du keine Folgen zu fürchten brauchst«, flüsterte er ihr ins Ohr. Er schob den Bademantel von ihren Schultern, küsste sie an Hals und Brüsten und versuchte, sie für ein erneutes Liebesspiel zu gewinnen.

15. Auf dem Weg zum Flughafen

Carmen war im Begriff, Sophia mit deren Auto von der Schule abzuholen. Vor dem Hauptportal musste sie für einige Minuten auf sie warten. Es war ein sommerlicher Tag. Das Verdeck des Wagens hatte sie geöffnet. Carmen und Sophia banden sich Kopftücher um und setzten ihre Sonnenbrillen auf. Ein paar Schüler standen an der Mühlteichmauer und amüsierten sich über die beiden Damen, die wie Doppelgängerinnen aussahen. Sie winkten ihnen nach. Sophia war bester Laune; sie freute sich auf den Kongress am Wochenende in Hamburg. Auch hoffte sie, die gemeinsame Fahrt nach Leipzig zum Flughafen nutzen zu können, um mit Carmen über persönlichere Themen zu sprechen. Sophia hatte das untrügliche Gefühl, dass ihre kleine Schwester mal wieder in größeren Schwierigkeiten steckte, die ihr über den Kopf zu wachsen drohten.

Die Fahrt durch Naumburg verlief reibungslos; auch auf der kurvenreichen Bundesstraße zur Autobahn kamen sie gut voran. Der Fahrwind blies ihnen ins Gesicht und spielte mit den Enden der Kopftücher.

»Du bist heute so schweigsam«, bemerkte Sophia.

Seit ihrer Abfahrt hatte Carmen kaum gesprochen und nur gelegentlich über den einen oder anderen LKW-Fahrer geschimpft, weil sie abbremsen musste. Carmen schien die Frage überhört zu haben. Sie spielte kurzzeitig mit dem Gedanken, sich ihrer Schwester anzuvertrauen. Dann entschied sie, Sophia nichts von ihrer misslichen finanziellen Lage und der Verzweiflung ihres Mannes zu sagen. Sie hatte versucht, ihrer Schwester vorzugaukeln, dass bei ihr alles perfekt sei und sie sich keine ernsthaften Sorgen um sie machen müsste. Für ihre Überlegungen, auf nicht ganz legale Art und Weise der geldlichen Notlage zu entfliehen, hätte sie niemals Verständnis – schon gar nicht für den Gedanken, den ihr neuer Bekannter ihr einzureden versuchte, sich an den Büchern und Schriften der Bibliothek zu vergreifen. In Sophias

Augen wäre das das schlimmste Verbrechen, das ein gebildeter Mensch begehen könnte. Sie, die mustergültige Verkörperung von Korrektheit, die weder in der Schule noch später während des Studiums von unerlaubten Hilfen Gebrauch machte, die ihre Steuererklärungen stets pünktlich und sorgfältig erstellte und sich niemals und nirgendwo vordrängelte und auch nie um Preise feilschte, würde entsetzt reagieren. Davon war sie fest überzeugt. Ihr gutes Geschwisterverhältnis würde für immer zerstört.

»Hallo, kleine Schwester«, wiederholte Sophia ihre Frage, »alles o. k.?«

»Entschuldige!«

»Ich vermute, dein neuer Verehrer bereitet Schwierigkeiten. Ließ er sich nicht mit meinem kleinen Flitzer beeindrucken?«

Carmen lächelte gequält.

»Was ist das für ein Mann? Kenne ich ihn?«

»Nein, nein. Er ist ein charmanter Typ auf Durchreise, um etliche Jahre älter als ich, aber um einige jünger als Arnulf und, was ich an ihm besonders schätze, leidenschaftlich wie ein junger Südländer.«

»Ich verstehe, er ist zumindest kein Maler, kein Beamter mit Anspruch auf Altersversorgung und – was noch wichtiger ist – kein Bekannter, habe ich recht?«

Carmen zwang sich zu einem Lächeln.

»Wie hält das nur dein Mann aus? Seit Jahren betrügst du Arnulf immer wieder?«, fragte Sophia und legte ihren Arm auf die Lehne des Fahrersitzes, um Carmens Reaktion besser beobachten zu können.

Carmen musste abbremsen. Ein LKW quälte sich auf der ansteigenden Straße und kam nur langsam voran.

»Er hat sich damit abgefunden«, sagte sie. »Ich glaube, er leidet nicht und duldet meine gelegentlichen Affären. Im Übrigen«, fügte sie hinzu, »hat Arnulf andere Sorgen.«

Der Verkehr auf der Autobahn wurde deutlich dichter. Am Schkeuditzer Kreuz wechselten sie von der A 9 auf die A 14 in Richtung Dresden.

»Bleibt es dabei, dass du dich in der Zwischenzeit um Kurt und meine Wohnung kümmerst?«, fragte Sophia.

»Ist doch selbstverständlich. Wirst du deinen Kater in Hamburg nicht vermissen?«

Sophia überhörte die Frage.

»Warum nennen die Schüler ihn eigentlich Ekel-Kurt?«, hakte Carmen nach. Es bereitete ihr stets große Freude, ihre Schwester mit dem Kater aufzuziehen.

»Weil er sich nicht gerne putzt«, antwortete sie schnippisch, »und sich lieber im roten Splitt vor dem Schulportal aalt und mit Sand paniert. Wirst du dich trotzdem um ihn kümmern?«

»Natürlich, ich werde dafür sorgen, dass dein Kurt dich nicht vermisst.«

»Und am Sonntagabend holst du mich wieder vom Flughafen ab?«, fragte Sophia.

»Ganz sicher, ich werde da sein.«

Sie waren am Flughafen angekommen. Sophia musste sich beeilen. Sie war schon im Begriff, in den Sicherheitsbereich durchzugehen, blieb dann kurz stehen und drehte sich um. »Ich lass dir mein Schlüsselbund und meine Bibliothekskarte hier«, sagte sie. »Es wäre eine Katastrophe, wenn die mir in Hamburg abhandenkommen würden.«

Sie zog hastig das Schlüsselbund und das Lederetui mit der Karte aus ihrer Handtasche und übergab beides Carmen.

»Und noch etwas«, fügte sie mit einem vielsagenden Gesichtsausdruck hinzu. »Falls du in dieser Zeit in meiner Wohnung übernachten willst, darfst du das gerne, aber bitte nur allein!«

Carmen blickte ihre Schwester mit gespieltem Entsetzen an. »Was du von mir denkst!«, rief sie und verdrehte dabei gespielt die Augen und schüttelte entsetzt den Kopf.

Auf dem Rückweg telefonierte Carmen mit Michael Buchmacher: »Ich komme vorbei«, erklärte sie wie selbstverständlich.

»Ich freue mich«, erwiderte er. »Ich bin unterwegs und werde vor 21 Uhr nicht im Hotel sein.«

»Früher schaffe ich das auch nicht«, flunkerte sie rasch. »Ich sitze in einer Konferenz, die aber irgendwann zu Ende gehen wird.« Er stutzte und fragte sich, wie sie während einer Konferenz mit ihm telefonieren könne. Am Nachmittag hatte er in der Schule angerufen und die Dame vom Empfang gebeten, ihn mit Frau Dr. Seewald zu verbinden.

»Das tut mir leid«, hatte sie erklärt. »Frau Doktor wurde gerade abgeholt und zum Flughafen gebracht. Sie ist erst am Montag aus Hamburg zurück.«

Dr. Buchmacher war sprachlos. Er, der kluge Geschäftsmann und weltgewandte Charmeur, hatte plötzlich das Gefühl, Carmen könnte ihn die ganze Zeit an der Nase herumgeführt haben. Zweifel an ihrer Kompetenz waren ihm schon vorher gekommen. So behauptete sie, alle zwanzig Merian-Bände zu haben, obwohl jeder ausgebildete Bibliothekar weiß, dass es nur 16 Bände von der Erstausgabe der ›Topographia Germaniae‹ gibt. Auch war er gelegentlich verwundert gewesen, wie unpräzise sie sich über bestimmte Fachthemen äußerte.

Er hatte bisher nicht weiter über diese Auffälligkeiten nachgedacht und sie sich so erklärt, dass sie ihre Zeit mit ihm nutzen und auf keinen Fall über Bücher diskutieren wolle. Er war bisher nicht auf die Idee gekommen, dass sie nicht die Frau sein könnte, die sie vorgab zu sein. Jetzt fragte er sich, ob sie ein Doppelspiel treibt. Er hatte bei ihrem letzten Zusammentreffen sein Interesse an bibliophilen Geschäften deutlich erklärt – und sie hatte nicht eindeutig darauf reagiert. Ihm war es gleichgültig, mit wem er ins Geschäft kommt, ob mit der echten Bibliothekarin oder einer Doppelgängerin. Ihn interessierten die Kopernikus-Schriften. Sollte er sich auf die Falsche eingelassen haben, könnte er den Kontakt zu ihr jederzeit abbrechen und sich für eine andere Vorgehensweise entscheiden. Dann würde er das ›Kopernikus-Projekt‹ mit Edgar Poschalski durchziehen.

16. *Zwei ungleiche Partner*

Edgar Poschalski war im Begriff, nach Rossbach zu fahren, wo er sich mit den beiden polnischen Freunden treffen wollte, als er einen Anruf von Dr. Buchmacher erhielt.

»Hallo Edi, wie geht es dir?«, fragte Dr. Buchmacher.

Edgar brauchte ein paar Augenblicke, bevor er sich erinnerte.

»So, so«, sagte er. »Es könnte besser gehen.«

»Ich hätte etwas für dich«, sagte Dr. Buchmacher, »eine richtig lohnende Sache. Hast du Lust, einzusteigen? Oder hast du dich inzwischen zur Ruhe gesetzt?«

»Schön wär's. Bis dahin muss ich noch etwas arbeiten. Worum geht es bei Ihrem Projekt?«

Der Ausdruck ›Projekt‹ erinnerte Edgar an bessere Zeiten, als er versucht hatte, sich selbstständig zu machen. Doch das Unternehmen misslang, da er nicht über das notwendige Kapital und die erforderlichen kaufmännischen Erfahrungen verfügte. Von seinen guten Plänen war nur ein Haufen Schulden übriggeblieben.

»Das sollten wir nicht am Telefon besprechen«, sagte Dr. Buchmacher. »Ich habe mich auf dem Bismarckturm in Almrich eingebucht. Kannst du heute Nachmittag hier oben vorbeikommen? Wir könnten zusammen etwas trinken und ich erzähle dir von meinem Projekt.«

Sie verabredeten sich für 15 Uhr.

Dr. Buchmacher hatte Edgar Poschalski kennengelernt, als er sich vor etlichen Jahren in seiner Villa in Berlin ein Alarmsystem einbauen ließ. Die Villa hatte er längst verkauft, den Kontakt zu ihm aber erhalten. Edgar begleitete ihn gelegentlich bei schwierigen Aufträgen in Polen, da er mit seiner massigen Figur Eindruck machen konnte, außerdem sprach er recht gut Polnisch. Im Übrigen schätzte er Edgars technische Begabung. Er hatte das notwendige Fingerspitzengefühl für komplizierte Systeme und schreckte auch nicht davor zurück, mit brachialer Gewalt nachzuhelfen. Sie waren ein erfolgreiches Team. Edgar arbeitete gern mit dem weltgewandten Doktor, den er stets mit Sie und gelegentlich nur mit Dok ansprach, während dieser ihn duzte oder Edi nannte.

Dr. Buchmacher saß auf der Terrasse und trank Tee. Edgar setzte sich zu ihm.

»Du hast dich kaum verändert«, stellte Dr. Buchmacher fest und musterte dabei kritisch seine eigentümliche Aufmachung. »Vielleicht bist du etwas breiter und fülliger geworden.«

»Kann sein«, brummelte Edgar und zog seinen abgewetzten Schlapphut tiefer in die Stirn, um sich vor der grellen Sonne zu schützen.

Die Kellnerin beobachtete das ungleiche Paar. Der eine, sehr gepflegt, trug einen eleganten Sommeranzug und einen weißen Panamahut, der andere, etwas verwildert, einen abgetragenen Montageanzug und einen zerknautschten Schlapphut. Beide bestellten Bier.

»Ich brauche deine Hilfe«, sagte Dr. Buchmacher ohne Umschweife.

»Wieder in Polen?«

»Dieses Mal nicht, der Tatort liegt genau unter uns.« Er stand auf, ging zur Terrassenbrüstung, lehnte sich an das Geländer und zeigte in westliche Richtung zur Internatsschule.

Edi folgte ihm. »Sie meinen doch nicht die Landesschule?«, fragte Edgar.

»Doch, die meine ich.«

Edgar staunte.

»Wieso überrascht dich das?«

»Weil sich auch andere in letzter Zeit für die Schule und ihre Bibliothek interessieren.«

Dr. Buchmacher versuchte, seine Überraschung zu verbergen. »Woher weißt du das?«

Edgar Poschalski machte ein Pokergesicht: »Das weiß ich eben.«

»Also hat man sich schon an dich gewandt?«

»Vielleicht.« Edgar wiegte seinen Kopf hin und her.

Dr. Buchmacher war über Edgars knappe Antworten verwundert, so kannte er ihn nicht.

»Haben der Betreffende oder die Betreffenden dir schon gesagt, was sie vorhaben?«

»Nein, das hat mich auch nicht interessiert. Ich will nur wissen, was für mich dabei herausspringt.«

»Dann komme ich wohl zu spät?«

Edgar holte aus seiner Tasche eine zerknautschte f6-Packung, entnahm ihr eine Zigarette und zündete sie an. »Das hängt davon ab, wie Sie meine Arbeit honorieren. Unterbreiten Sie mir ein Angebot, so wie beim letzten Mal.«

»Dafür verlange ich aber volle Unterstützung und absolute Vertraulichkeit«, sagte Dr. Buchmacher. »Schüttle den oder die anderen ab, damit wir ungestört arbeiten können.«

Edgars Gesicht hellte sich auf, er wurde gesprächiger: »Das ist leichter gesagt als getan. Die Anderen lassen sich nicht abschütteln, jetzt nicht mehr. Vor denen muss auch ich mich in Acht nehmen. Wenn die mitbekommen, dass ich falsch spiele, bin ich erledigt. Die dürfen also nichts von unserem Gespräch erfahren. Darauf muss ich mich verlassen können.«

»Das war deutlich genug«, entgegnete Dr. Buchmacher.

»Und wie sieht Ihr Plan aus? Wenn ich Sie unterstützen soll, müssen Sie mir schon Einblick geben.«

»Den gebe ich dir, wenn du dich entschieden hast«, entgegnete Dr. Buchmacher.

Edgar war mit der Antwort unzufrieden. Er wollte vom Doktor Genaueres wissen, bevor er sich für ihn entschied. Der Plan der beiden Polen überzeugte ihn nicht, er erinnerte ihn eher an eine amerikanische Action-Serie aus dem Fernsehen als an ein gut durchdachtes Unternehmen. Sie scheuten nicht die Gewalt, das wusste er aus Erfahrung. Sollte es ihnen nicht gelingen, das Sicherheitssystem der Schule außer Betrieb zu setzen, würden sie sich mit Macht Zugang zur Bibliothek verschaffen. Über seinen Hinweis, dass das Alarmsystem bei der Polizei aufgeschaltet ist, hatten sie nur müde gelächelt.

»Wir sind doch keine Anfänger«, hatten sie ihm erklärt. »Wir blockieren mit einem brennenden LKW die kurvenreiche enge Straße zwischen Naumburg und Schulpforte. Bevor die Feuerwehr den Brand gelöscht hat und die Polizei in der Schule aufgetaucht ist, haben wir nicht nur die Bibliotheksräume, sondern auch den Tresor mit unserem Spezialsprengstoff geknackt und ausgeräumt.«

Edgar wusste, dass sie schon einige Male nach dieser Methode vorgegangen waren. Sie erschien ihm riskant und unfein. Er legte Wert darauf, dass seine Projekte mit angemessenen Methoden ausgeführt werden. Darin stimmte er mit Dr. Buchmacher überein.

Sie hatten wieder Platz genommen und sich ein weiteres Bier bestellt.

»So viel kann ich dir schon sagen«, fuhr Dr. Buchmacher fort. »Brutale Gewalt lehne ich bei meinen Unternehmungen weiterhin strikt ab. Wenn es sich um Kulturgüter, also um Bücher oder Kunstwerke handelt, muss die Art und Weise der Objektbeschaffung würdevoll sein. Bei ordinären Bankeinbrüchen mag man sich meinetwegen gewalttätiger Praktiken bedienen, die Beschaffung von Büchern aus ehrwürdigen Bibliotheken oder eingemauerten Tresoren ist etwas ganz Anderes und unterliegt eigenen Gesetzen und Moralvorstellungen. Ich befreie sie sozusagen aus einem ›kalten Grab‹ und vermittle ihnen eine neue Chance. Darum kommt für mich nur der kultivierte Weg in Frage. Überlisten wir die Verwahrungs- und Überwachungssysteme auf intelligente Weise! Hast du mich verstanden?«

Edgar hatte dem Doktor aufmerksam zugehört. Zu seiner Philosophie wollte er sich nicht äußern, zumal sie mit seiner Methode darin übereinstimmt, jede Form von Gewalt bei ihren Projekten zu vermeiden.

»Die Schule hat ein modernes Sicherheitssystem«, gab Edgar zu bedenken. Er hatte die vierte Zigarette angezündet.

»Ich bin überzeugt, dass du mit deinen Fähigkeiten auch für diese Herausforderung eine Lösung finden wirst.«

Edgar liebte Komplimente, sie stachelten ihn an. »Und, wie wird mein Honorar aussehen?«

Dr. Buchmacher überlegte kurz: »Sagen wir zehntausend, sobald du mir einen vernünftigen Plan vorlegst. Bei erfolgreichem Abschluss nochmals zwanzigtausend.«

Edgars Gesicht verfinsterte sich. Er nahm mit der linken Hand seinen Hut ab und kratzte mit seiner rechten auf dem Kopf. Der Doktor kannte diese typische Geste von Edgar bereits. Er wusste, ihr folgt umgehend eine erhöhte Forderung.

»Sagen wir 20 für den Plan und 30 bei Abschluss.«

Dr. Buchmacher zögerte mit der Antwort, obwohl er sich darauf einlassen konnte. »Werden die Anderen dir mehr bieten?«

Edgar schüttelte den Kopf. »Das weiß ich nicht. Aber die muss ich fürchten, sie sind gefährlich wie zwei hungrige Wölfe.«

Als Edgar die enge und kurvenreiche Straße vom Bismarckturm herunterfuhr, kam ihm ein roter Sportwagen entgegen. Er wich in eine seitliche Straßenbucht aus. Er hatte das Cabrio wiederholt auf dem Parkplatz der Schule stehen sehen. Auch glaubte er die Fahrerin zu erkennen, trotz ihrer großen Sonnenbrille und ihres Kopftuches. Er war sich sicher, es war die Bibliothekarin. Laut pfiff er durch die Zähne und klopfte mit der rechten Faust auf das Armaturenbrett. Jetzt wurde ihm klar, was der Doktor mit der feineren, der kultivierten Methode gemeint hatte. Auch er scheint ein Doppelspiel zu treiben, sagte er sich. Sollte Dr. Buchmacher mit seinem Charme die Bibliothekarin für sich und seine Pläne gewonnen haben, würde der Edgars Hilfe nicht benötigen, und er würde am Ende leer ausgehen. Er beschloss, den Doktor und die Bibliothekarin im Auge zu behalten und mit den Polen im Kontakt zu bleiben.

Während Edgar nachdenklich nach Roßbach fuhr, wo er die beiden Polen treffen wollte, saß Dr. Buchmacher auf der Terrasse, studierte den Katalog eines Münchner Auktionshauses und wartete auf die Bibliothekarin. Das Angebot hochwertiger Schriften und Karten gefiel ihm. Er bestellte sich ein kleines Abendbrot und eine Flasche Wein.

Carmen hatte ihren Wagen auf einem freien Platz bei den Gästehäusern geparkt und war das letzte Stück des Weges zu Fuß gegangen. Er hatte ihr Kommen nicht bemerkt. Sie trat hinter ihn und legte ihre Hand auf seine Schulter. »Hallo, störe ich?«, fragte sie.

Er erschrak.

»Wo kommst du her?«, fragte er und stand auf, um sie zu begrüßen.

»Natürlich aus der Schule«, sagte sie und setzte sich auf den freien Platz.

Seine Begrüßung ist dieses Mal weniger leidenschaftlich, dachte sie. Ahnt er etwas? Die Kellnerin brachte ein weiteres Weinglas und stellt es auf den Tisch. »Für Sie, Frau Dr. Seewald«, sagte sie.

Er goss ihr ein und hob das Glas: »Auf dein Wohl, Frau Dr. Seewald«, sagte er, wobei er den Namen betonte. Sein Gesicht ließ jedoch keine Erregung erkennen. »Willst du etwas essen?«, fragte er.

Sie schüttelte den Kopf. »Ich wollte nur mal sehen, wie es dir geht. Ich muss gleich nach Hause.« Sie trank auf einen Zug ihr Glas aus. »Kurt wartet auf mich.«

»Wer ist Kurt?«

»Mein Kater. Er wird ungnädig, wenn er nicht sein Futter bekommt.«

Sein Verhalten war merkwürdig, dachte sie und ging.

Auf dem Weg zum Wagen kam ihr ein dunkelgrüner Opel entgegen, in dem zwei Männer saßen. Die beiden starrten sie im Vorbeifahren an. Sie scheinen zu ihm zu wollen, dachte sie. Carmen entschloss sich, nicht nach Hause, sondern in Sophias Wohnung zu fahren, um dort zu übernachten.

Wolfram Gollwitz verfolgte von seiner Wohnung aus das Geschehen auf der Terrasse. Ihn interessierten die Aktivitäten des Herrn vom Turmzimmer und seine Gesprächspartner. Den kräftigen Mann mit den roten Haaren hatte Gollwitz am Vortage im Fischhaus gesehen. Der hatte sich an seinen Tisch gesetzt. Jetzt bereute er es, sich mit ihm nicht unterhalten zu haben. Zu gern hätte er gewusst, was die beiden im Schilde führen?

Der Besuch der Lady dauerte überraschenderweise dieses Mal nicht so lange. Dass sie nicht in ihrem Sportwagen vorfuhr, wunderte ihn. Er wollte gerade das Fenster schließen und sich wieder an seine Arbeit machen, als ein dunkelgrüner Wagen aufkreuzte, in dem zwei Männer saßen. Sie parkten hinter einem Lieferwagen, machten aber keine Anstalten, auszusteigen.

17. *Nächtlicher Ausflug*

Carmen mochte die Penthousewohnung ihrer Schwester, die so ganz anders eingerichtet war als ihre Villa in der Luisenstraße. Sophia hatte ein Faible für alte Möbel und impressionistische Gemälde. Selbst in der modern ausgestatteten Küche stand ein altertümlicher Schrank. Auf ihren Schreibtisch war sie besonders stolz; er war ein Erbstück von ihrer Lieblingstante. An den Wänden hingen großformatige Bilder neuzeitiger Maler, insbesondere der Weimarer Schule. Eine weiße Sitzgruppe bildete den Mittelpunkt im Wohnzimmer. Sie war auf einen Flachbildfernseher ausgerichtet, der an der Wand angebracht war. Auf der großen Dachterrasse standen zahlreiche Gewächse und Blumen. Kater Kurt hatte seinen Platz in ihrem Arbeitszimmer, hielt sich aber am liebsten im Wohnzimmer auf, wenn er nicht gerade über der Terrasse und den angrenzenden Hausdächern unterwegs war.

Carmen schloss sorgfältig die Tür zu und ließ den Rollladen im Schlafzimmer herunter. Sie freute sich auf einen ruhigen Abend. Sie goss Rotwein in ein Glas, ließ Badewasser einlaufen, zog ihre Kleidung aus und legte sich in die Badewanne. Sie genoss die Wärme des Wassers und die nächtliche Ruhe. Ihre Probleme konnte sie leider nicht verdrängen. Das Gespräch mit ihrer Schwester auf dem Wege zum Flughafen hatte ihr nicht weitergeholfen. Die kurze Begegnung mit Dr. Buchmacher auf dem Bismarckturm hatte sie verunsichert. Ihre Unterhaltung war oberflächlich und nichtssagend. Eine unsichtbare Wand stand zwischen ihnen. Sie wurde das Gefühl nicht los, dass er etwas ahnte. Auf der Rückweg vom Bismarckturm hatte sie beschlossen, ihm beim nächsten Treffen zu erklären, warum sie ihn getäuscht habe. Sie musste ihm zu verstehen geben, dass sie ihn bei seinen Bemühungen um diese Kopernikus-Schrift unterstützen würde, natürlich nur unter der Voraussetzung, dass er ihr riskantes Spiel angemessen honoriert. Er sollte auch wissen, dass ihre Schwester von ihrem Plan nichts ahnte und auch niemals etwas erfahren dürfte.

Während das Wasser ablief, fiel ihr ein, dass Sophias Schlüsselbund mit den Schlüsseln der Schule und ihre Identitätskarte noch in ihrer Handtasche waren. Sie trocknete sich ab, band sich das gelbe Badetuch um und ging ins Wohnzimmer. Ihre Handtasche lag auf dem Sofa, Kater Kurt darauf. Er bewachte sie. Carmen schob ihn zur Seite und öffnete die Tasche. Wo mag das Schlüsselbund sein, fragte sie sich. Sie schob den Kalender und das Handy beiseite, dann die Tempotaschentücher und das Kosmetiktäschchen. Die Pfefferminzbonbons hatten sich selbstständig gemacht. Endlich fand sie die Schlüssel und legte sie auf den Couchtisch. Das Lederetui mit der Karte hatte sie nicht gefunden; sie musste die Handtasche doch noch auskippen. Es lag natürlich ganz unten.

Während der Kater sich an sie schmiegte und hinter den Ohren kraulen ließ, starrte sie auf das Schlüsselbund und das Ledermäppchen. Die Schlüssel der Schule, die an einem separaten Ring befestigt waren, hatten geradezu magische Kräfte und signalisierten: Na, was ist? Traust du dich? Das ist deine Chance. Die Gelegenheit war günstig. Sie zögerte, es war kurz vor Mitternacht. Sollte sie es auf eigene Faust riskieren, oder sollte sie ihn, ihren Liebhaber und Verführer, anrufen und ihm sagen, dass sie bereit ist, das Vorhaben durchzuziehen. Sie wählte seine Nummer und ließ das Telefon mehrere Male klingeln. Er nahm nicht ab. Sie versuchte es erneut. Ohne Erfolg.

Dann eben nicht, sagte sie entschlossen. Sie stand auf, zog BH und Höschen wieder an und entnahm aus Sophias Schrank einen schwarzen Jogginganzug. Schnell schlüpfte sie hinein, stülpte die Kapuze über und zog die Laufschuhe an. Nur gut, dass Sophia die gleiche Schuhgröße hatte. Sie band sich eine Hüfttasche um und steckte ihren Führerschein, Sophias Schlüsselbund und das Etui mit der Identitätskarte ein. Kater Kurt schaute verunsichert. »Sei schön brav«, flüsterte sie und strich ihm über den glatten Rücken. Lautlos verließ sie die Wohnung.

Sie ging in die Tiefgarage und fuhr ohne Beleuchtung hinaus. Sie hoffte, dass niemand ihren nächtlichen Ausflug beachtete.

Erst auf der Hauptstraße schaltete sie das Licht ein. Es war eine ruhige und warme Mainacht. Nur wenige Fahrzeuge waren unterwegs. Auf der Bundesstraße kam ihr ein Polizeifahrzeug entgegen. Carmen streifte ihre Kapuze ab. Die beiden Polizisten fuhren langsam an ihr vorbei und blickten zu ihr. Sie zeigte ein freundliches Lächeln. Hinter Almrich verlangsamte sie für einen Moment das Tempo, um einen Blick auf den Bismarckturm zu werfen, dessen Konturen sich schwach vor dem Nachthimmel abhoben. Ob er schläft, fragte sie sich.

Am Schulgelände angekommen, bog sie, ohne zu blinken, ab. Sie schaltete das Licht aus und parkte vor dem ehemaligen Schafstall. Per Knopfdruck fuhr die Scheibe auf der Fahrerseite nach unten. Angestrengt lauschte sie in die Nacht. Doch sie hörte nichts. Dann zog sie die Kapuze über, schnallte die Umhängetasche fester, nahm aus dem Handschuhfach die Taschenlampe und stieg aus. Sie schlich am alten Wirtschaftsgebäude entlang, um zum Nebeneingang der Bibliothek zu gelangen. Sie wollte gerade die Teerstraße queren, als sie auf der Bank unter der Linde zwei Schatten entdeckte. An den glimmenden Enden ihrer Zigaretten konnte sie erkennen, es waren zwei Personen. Sie wich zurück und wartete einige Minuten hinter der Mauerruine. Schüler konnten es nicht sein. Sie waren schon am Donnerstag nach dem Unterricht ins Wochenende nach Hause gefahren.

Während sie noch überlegte, wer die beiden Personen sein könnten, hörte sie einen Wagen heranfahren. Er fuhr ohne Licht und hielt in der Nähe der Mauer. Ein stämmiger Mann stieg aus, schloss leise die Wagentür und blickte sich um, bevor zwei Pfiffe die nächtliche Stille zerrissen. Ein kurzer Pfiff antwortete, dann ging der Mann zur Bank unter der Linde. Carmen konnte sehen, wie er sich zu ihnen setzte und mit ihnen sprach. Was sie sagten, konnte sie nicht verstehen. Sie flüsterten.

Ihre starre Haltung strengte an. Sie erhob sich und dehnte ihren Rücken, ohne Geräusche zu verursachen. In diesem Augenblick standen die drei auf und gingen um das Bibliotheksgebäude und zum hinteren Eingang, der von einer rotgelben Notbeleuchtung dürftig erhellt wurde. Carmen war dieser Zugang zum Schulhaus vertraut. Wenn sie ihre Schwester besuchte, benutzte sie gerne diesen Eingang. Sie ersparte sich die Anmeldung am Haupteingang und war schnell in der Bibliothek.

Carmen verließ ihr Versteck hinter der Mauer und huschte hinter einen Strauch nahe der Kleinen Saale. Von hier aus konnte sie hören, dass die Männer miteinander sprachen, worüber sie redeten, verstand sie aber nicht. Sie unterhielten sich auf Polnisch. Während der eine von ihnen mit einer Taschenlampe die Tür ableuchtete, stieg der Stämmige die Kellertreppe hinab und versuchte, die Tür zu öffnen. Sie hörte ihn schimpfen und fluchen. Minuten später kam er zurück. Sie besprachen sich, dann verabschiedete sich der kräftige Mann.

Carmen hielt den Atem an. Mach jetzt bloß keine Geräusche, dachte sie. Ihr Adrenalinspiegel explodierte, sie presste die Lippen zusammen. Nur einen Meter von ihrem Versteck entfernt ging er vorüber in Richtung Parkplatz. Die beiden anderen entschwanden zwischen Schulhauswand und Kleiner Saale in östliche Richtung. Sie wartete noch eine Weile in gebückter Haltung hinter dem Strauch. Ihr Rücken schmerzte. Endlich hörte sie, wie ein Wagen gestartet wurde. Sie atmete tief durch, richtete sich auf und sah sich um. Es war ruhig auf dem Schulgelände.

Allmählich wurde es heller, die Außenleuchte vom Nebeneingang erlosch. Das Vogelgezwitscher in den Bäumen wurde lauter. Leise schlich sie an der eisernen Aula-Fluchttreppe vorbei zur hinteren Eingangstür. Sie wusste, dass zu dieser Außentür der längere Schlüssel passt. Ohne Schwierigkeit ließ sich die Tür öffnen. Ihre Sorge, die Scharniere könnten quietschen und knarren, war zum Glück unbegründet.

Vom Vorflur führte eine Tür zur Eingangshalle des Schulhauses, die andere in den Bibliotheksbereich. Auch für diese Tür fand sie den passenden Schlüssel. Die Tür ließ sich anstandslos öffnen. Nun stand sie im Flur zur Bibliothek und zögerte: Sollte sie wirklich weitergehen? Die folgenden Türen waren einzeln gesichert und die Räume mit Bewegungsmeldern ausgestattet. Jeder Fehlversuch würde das Alarmsystem auslösen, das wusste sie. Sie musste an ihre Schwester denken, die ihr voll Stolz die moderne Technik vorgeführt hatte.

Vor der Haupttür zum Bibliotheksbereich hielt sie Sophias Identitätskarte vor den Scanner und gab nach wenigen Sekunden den Code ein. Carmen erinnerte sich daran, dass Sophia ihr damals erklärt hatte, dass sie die Nummer nicht vergessen dürfe. Da es besser ist, keine persönlichen Daten der eigenen Person zu verwenden, hatte sich Sophia für Carmens Geburtsdatum entschieden. Sie meinte, das Datum werde sie wohl nie vergessen. Voller Anspannung tippte Carmen die Zahlen 29 und 10 ein. Gespannt wartete sie auf die Reaktion. Ein Klickgeräusch ertönte. Behutsam, fast andächtig öffnete sie die Tür und trat ein. Es war dunkel in dem schmalen Raum. Das Fenster bot zu dieser frühen Morgenstunde nur wenig Licht. Sie ging durch den Raum, vorbei an Glasvitrinen und zahlreichen Skulpturen. Die Bilder und Karten an den Wänden konnte sie nur schemenhaft erkennen. Für die nächste Zwischentür brauchte sie nur den bizarr geformten Schlüssel vom Bund, um in den Besprechungsraum zu gelangen. Die Tür zum Bibliothekssaal war vor ihr. Wenn Sophia Carmens Geburtsdatum als Code verwandte, so war es naheliegend, es jetzt mit ihrem Geburtsjahr zu versuchen. Sie hielt die Identitätskarte vor den Scanner, wartete einen Augenblick und gab die Jahreszahl 1971 ein. Kein Klickgeräusch. Auch beim zweiten Versuch blieb das ersehnte Geräusch aus. Sie wusste, bei einem dritten vergeblichen Versuch wird Alarm ausgelöst. Das Risiko war zu hoch. Sie ging den Weg zurück und schaltete das Alarmsystem an der Haupttür scharf.

Bevor sie die Außentür öffnete, sah sie durch das Seitenfenster nach draußen. Es wurde hell. Sie konnte nichts Auffälliges erkennen. Vorsichtig öffnete sie die Tür und verschloss sie von außen. Plötzlich meinte sie, eine Gestalt hinter dem Eingangsportal vom

Mädcheninternat zu sehen. Sie blieb stehen, drückte sich an die Wand des alten Gutsstalles und wartete für einige Minuten. Dann schlich sie an der Wand entlang zu ihrem Wagen. Hastig stieg sie ein, startete und fuhr ohne Licht vom Schulgelände. Erst auf der Bundesstraße schaltete sie das Licht an und gab Gas.

Wer konnte die andere Person gewesen sein? Schüler kamen nicht in Frage. Sollte der kräftige Mann weggefahren, dann aber zurückgekommen sein? Nein, die Gestalt hinter dem Portal war schlanker und erinnerte sie an Dr. Buchmacher. Sollte er …? Vor Almrich sah sie die große Werbefläche des Bismarckturms, die selbst bei Dunkelheit nicht zu übersehen war. Sie wollte sich überzeugen, ob ihr Verdacht begründet war, und fuhr hinauf.

Dr. Buchmacher parkte für gewöhnlich seinen BMW gut sichtbar auf dem Platz neben der Terrassenlaube. Carmen hoffte inständig, sein Wagen würde auch jetzt dort stehen und ihr Verdacht wäre unbegründet. Ihre Hoffnung ging nicht in Erfüllung, der Platz war frei. Auf dem Mitarbeiterparkplatz stand nur ein Lieferwagen. Auf der Terrasse lehnte eine Männergestalt am Geländer. Carmen war sich sicher, dass es nicht Dr. Buchmacher war. Sie fuhr in Sophias Wohnung. Sie wurde das Gefühl nicht los, Dr. Buchmacher verfolge einen eigenen Plan.

Erschöpft von der nächtlichen Tour, stieg sie die Treppe zur Wohnung hinauf. Auf halbem Wege kam ihr der Kater entgegen. Kurts Fellhaare standen zu Berge, er maunzte erbärmlich, schmiegte sich an ihre Beine und ließ sich nicht beruhigen. Unsicher ging sie die Stufen nach oben, sie ahnte nichts Gutes. Die Wohnungstür war aufgebrochen. Ängstlich, den Kater dicht an ihren Fersen, betrat sie die Wohnung.

»Ist da jemand?«, rief sie mit halb erstickter Stimme.

Es kam keine Antwort. Sie überlegte kurz, die Polizei zu rufen, verwarf den Gedanken, nahm all ihren Mut zusammen und betrat das Wohnzimmer. Die Schränke waren durchwühlt, die Sitzkissen des Sofas lagen aufgeschlitzt auf dem Boden und die Schübe der Kommode waren herausgezogen und ausgekippt. Auch im

Schlafzimmer sah es nicht besser aus. In der Küche hätte eine Horde Jugendlicher nach einem exzessiven Trinkgelage kein größeres Chaos hinterlassen können. Nur mit Mühe konnte sie ihre Tränen unterdrücken. Sie rief die Polizei, und die traf nach wenigen Minuten ein. Es waren die beiden Beamten, die ihr nachts auf der Straße nach Schulpforte entgegengekommen waren.

»Sind wir uns heute nicht schon begegnet?«, fragte der Ältere.

»Das kann sein«, erwiderte Carmen. »Ich hatte noch etwas zu erledigen. In dieser Zeit muss hier eingebrochen worden sein.«

Die beiden Beamten sahen sich in der Wohnung um.

»Waren Sie lange weg?«, fragte der Polizist mit dem Stoppelschnitt.

»Etwa für zwei Stunden«, antwortete sie zaghaft. Sie fürchtete die Frage, wo sie zu so später Stunde noch gewesen sei.

»Haben Sie eine Vermutung, was der oder die Täter gesucht haben?«

»Nein, keine Ahnung.«

»So wie es aussieht, haben die Täter etwas Bestimmtes gesucht. Flachbildfernseher, Stereoanlage und Computer haben sie zumindest nicht interessiert.«

»Wir müssen ein Protokoll anfertigen«, sagte der jüngere Polizist. Er setzte sich auf das aufgeschlitzte Sofa und zog sein Notizbuch aus der Seitentasche. »Sie sind Frau Dr. Seewald?«

»Nein, Frau Dr. Seewald ist meine Schwester. Ihr gehört die Wohnung. Sie ist über das Wochenende nach Hamburg gefahren. Ich hüte nur zurzeit ihre Wohnung und kümmere mich um den Kater.«

»Der rote Sportwagen, mit dem Sie heute Nacht unterwegs waren, gehört Ihnen oder Ihrer Schwester?«

»Meiner Schwester.«

»Dann müssen Sie uns noch Ihren Namen nennen.«

»Ich bin Carmen Tangermann und wohne in der Luisenstraße.«

»Sind Sie die Frau vom Architekten Tangermann?«

»Ja, die bin ich.«

Während der jüngere Polizist mit dem Protokoll beschäftigt war, sah sich der ältere mit dem Stoppelschnitt in der Wohnung um. »Warten Sie bitte mit dem Aufräumen, bis die Spurensicherung hier war«, sagte er und machte einen großen Schritt über die Stehlampe, die schräg über Büchern und einem Beistelltisch auf dem Boden lag.

»Und dann?«, fragte sie. »Soll ich in der Wohnung bleiben?«

»Man kann nicht ausschließen, dass die Täter es nochmals versuchen werden, sofern sie das, was sie suchten, nicht gefunden haben. Lassen Sie sich besser von Ihrem Mann abholen.«

»Was macht eigentlich Frau Dr. Seewald beruflich?«, fragte der Ältere.

»Sie ist Bibliothekarin in der Landesschule.«

»In Pforta?«, fragte er.

»Ja, in Schulpforte.«

»Wir hatten heute Nacht eine Alarmmeldung aus der Schule. Es handelte sich nur um einen Fehlalarm. Wir waren gerade auf dem Rückweg, als wir Ihnen begegneten. Welch ein Zufall«, brummte er vor sich hin.

Carmen hatte keine Lust, darauf zu reagieren. Am Ende würden sie ihr noch die Frage stellen, warum sie nachts unterwegs war. Sie fragte nach einem Handwerker, der am Wochenende die Tür zumindest provisorisch reparieren würde. Der mit dem Stoppelhaar nannte ihr eine Firma. Dann verabschiedeten sie sich.

Sie ging in die Küche und stellte die Kaffeemaschine an. Dem Kater goss sie etwas Milch in seine Schale. Er wirkte noch immer verstört.

Zwanzig Minuten später kamen zwei Mitarbeiter von der Spurensicherung. Sie waren wenig gesprächig. Auf Carmens Frage, ob es ein oder mehrere Täter waren, erklärten sie, dass es zwei, vielleicht sogar drei Personen gewesen sein könnten. Nachdem das Spurensicherungsteam abgezogen war, rief sie den Tischler an, danach ihren Mann. Seine lallende Sprache machte ihr klar, dass von ihm im Moment keine Hilfe zu erwarten war.

Sobald der Handwerker die Tür repariert hatte, wollte sie auf den Bismarckturm fahren, um mit Dr. Buchmacher zu sprechen.

18. Erpressung

Edgar hatte sich auf ein riskantes Projekt eingelassen. Er musste unbedingt in Erfahrung bringen, was die beiden Polen inzwischen selbst unternommen hatten, und wollte sie mit Informationen versorgen. Er musste sie von seiner Zuverlässigkeit überzeugen.

Er besuchte seinen ehemaligen Kollegen Manfred Baumann in Roßbach. Mit ihm hatte er vor Jahren in einer Sicherheitsfirma gearbeitet.

»Mensch Edgar«, sagte der alte Kollege, »wir haben uns lange nicht gesehen. Was führt dich zu mir?«

Manfred Baumann war inzwischen ein ordentlicher Familienvater geworden und lebte mit seiner Frau und ihrem gemeinsamen Sohn in einem unauffälligen Reihenhaus in Roßbach am Rande von Naumburg. Er war – wie er bereitwillig erzählte – bei einer neuen Firma beschäftigt und inzwischen zum Gruppenleiter aufgestiegen. Trotzdem war er nicht zufrieden. Er machte sich Sorgen um die Zukunft seiner Firma. Sein alter Chef, so erzählte er mit bedrückter Stimme, sei gesundheitlich angegriffen und lasse sich nur noch selten im Betrieb sehen. Sein Sohn, der die Führung der Firma übernommen hat, kann nicht mit den Kunden umgehen. In der letzten Zeit ist die Belegschaft drastisch reduziert worden und auch er müsse jederzeit mit einer Kündigung rechnen. Edgar hatte Manfred zugehört und seine Situation bedauert. In Wirklichkeit kam ihm die unsichere berufliche Lage seines ehemaligen Kollegen recht.

Nachdem seine Frau ihnen Kaffee und Gebäck gebracht hatte, steuerte Edgar ohne Umschweife auf sein Anliegen zu: »Weißt du, wer in der Bibliothek der Landesschule das neue Sicherheitssystem installiert hat?«

Manfred Baumann war überrascht: »Warum fragst du, wer will das wissen?«

»Ich will das wissen«, entgegnete Edgar und machte ein trotziges Gesicht. »Früher haben wir beide uns um deren alte Anlage kümmern dürfen.«

»Ich dachte, du hast dich zur Ruhe gesetzt.«

»Schön wär's, den Ruhestand kann ich mir noch nicht leisten. Also sag schon, habt ihr bzw. hat deine Firma die neue Anlage eingebaut?« Edgar stierte seinen ehemaligen Kollegen herausfordernd an.

Manfred Baumann wurde nervös. Die Fragen machten ihn misstrauisch.

»Also, sag schon!«, drängte Edgar und goss sich noch eine Tasse Kaffee nach. »Die Anlage habt ihr gebaut, stimmt's?«

»Ja, wir haben den Auftrag bekommen.«

»Das ist gut«, erwiderte Edgar genüsslich. »Ich brauche nämlich ein paar Informationen über das neue System.«

Manfred Baumann hatte bei dem Pforta-Projekt – so nannten sie es intern – die Leitung. Er hatte sich, in enger Zusammenarbeit mit der verantwortlichen Bibliothekarin, ein System ausgedacht, das auf die Besonderheiten der Bibliotheksräume ausgerichtet war. Nachdem seine Firma auch mit der jährlichen Wartung und der Notrufaufschaltung betraut worden war, hatte er regelmäßigen Kontakt zur Schule und der dortigen Bibliothekarin.

Er stand auf und ging zum Fenster. Edgars Absicht schockierte ihn. Sein Blick fiel auf seinen Sohn, der im Garten seinen Ball immer wieder ins Tor zu befördern versuchte. Er hörte aus der Küche Geräusche, seine Frau bereitete das Mittagessen.

»Du weißt, dass ich das nicht darf«, sagte er bestimmt und sah weiterhin nach draußen.

Edgar stellte sich neben ihn. »Mensch Manni«, sagte er in gespielter Vertrautheit, »du musst es doch nicht umsonst tun. Mein Kunde lässt sich das etwas kosten.«

Er legte seine Hand auf Baumanns Schulter. »Wenn ich bedenke, was du mir erst vor wenigen Minuten über die Situation deiner Firma gesagt hast, würde ich mir an deiner Stelle Sorgen um meine liebe Familie machen. Wenn ich mich bei euch so umsehe, habe ich das Gefühl, dass ihr euch ein recht schönes Leben eingerichtet habt, das auch ein wenig kostet. So ein paar Tausender kämen dir sicherlich ganz gelegen.«

Die Worte verfehlten ihre Wirkung nicht. Baumanns finanzielle Lage war mehr als angespannt. Seine Frau brauchte dringend ein Auto. Sie wohnten abgelegen. Auch freuten sie sich darauf, in diesem Jahr endlich einmal einen richtigen Urlaub zu machen. Noch wusste er nicht, wie er das alles bezahlen sollte. Die Überstundenvergütungen hatte die Firma schon vor längerer Zeit gestrichen. Die Mitarbeiter waren froh, wenn sie termingerecht ihren Lohn bekamen. Die Aussicht auf schnell verdientes Geld reizte ihn natürlich.

»Ich frage mich, was ihr in dieser Bibliothek wollt.« Er hatte seine Arme vor seiner schmalen Brust verschränkt. »Wie ich von der Bibliothekarin weiß, sind alle Bücher registriert und gekennzeichnet. Die kannst du nirgendwo verscherbeln. Ich rate dir aus alter Freundschaft, lass die Finger davon, suche dir ein anderes Projekt, bei dem du schneller Kasse machen kannst.«

Edgar wurde ungeduldig. »Du scheinst mich nicht verstanden zu haben«, erklärte er und setzte sich wieder auf das Sofa. Er aß einen weiteren Keks. Immer mehr Krümel sammelten sich auf seinem dunkelblauen Pullover, was ihn aber nicht zu stören schien. »Mich selbst interessieren diese alten Schwarten überhaupt nicht«, sagte Edgar mit raunziger Stimme. »Es gibt Leute, die wohlhabender als wir beide sind und die mitunter derartige Bücher lesen können, sollte es ihnen darum gehen. Sie wollen um jeden Preis diese Bücher und Schriften besitzen und sind bereit, dafür einen stattlichen Preis zu bezahlen. Verstehst du mich, Manni?« Sein Gesicht färbte sich rot, seine Ungeduld steigerte sich. »Mein Auftrag lautet, ihnen bzw. deren Kontaktleuten den Zugang zur Bibliothek zu ermöglichen – koste es, was es wolle. Das ist die Situation! Früher wäre das kein Problem gewesen. Mit der alten Alarmanlage kannte ich mich aus, mit der wäre ich auch allein fertig geworden. Da hätte ich dich nicht gebraucht. Seitdem ihr aber das neue

System eingebaut habt und die Schule direkt bei der Polizei und eurem Sicherheitsdienst aufgeschaltet ist, bin ich mit meiner Kunst am Ende und brauche deine Unterstützung, so einfach ist das Problem!«

Manfred Baumann hatte Edgar verstanden. Er fühlte sich gedrängt. Er setzte sich Edgar gegenüber in den Sessel und blickte mit ernster Miene: »Du weißt, dass ich dir keine Informationen geben und auch nicht behilflich sein darf, so gern ich mir auch etwas zuverdienen möchte«, sagte er. »Auch ich komme nicht an die Konstruktionspläne heran, sie liegen in unserem Archiv und dürfen nur im Notfall herausgegeben werden.«

»Das habe ich schon vermutet«, erwiderte Edgar, »davon geht mein Plan aus.«

»Du hast also schon einen Plan?«

»Ich bin doch kein Anfänger«, antwortete er verächtlich, »ich habe immer für meine Projekte ein Konzept.«

»Und, was soll ich nach deiner Meinung dabei machen?«, fragte Manfred Baumann.

Ihm wurde bewusst, Edgar Poschalski würde nicht nachgeben und ihn so lange bedrängen, bis er nachgibt. Er kannte seinen alten Kollegen viel zu gut. Wenn der sich was vornahm, zog er es durch.

»Also, was sollte ich tun, falls ich mich darauf einlasse?«, fragte er eingeschüchtert.

Edgar gab sich souverän. Er wusste, die Kraftprobe hatte er gewonnen.

»Ich löse einen Fehlalarm aus«, sagte er, »indem ich ein Fenster einschlage oder mit Gewalt die Tür beschädige. Die Polizei wird euch nach ihrem Einsatz informieren, damit ihr den Schaden behebt oder eine Drittfirma damit beauftragt. Du musst versuchen, den Einsatzauftrag zu erhalten.«

Manfred Baumann hörte angespannt zu. Da er für dieses Wochenende als Notdienst eingeplant war, wäre das kein Problem, dachte er sich. »Und was geschieht dann?«, fragte er.

»Sobald du eintriffst und die Notsicherung übernimmst, rückt die Polizei ab. Dann bist du allein vor Ort und kannst mich und meine Partner einlassen, damit wir uns bedienen können.«

»Was heißt ›bedienen‹? Wollt ihr die Regale ausräumen, oder sucht ihr etwas Bestimmtes?«

»Du bist gut, die Regale ausräumen!« Edgar lachte laut auf und zeigte dabei seine ungepflegten Zähne. »Wir wollen lediglich eine mittelalterliche Schrift, die vermutlich im Tresor liegt. Unser Beitrag besteht also nur darin, ein altes Papier von einem dunklen Tresor in einen anderen umziehen zu lassen. Niemand wird das Verschwinden bemerken, weil in diesem Tresor vermutlich noch Berge anderer Schriften liegen. Unser Risiko ist also minimal. Und für unseren Beitrag wird man mich – und ich dich – angemessen bezahlen.«

Edgar sah seinen alten Kollegen Manni mit strahlenden Augen an. »Und, was sagst du zu meinem Plan. So schnell und so risikolos haben wir noch nie Geld verdient.«

Manfred Baumann stutzte: »Sagtest du, dieses Manuskript bzw. diese Schrift liegt im Tresor?«

»Ja, sagte ich. Das meinen zumindest meine Partner.«

Manfred stand auf und wanderte im Wohnzimmer auf und ab. Er schien nachzudenken.

»Was ist?«, fragte Edgar. »Gibt es ein Problem? Mein Plan hört sich doch gut an?«

»Das schon, er hat nur einen Haken. Der Tresor ist nicht an unser Sicherheitssystem angeschlossen. Er hat ein eigenes System, das gleichzeitig für eine konstante Klimatisierung und die Sicherheit sorgt. Der Stahlschrank wurde von einer anderen Firma geliefert und angeschlossen. Wir haben lediglich die Fenster mit Einbruchmeldern und die Türen für den Vorraum und den eigentlichen Bibliothekssaal mit einem kompakten System gesichert. Für die Türen benötigt man eine Identitätskarte und die jeweiligen Codes, für die Zwischentüren nur die üblichen Schlüssel.«

»Das ist mir bekannt«, sagte Edgar. »Das haben meine beiden Partner vor Ort schon ausgekundschaftet. Weil wir weder die Bibliothekarin noch ihre Identitätskarte haben, die Nummern-kombinationen nicht kennen und keine Schlüssel besitzen, musst du uns helfen – und deshalb bin ich bei dir! Was mich noch interessiert: Wo befindet sich eigentlich der Schaltkasten für die Alarmanlage?«

»Er befindet sich im Büro der Bibliothekarin.«

»Versteckt oder sichtbar?«

Manfred Baumann beschlich ein hässliches Gefühl. Sollte er auch dieses Geheimnis preisgeben? Er war damals stolz, der Bibliothekarin geraten zu haben, den Schaltkasten hinter einer Ordnerattrappe zu platzieren. Sie hatte ihn für diese ungewöhn-liche Idee gelobt.

Ohne auf die Antwort zu warten, schoss Edgar die nächste Frage nach: »Weißt du, wie dieser Klima- und Sicherheitsschrank funktioniert bzw. bedient wird?«

Baumann schüttelte den Kopf. »Davon habe ich keine Ahnung. Der wurde erst angeliefert, als wir mit unserem Auftrag fertig waren. Soviel ich weiß, funktioniert er über ein kombiniertes Tastatur- und Schlüsselsystem. Du brauchst also sowohl die Zah-lenkombination als auch einen Schlüssel. Ich glaube nicht, dass du ihn mit deiner bisherigen Methode knacken kannst. Darum rate ich dir, lass die Finger von diesem Projekt. Die Bibliothek ist mit der neuesten Technik abgesichert, da habt ihr keine Chancen.«

Edgar wurde missmutig. »Ich habe den Eindruck, du hast noch immer nicht kapiert. Wenn dir schon nichts an ein paar Tausendern liegt, solltest du an die Sicherheit deiner Familie denken.« Er fuhr sich mit der rechten Hand an den Hals und verdrehte dabei die Augen. Manfred Baumann verstand, was der mit der Handbewegung sagen wollte. »Meine Freunde sind zwei polnische Experten, die den Auftrag haben, dieses alte Manuskript zu beschaffen. Ich kenne die beiden von früher. Sie haben ihre Aufträge immer erfolgreich erledigt. Zugegeben, sie waren dabei meist nicht zimperlich. Aber – wie gesagt – sie waren immer erfolgreich. Ich kann dir nur raten, wenn bei euch in der Firma eine Alarmanzeige von der Bibliothek eingeht, schnellstmöglich vor Ort zu sein und das zu tun, was wir von dir erwarten. Im Übrigen halte ich dich für so klug, die Polizei nicht zu informieren.«

Er stand auf und warf einen Blick in den Garten, wo der kleine Junge noch immer mit dem Ball spielte. »Denk an deinen Sohn, du würdest so einen Fehler niemals wiedergutmachen können«, sagte er mit zynischem Gesichtsausdruck. »Also, alter Freund, ich glaube, wir haben uns verstanden.« Dann verließ er das Haus.

Manfred Baumann saß bedrückt auf dem Sofa. Es war ein schöner Maitag, doch dafür hatte er jetzt kein Auge.

Edgar war mit sich zufrieden. Er hätte auf die Schärfe gerne verzichtet, mit der er seinen alten Kollegen unter Druck setzte. Trotzdem hatte er das Gefühl, richtig gehandelt zu haben. Auf dem Weg zu seinem Wagen, den er in der Nachbarstraße geparkt hatte, überlegte er, ob er sich zunächst mit den beiden Polen oder mit dem Doktor treffen sollte. Er wollte die Entscheidung nicht übereilen. Doch dazu kam es nicht. Sie standen an seinem Wagen, lässig angelehnt und rauchten.

»Und, warst du erfolgreich?«, fragte Andrzej.

»Nur zum Teil.« Edgar schloss seinen Wagen auf. »Mein alter Kollege kennt die Anlage der Schule, er hat sie mitinstalliert. Für eine entsprechende Summe ist er auch bereit, uns behilflich zu sein. Den Tresor kann er aber nicht öffnen. Dieser stammt von einer anderen Sicherheitsfirma und lässt sich nur mittels Schlüssel und Nummernkombination bedienen. Über beides verfügt nur die Bibliothekarin.«

»Hast du eine Ahnung, wo wir die Frau Doktor finden?«, fragte Tadeusz. »Wir haben sie in der letzten Nacht besucht, sie war aber nicht da. Wenn wir sie haben, brauchen wir deinen alten Kollegen nicht. Das Geld kannst du dann einstecken. Du hast ihm doch hoffentlich nichts von uns erzählt.«

»Wofür haltet ihr mich denn, ich bin doch kein Anfänger«, sagte Edgar entsetzt.

»Das wollen wir hoffen«, bemerkte Tadeusz, »sonst müssten wir uns selbst um deinen alten Kollegen kümmern. Also, bemühe dich und mache die Bibliothekarin ausfindig. Uns läuft die Zeit weg, am Sonntagabend sind die Schüler wieder da.«

19. Das Geständnis

Die Zeit drängte. Carmen musste Dr. Buchmacher aufklären. Sie konnte das Verwirrspiel nicht länger fortsetzen. Sie wollte, bevor Sophia am Sonntagabend zurückkommen würde, das Geschäft abgewickelt haben, sonst war die Chance vertan. Sie hatte im Restaurant des Bismarckturms angerufen und erfahren, dass Dr. Buchmacher mit einem Herrn auf der Terrasse beim Frühstück sitze. Zwanzig Minuten später parkte sie im Hof des Bismarckturms hinter einem Transporter. Von hier aus konnte sie die Terrasse gut einsehen, ohne selbst gesehen zu werden. Die beiden Männer waren die einzigen Gäste. Der Mann neben Dr. Buchmacher hatte ihr den Rücken zugekehrt, so dass sie ihn nicht erkennen konnte. Wegen seiner kräftigen Statur vermutete sie, dass es die gleiche Person ist, die sie letzte Nacht mit den beiden Polen auf dem Schulgelände beobachtet hatte.

Dr. Buchmacher schüttelte wiederholt den Kopf und gestikulierte mit seinen Händen. Als die junge Bedienung an ihren Tisch trat, vermutlich um nach den Wünschen der Gäste zu fragen, schienen die beiden sich zu beruhigen. Die Kellnerin nahm die Kaffeekanne und entschwand.

Carmen überlegte, ob sie aussteigen und die beiden überraschen sollte, als der kräftige Mann aufstand und sich mit Handschlag von Dr. Buchmacher verabschiedete. Nachdem sie ihn von vorn sehen konnte, war sie sich sicher, dass er es war, den sie nachts gesehen hatte. Sie wartete noch einen Augenblick, stieg aus und ging zur Terrasse. Dr. Buchmacher starrte auf ein Blatt, das vor ihm lag.

»Guten Morgen«, sagte sie schon von Weitem in forschem Ton.

Er erschrak und drehte sich um. »Hallo, guten Morgen«, erwiderte er. »Waren wir verabredet?«, fragte er unsicher und fügte verlegen hinzu: »Auf jeden Fall freue ich mich.« Er faltete das Papier zusammen und schob es in seine Jackentasche. »Falls du noch nicht gefrühstückt hast, bestelle ich dir etwas. Ich habe das schon hinter mir.«

»Ein Kännchen Kaffee reicht«, antwortete sie.

Er hob seinen Arm und gab der Bedienung ein Zeichen.

»Für Sie, Frau Dr. Seewald«, sagte die Kellnerin mit freundlichem Lächeln, als sie den Kaffee brachte.

Carmen stutzte. »Sie kennen mich?«

»Ich bitte Sie«, antwortete die junge Frau, »bei uns in Naumburg kennt man Sie eben.« Sie entschuldigte sich und ging, um die ersten Sonnenschirme aufzuspannen.

»Hast du ihr meinen Namen gesagt?«

»Warum sollte ich?«, erwiderte er entschieden. »Was kann ich dafür, wenn du hier bekannt bist?«

Carmen wollte Klarheit, sie spürte Dr. Buchmachers Unsicherheit.

»Wer war der Mann?«, fragte sie. »Was hat er über mich berichtet?«

»Wie kommst du darauf, dass wir über dich gesprochen haben?«

»Weil er mir gestern, nachdem wir uns getrennt hatten, von diesem Parkplatz aus zu meiner Wohnung gefolgt ist.«

»Du bist dir ganz sicher, dass er es war?«

»Ganz sicher, ja !«

»Er ist ein alter Bekannter aus Berlin«, antwortete er. »Ich habe ihn zufällig hier in Naumburg getroffen. Er ist ein praktischer Typ und war mir in der Vergangenheit gelegentlich behilflich.«

»Und bricht er in deinem Auftrag auch gelegentlich in Wohnungen ein?«

»Was redest du da? Du glaubst doch nicht im Ernst, dass ich Edgar den Auftrag gebe, in deine Wohnung einzubrechen. Wie kommst du auf diese absurde Idee?«

»Weil heute Nacht in meine Wohnung, genauer in die meiner Schwester, eingebrochen wurde. Was wollte dieser Edgar von dir? Hast du ihn wirklich nicht beauftragt?«

Dr. Buchmacher bekam ein rotes Gesicht, er wurde zornig. »Ich verstehe dich nicht. Warum sollte ich jemand beauftragen, in deine Wohnung einzubrechen?«

Carmen ließ nicht locker. »Wenn du mit mir ins Geschäft kommen willst, solltest du offen sein. Ich mag keine hinterhältigen Spielchen.«

»Ich übrigens auch nicht!«, gab er knapp zur Antwort. »Ich bin gern bereit, meine Karten auf den Tisch zu legen«, sagte er bestimmt, »das erwarte ich dann umgekehrt auch von dir.«

»Deshalb bin ich gekommen«, entgegnete Carmen forsch. »Mir beziehungsweise uns läuft sonst die Zeit weg, ohne dass wir etwas erreicht haben.«

»Na gut, dann fang ich an. Ich habe tatsächlich Edgar beauftragt, dich zu beobachten. Ich hatte meine Zweifel, wer du wirklich bist. Du hast mir genug Anlass gegeben. Und nachdem ich von ihm erfuhr, dass zwei Polen sich für eure Bibliothek und für dich interessieren, habe ich ihn gebeten, auf dich achtzugeben und mich über deren Aktivitäten zu informieren. Die beiden Kerle sind gefährlich und eiskalt.«

Er griff in seine Tasche und holte seine Zigarettenpackung heraus. Er hielt ihr die Schachtel entgegen.

»Ich habe ihn und die beiden Polen in der letzten Nacht auf dem Schulgelände beobachtet«, sagte sie. »Sie interessierten sich für die Bibliothek.«

»Ja, das hat mir auch Edgar bestätigt. Im Übrigen«, fügte er hinzu, »war das leichtsinnig von dir, was du nachts gemacht hast.« Er legte seine Hand auf ihre. Sie zögerte, ob sie seine Geste abwehren sollte. Seine Fürsorge schien ehrlich zu sein.

»War ich wirklich allein, oder war da noch jemand unterwegs?«

Er spielte den Ertappten. »Ja, ich bin dir gefolgt. Ich habe Edgar mit den Polen beobachtet und eine Kapuzengestalt im Schulhaus verschwinden sehen. Ich war mir nicht sicher, ob du es warst. Erst als du später ins Auto gestiegen bist, wusste ich Bescheid. Wer bist du wirklich, und was suchtest du zu nächtlicher Stunde in der Bibliothek?«

Carmen goss sich den restlichen Kaffee ein und nahm einen Schluck.

Er sah sie erwartungsvoll an. »Also, sag schon: Bist du die Bibliothekarin?«

Carmen schüttelte den Kopf: »Ich bin nicht die Bibliothekarin, nicht die Frau Dr. Sophia Seewald. Ich bin ihre Schwester Carmen und sehe ihr nur ähnlich. In der Bibliothek kenne ich mich dennoch recht gut aus. Meine Schwester ist über das verlängerte Wochenende nach Hamburg gefahren und hat mir ihre Schlüssel und ihr Auto überlassen, damit ich mich um ihre Wohnung und den Kater kümmern kann.«

Dr. Buchmacher zeigte keine Überraschung. »Warum hast du mir das nicht gleich gesagt?«

»Warum sollte ich? Als Bibliothekarin war ich für dich doch viel interessanter. Du bist übrigens nicht der erste Mann, den wir auf diese Weise getäuscht haben. Auch Sophia – meine Schwester – hat sich schon als die Architektin Carmen Tangermann – so heiße ich wirklich – ausgegeben und sich dabei hervorragend amüsiert.«

»Weiß deine Schwester von deinem Verwirrspiel?«

»Gott bewahre! Das darf sie niemals erfahren. Ich bin nach wie vor daran interessiert, mit dir ins Geschäft zu kommen. Ich brauche dringend eine größere Summe Geld und hoffe, du verfügst über die entsprechenden Finanzmittel.«

Ihm war es im Grunde genommen egal, mit wem er das Geschäft macht, ob mit der echten oder der angeblichen Bibliothekarin. Ihm war es nur wichtig, den beiden Polen zuvorzukommen.

»Was wolltest du nachts in der Bibliothek?«

Er holte seine Sonnenbrille aus der Tasche seines Hemdes und setzte sie auf. Die Sonne stieg im Osten immer höher, kleine Quellwolken tummelten sich am Himmel.

»Ich musste mich davon überzeugen, ob die Schlüssel, die mir meine Schwester auf dem Flughafen gegeben hat, die richtigen sind.«

»Und?«, fragte er.

»Sie passen, sonst wäre ich nicht hier.«

Dass sie nicht bis in den Bibliothekssaal vorgedrungen war, wollte sie nicht zugeben. Sie war überzeugt, beim nächsten Versuch würde es klappen. Den Schlüssel für den Tresor würde sie schon noch finden. Sophia hatte eine Buchattrappe mit dem Titel ›Der rote Mönch‹ im hinteren Regal ihres Büros stehen. Da wollte sie zuerst nachsehen.

»Wir können also das Geschäft besiegeln«, antwortete sie. »Dann kann ich auf Edgars Hilfe verzichten?«, fragte er. Die lautlose Aktion war ihm am liebsten.

»Weiß dieser Edgar eigentlich, wer ich bin?«

»Für ihn – wie auch für seine polnischen Komplizen – bist du die Bibliothekarin. An deiner Identität hegen sie keinen Zweifel. Edgar geht dir deshalb aus dem Weg, da er meint, du würdest ihn wiedererkennen. Er hatte sich früher um die alte Alarmanlage gekümmert und dabei mit deiner Schwester zu tun. Seine Komplizen haben ihn beauftragt, dich rund um die Uhr zu beobachten. Sie brauchen dich, ohne dich können sie den Tresorraum nicht öffnen. Die sind hinter der ›Vermächtnis-Schrift‹ von Kopernikus her wie der Teufel hinter einer armen Seele. Du bist gefährdet.«

Energisch drückte sie ihre Zigarette im Aschenbecher aus. Ihr Doppelspiel konnte am Ende gefährlich werden. »Da wir Edgar nicht brauchen«, stellte sie fest, »sollten wir möglichst schnell handeln.«

»Ich bin einverstanden. Welche Summe schwebt dir vor?«

»Ich sagte ja schon, dass es eilt. Ich brauche zweihundertfünf-zigtausend sofort.« Sie nannte die Summe, ohne mit der Wimper zu zucken.

Dr. Buchmacher schluckte. »Habe ich dich richtig verstanden? Du willst eine viertel Million Euro, nicht Zloty?«

»Ich spreche von Euros.«

Er rückte seinen Stuhl nach hinten und stand auf. Mit der Summe hatte er nicht gerechnet. »Ich weiß nicht, ob ich dir diesen Preis zusagen kann. Ich muss zuvor mit meinem Auftraggeber sprechen. Falls er zusagt, können wir das Geschäft noch heute abwickeln?« Er setzte sich wieder.

»Am besten so schnell wie möglich. Darf ich fragen, wer deine Auftraggeber sind?« Carmen hielt mit beiden Händen die Kaffeetasse und trank sie aus.

»Das kann ich nicht sagen«, erwiderte er. »Meine Kontakte laufen über einen Rechtsanwalt. Er sitzt in Frankfurt an der Oder. Ihm übergebe ich das Manuskript, wenn ich es geprüft habe. Er verlässt sich auf mein Urteil, bis es kompetentere Leute unter die Lupe genommen und bewertet haben. Ich könnte dir anbieten, vom Original eine Kopie für den Schultresor anfertigen zu lassen.«

»Und du glaubst, das funktioniert?«

»Warum nicht? Die neuen Besitzer werden interessiert sein, den Austausch so unauffällig wie möglich über die Bühne zu bringen. So können sie behaupten, dass sie schon immer das Original hatten und in eurer Bibliothek nur eine Ablichtung ist.«

»Und du meinst, so eine Ablichtung lässt sich vom Original nicht unterscheiden?« Flink spielten ihre Finger mit der inzwischen leeren Kaffeetasse.

»Ich bin auch einmal auf eine Fälschung hereingefallen«, erwiderte Dr. Buchmacher. »Diese Leute sind mit modernster Technik ausgerüstet und verwenden Papier, das dem normalen Auge vorgaukelt, aus frühester Zeit zu stammen.«

Carmen war natürlich an einer originalgetreuen Ablichtung interessiert. »Wenn das der gute Herr Kopernikus wüsste«, sagte sie halblaut vor sich hin.

»Wie verbleiben wir?«, fragte sie. Er legte seine Hand auf ihre. »Ich erreiche meinen Gesprächspartner ab 12 Uhr. Seine Zustimmung benötige ich.«

»Er muss sich sofort entscheiden«, bemerkte sie. »Woher bekommst du die Summe?« Sie entzog ihm ihre Hand.

»Das lass mal meine Sorge sein. Ich rufe dich auf deinem Handy an, wenn ich die Zusage habe. Dann sollten wir uns um 15 Uhr am Bahnhof treffen. Das Geld ist in einem Schließfach deponiert. Du bekommst von mir den Schließfachschlüssel und übergibst mir alles Nötige für einen reibungslosen Ablauf in der Bibliothek. Einverstanden?«

»Hast du keine Sorge, ich könnte mich mit dem Geld absetzen?«

Er schüttelte den Kopf und zeigte ein souveränes Lächeln.

»Nein, absolut nicht«, erwiderte er. »Ich weiß nun, wer du bist und wo du wohnst. Nein, ich habe keine Sorge um das Geld.«

Dr. Buchmacher schob das Frühstücksgeschirr zur Seite. »Verändere dein Aussehen, wenn du zum Bahnhof kommst«, riet er, »du wirst mich auch nicht sofort erkennen. Edgar und seine Komplizen dürfen nichts mitbekommen. Danach gehen wir auseinander und treffen uns um 21 Uhr auf dem Schulgelände an dem Platz, wo du letzte Nacht geparkt hast.«

»Werden wir uns danach wiedersehen?« Ihre Stimme klang etwas wehmütig.

»Vielleicht wird das der Anfang einer erfolgreichen Geschäftsbeziehung«, sagte er und streichelte ihr zärtlich die Wange.

»Nur einer Geschäftsbeziehung?«, fragte sie und stand auf und ging.

Als sie an dem Fenster der Souterrainwohnung vorbeikam, sah sie für einen kurzen Augenblick hinter dem leicht geöffneten Vorhang das Gesicht eines Mannes, das ihr schon einmal aufgefallen war. Sie blieb kurz stehen, er sah sie aufgeschreckt an, dann zog er den Vorhang zu und verschloss das Fenster.

20. Das Geschäft

Carmen fuhr nach Hause. Ihr Mann saß im Büro über Bauplänen. Er hatte noch immer seinen Schlafanzug und den Bademantel an und war unrasiert. Auf seinem Schreibtisch stand eine Kanne Kaffee und daneben eine fast leere Whiskyflasche. Er blickte sie mürrisch an: »Lässt du dich auch mal wieder sehen?«, murmelte er vor sich hin und hantierte dabei hilflos mit den großen Bauplänen herum. Seine Stimmung war deprimierend.

»Vielleicht löst sich schon heute unser Problem?«, sagte sie.

Er sah sie fragend an: »Wie meinst du das?«

»Ich habe eine Idee, wie wir die Zwangsversteigerung unserer Villa abwehren können.«

Er erhob sich und kam auf sie zu: »Wie willst du das schaffen, dazu brauchen wir eine viertel Million.«

»Ich weiß, du musst mir nur die Daumen drücken«, erwiderte sie. »Lass mich nur machen.«

Sie ging die Treppe nach oben und entschwand in ihrem Zimmer. Sie zog sich ein ausgewaschenes T-Shirt über die abgetragene Jeans, die nicht lang genug war, um die kaputten Joggingschuhe zu verbergen, dann setzte sie sich eine blonde Perücke auf. Als sie vor dem Schrankspiegel stand, vor dem sie sich einige Tage zuvor schon einmal begutachtet hatte, war sie über ihr befremdliches Aussehen verblüfft.

Ihr Mann wunderte sich, als sie in dieser Aufmachung wieder ins Büro kam. »Was hast du denn vor?«, fragte er verwundert. »Du siehst wie ein Hippiemädchen aus. Du willst doch nichts Verbotenes tun?«

»Mach dir keine Sorgen«, sagte sie und zupfte an ihrer Perücke herum.

Bevor sie das Haus verließ, sah sie aus dem Fenster, ob jemand von den Nachbarn zu sehen ist. Als sie niemanden sehen konnte, verabschiedete sie sich von ihrem Mann und machte sich auf den Weg. Das Cabrio hatte sie in der Charlottenstraße geparkt. Bevor sie einstieg, blickte sie sich nochmals um. Sie konnte nichts Verdächtiges feststellen. Dann fuhr sie zum Bahnhof. Am Postring parkte sie, setzte die Sonnenbrille auf, blickte noch einmal in den Rückspiegel und stieg aus. Sie fand sich überzeugend.

Am Eingang zum Bahnhof herrschte buntes Treiben. Ein alter Mann stand in gebückter Haltung vor einem H&M-Werbeplakat. Sein Trenchcoat war ungepflegt, der Hut zerbeult und verschlissen. Sein Bart hätte zu einem bayrischen Bergbauern gepasst. Die Gestalt wirkte auf Carmen übertrieben echt. Sie ging dicht an ihm vorbei. »Doc?«, fragte sie halblaut.

»Carmen?«, fragte er zurück.

Sie nickte.

»Geh zum Fach 389, ich folge dir etwas später.«

Ein Regionalzug war gerade eingetroffen. Die Fahrgäste strömten in alle Richtungen. Dr. Buchmacher öffnete das Schließfach mit der Nr. 389, entnahm ihm einen braunen DIN-A4-Umschlag. »250 000«, sagte er und zog eines der Geldbündel heraus. Keiner der Vorbeigehenden nahm von dem ungleichen Paar Notiz.

»Mein Kunde hat die Summe akzeptiert«, sagte er. »Nachzählen kannst du später.«

Dann legte er den Umschlag in das Schließfach zurück und reichte ihr den Schlüssel. Sie steckte ihn in die enge Jeans. Dann griff sie in ihre Umhängetasche und entnahm das Schlüsselbund. »Die Identifikationskarte und die Codes bekommst du heute Abend«, sagte sie.

Er griff nach dem Schlüsselbund und ließ ihn in seiner ausgebeulten Manteltasche verschwinden. »Dann bis später, wie verabredet«, flüsterte er und entfernte sich schlurfenden Schrittes. Er hätte Schauspieler werden sollen, dachte sie.

Ein Ehepaar bemühte sich auf der anderen Schließfachreihe, seine Taschen zu verstauen. Da ihnen offensichtlich das passende Geldstück fehlte, fragten sie Carmen, ob sie ihnen einen Geldschein wechseln könnte. Carmen schüttelte den Kopf und verließ den Bahnhof. In ihrem Auto nahm sie die Perücke ab, stopfte sie in eine Plastiktüte und warf sie auf die hintere Sitzbank. Dann fuhr sie los. Ein Glücksgefühl erfüllte sie. Sie bog in die Roßbacher Straße ein und fuhr weiter stadteinwärts. Sie dachte an die Geldscheine im Schließfach und daran, wie ihr Mann reagieren würde, wenn er den Umschlag mit dem Geld sieht. Sie war mit sich zufrieden; sie besaß den Schließfachschlüssel. Das Geld bedeutete ihre Rettung. Sie überlegte, was sie bis zu ihrer Verabredung machen sollte. Nach Hause wollte sie nicht. Sie beschloss, in Sophias Wohnung zu fahren.

Ihre abgetragenen Klamotten zog sie aus und steckte sie in eine Plastiktüte. Aus Sophias Kleiderschrank entnahm sie eine bequeme Jogginghose und ein kragenloses Sweatshirt. Alles passte perfekt. Bevor sie die Wohnung verließ, deponierte sie den Schließfachschlüssel unter der Matte im Katzenhaus. Sicher ist sicher, dachte sie und machte sich auf den Weg. Am liebsten wäre sie gleich zur Schule gefahren, um das Geschäft abzuschließen, doch es war noch zu früh. Sie wählte einen Umweg über den Jakobs- und den Wenzelring, fuhr dann weiter über die Weimarer Straße. Im Rückspiegel fiel ihr ein dunkelgrüner Opel auf, der ihr mit gleichbleibendem Abstand folgte. Sie glaubte, den Wagen mit der seltenen Farbe heute schon einmal gesehen zu haben. »Deine Anspannung lässt dich schon Gespenster sehen, beruhige dich!« Sie atmete dreimal hintereinander tief aus. Den Tipp hatte sie im Wellnessteil irgendeiner Zeitschrift gelesen. Jetzt sah sie auch keinen dunkelgrünen Opel mehr im Rückspiegel.

Sie fuhr an der ehemaligen Kadettenanstalt vorbei, in der jetzt das Bundessprachenamt untergebracht war. An der Tankstelle hielt sie kurz, um eine Flasche Wasser zu kaufen. Sie gab dem Kassierer großzügiges Trinkgeld und verließ, leise vor sich hin summend, die Tankstelle. Sie saß im Wagen und nahm einen Schluck aus der Flasche, als ein stämmiger Glatzenmann ihre Beifahrertür aufriss und hastig einstieg. Bevor sie etwas sagen konnte, drohte er mit einer Pistole, die er unter seiner Jacke versteckt hielt.

»Fahren Sie«, befahl er, »und machen Sie keine Dummheiten!«

Sie startete den Wagen. Die Anspannung hatte ihren ganzen Körper ergriffen, ihr rechter Fuß gehorchte ihr nicht mehr. Sie trat übermäßig auf das Gaspedal und der Motor heulte auf.

»Was soll das?«, brüllte er sie an. »Sind Sie Anfängerin?« Sein Gesicht wirkte zynisch, ungerührt zielte er mit der Pistole auf sie.

»Was wollen Sie von mir?« Die Angst schnürte Carmen die Luft ab.

»Das werden Sie gleich sehen. Hinter der Tankstellenausfahrt links!«, befahl er.

Carmen kannte den Panoramaweg. Sie und ihr Mann hatten hier vor zwei oder drei Jahren ein Mehrfamilienhaus für einen Investor gebaut. Die ausgebaute Straße aus Kopfsteinpflaster wurde schmaler, die Häuser verschwanden. Die Straße ging in einen ungepflasterten Waldweg über.

»Was wollen Sie von mir?«, wiederholte Carmen. Ihre Knie zitterten, die Hände wurden feucht.

»Das werden Sie schon sehen! Fahren Sie weiter.«

Der Schotterweg führte geradewegs in bewaldetes Gebiet.

21. Getäuscht

Dr. Buchmacher erheiterte sich, als er Carmen nachsah. Ihre Aufmachung passte so gar nicht zu ihr, hatte aber ihre Funktion erfüllt. Niemand hätte in der bizarr gekleideten jungen Frau die Architektin Tangermann erkannt. Er war zufrieden und verließ entspannt den Bahnhof. Sein Partner hatte die Preisvorstellung nach anfänglichem Zögern dann akzeptiert und die Geldsumme telefonisch freigegeben. Er hatte sich mit dem Filialleiter der Stadtbank getroffen und die Geldsumme in Tausenderscheinen ausgehändigt bekommen.

»Passen Sie auf«, hatte sein Partner zu ihm am Telefon gesagt, »dass uns die Bibliothekarin keine Fälschung unterjubelt.«

Er schlurfte zu seinem Wagen, den er auf einem abseits gelegenen Parkplatz hinter dem Arbeitsamt abgestellt hatte. Hier konnte er sich ungestört umziehen und die armseligen Klamotten im Kofferraum verstauen. Er fuhr an der Domstraße in eine Parknische. Nach dieser aufregenden Aktion hatte er sich eine Zigarette verdient.

Prächtig strebte der Dom in den wolkenlosen Himmel. Er schwor sich, sobald das Geschäft abgewickelt ist, zum Dank der Gottesmutter im Dom eine Kerze zu spenden. Sollte sie mir beistehen, würde ich auch einen größeren Betrag in den Spendenkorb werfen. Er drückte die Zigarette im Ascheeimer aus und fuhr los. Er wollte vor ihr eintreffen, um die Lage zu sondieren. Bei der Tankstelle in der Kösener Straße hielt er an, um zu tanken. Der Tankstellenpächter stand gelangweilt hinter seinem Tresen und sortierte Kaugummipackungen.

»Heute scheint nicht viel los zu sein«, stellte Dr. Buchmacher fest und reichte seine Kreditkarte über den Tresen.

»Immerhin habe ich in der letzten Stunde eine ganze Flasche Wasser an eine Sportwagenbesitzerin verkauft und bekomme jetzt 88,70 Euro von Ihnen.«

Der Abbuchungsvorgang erfolgte.

»Fuhr die Dame einen roten Sportwagen?«, fragte Dr. Buchmacher, während er seine Kreditkarte in die Brieftasche steckte.

»Ja, kennen Sie die Frau?«

»Gegenfrage: War sie blond?«

»Nein, sie hatte lange schwarze Haare und trug eine genauso dunkle Gucci-Brille.«

»Sind Sie sicher, dass sie schwarze Haare hatte?«

»Ganz sicher«, sagte er bestimmt und erklärte, dass er tagtäglich sein fotografisches Gedächtnis trainiert. Wer weiß, vielleicht ist das mal von Nutzen.

»War die Frau allein?«

»Draußen ist ein Mann zugestiegen, der auf jeden Fall nicht mit ihr gekommen ist«, fügte er hinzu.

Dr. Buchmacher wurde hellhörig: »Sagten Sie, ein Mann? Wie sah er aus?«

»Breit und glatzköpfig, ich dachte noch, der passt absolut nicht zu ihr.«

»In welche Richtung sind sie gefahren?«

Er schüttelte den Kopf. »Das konnte ich nicht sehen.«

Dr. Buchmacher bedankte sich und fuhr weg. Er machte sich Sorgen. Wer kann das gewesen sein? Sollte sie sich mit jemandem verabredet haben, oder war es ein Unbekannter, der ihr gefolgt war? Er dachte an die Polen. Vielleicht hatten sie sie schon den ganzen Tag beobachtet und waren ihr bis zur Tankstelle nachgefahren?

Er war vor der verabredeten Zeit auf dem Schulgelände, parkte seinen BMW an der vereinbarten Stelle und wartete. Zuerst hörte er Musik, später die Berichte der Fußballbundesliga, doch noch immer war von Carmen nichts zu sehen. Wolken zogen am Himmel auf und die letzten Sonnenstrahlen verschwanden. Es dämmerte. Buchmacher wurde unruhig. Was hatte das zu bedeuten? Ist ihr etwas zugestoßen?

Er ging zum Mühlteich und postierte sich hinter dem dicken Lindenstamm. Von hier aus konnte er die Bibliothek und das umliegende Gelände einsehen. Es war ruhig auf der Schulstraße. Die Straßenlampen gingen an, im Geäst der Linde turtelte ein Taubenpaar. Sollte sie ihn ausgetrickst haben, fragte er sich. Mit dem Schließfachschlüssel kam sie problemlos an das Geld. Er hatte lediglich drei Schlüssel für die Bibliothek. Ob sie passen, wusste er nicht. Ein eiskalter Schauder lief ihm über den Rücken. Sollte sie ihn verschaukelt haben? Er konnte, er wollte es nicht glauben. Vorsichtig trat er unter der Linde hervor und ging zur hinteren Eingangstür. Beim zweiten Versuch hatte er den passenden Schlüssel. Behutsam öffnete er die Tür, trat ein und schloss sie hinter sich wieder.

Stille und Dunkelheit hüllten ihn ein. Allmählich gewöhnten sich seine Augen an die Finsternis. Tastend versuchte er, den Schlüssel in den Zylinder der zweiten Tür zu schieben. Eine Drehung genügte und die Zwischentür ließ sich öffnen. Er wagte nicht, Licht anzumachen, und tastete sich weiter. Neben dem Türrahmen hob sich schwach ein quadratischer Wandkasten ab. Das rote Signallämpchen deutete darauf hin, dass die Sicherungsanlage eingeschaltet war. Hier begann der abgesicherte Bereich, für den er die Identitätskarte der Bibliothekarin und die Nummernkombination brauchte. Edgar hatte ihm das geschildert. Er wusste, allein konnte er hier nichts bewirken.

Teil 3

Die historische Bibliothek in der Landesschule Pforta in
Schulpforte

22. Ein hohes Risiko

Der Rektor dankte dem Dekan der Krakauer Jagiellonen-Universität für sein Schreiben und lud ihn und seine Delegation an die Saale ein. Schon ein paar Tage später traf das Antwortschreiben ein. Der Dekan teilte mit, der polnische Botschafter in der Bundesrepublik würde sich der Besuchergruppe gern anschließen. Als Termin schlug er den Dienstag in der zweiten Maiwoche vor. Er nahm den Brief und ging in die Bibliothek. Frau Dr. Seewald stand am Büchertisch mit einem Stapel Bücher vor sich. Sie sah blass aus.

»Haben Sie noch immer nichts von Ihrer Schwester gehört?«, fragte er.

Sie schüttelte den Kopf. »Bis jetzt nicht.«

Er reichte ihr wortlos den Brief. »Was sagen Sie dazu?«

Sie las ihn, dann wanderte ihr Blick auf den Wandkalender. »Das ist ja schon in der kommenden Woche«, stellte sie fest, »verdammt kurzfristig.«

»Das ist unsere Schulfestwoche«, bemerkte der Rektor, dem man den Unmut ansehen konnte.

»Was schlagen Sie vor?«, fragte sie.

»Wir können die Herren der Universität und den Botschafter doch nicht mit der Begründung ausladen, dass wir in dieser Woche unser traditionelles Schulfest feiern«, gab er zu bedenken.

»Dann müssen wir wohl in den sauren Apfel beißen«, stellte Frau Dr. Seewald fest. Ihrem Ton und dem Gesichtsausdruck konnte er entnehmen, dass ihr ein späterer Zeitpunkt sympathischer gewesen wäre.

»Sie haben ihre Beweggründe für den vorgeschlagenen kurzfristigen Termin«, sagte sie. »Sie brauchen vor der Eröffnung ihrer Kopernikus-Ausstellung Gewissheit, dass die Kopernikus-Schriften echt sind. Außerdem ein Grund, weshalb sie ihren Botschafter mitbringen.«

Frau Dr. Seewald überflog ein zweites Mal den Brief, dann reichte sie ihn dem Rektor zurück. Mit dem Brief in der Hand wanderte der Rektor im Bibliothekssaal auf und ab. Sein Blick glitt über die vollen Regale mit Büchern aus vielen Jahrhunderten und Kulturepochen. Er war stolz auf die Bibliothek und die Schätze, die hier aufbewahrt wurden.

»Warum besuchen sie gerade uns?«, fragte er. Sein Blick war auf das Regalfach gerichtet, in dem die gesammelten Werke von Klopstock standen. »Meinen die Herren, Sie können ihnen in dieser strittigen Frage behilflich sein, nur weil Sie in der letzten Kultursendung des MDR zu diesem Thema Stellung nahmen?« Er blickte sie fragend an.

»Ich vermute, die Herren in Krakau meinen, wir könnten das handschriftliche Manuskript von Kopernikus besitzen, das in Fachkreisen als sein ›Vermächtnis‹ bezeichnet wird.«

»Wie kommen die Herren auf die Idee?« Der Rektor wurde ungeduldig.

»Einige Kopernikus-Experten vertreten den Standpunkt, die Schrift wäre nie in Rom angekommen, sonst hätte der Papst sofort auf die revolutionären Ideen von Kopernikus reagiert. Nach deren Meinung ist die Schrift auf dem Weg nach Italien verloren gegangen oder in einem der damaligen Zisterzienser-klöster gelandet.«

»Warum aber gerade bei uns? Es gab zahlreiche Klöster!«

Die Bibliothekarin schwieg, was sollte sie sagen?

»Sie schweigen?« Der Rektor blickte die Bibliothekarin erstaunt an. »Befindet sie sich etwa hier in diesen Räumen?«

»Nein! In diesem Saal befindet sich nur eine Abschrift«, erklärte sie.

»Wenn wir nur eine Abschrift haben, wo befindet sich dann das Original?« Er zog die fahrbare Bücherregaltreppe zu sich heran und setzte sich auf die zweitunterste Stufe.

»Seit wann wissen Sie das?«

»Erst seit kurzem.«

»Warum wissen Sie das erst seit kurzem?«, hakte er nach.

»Das ist eine lange Geschichte«, sagte sie. »Als Rector portensis sollten Sie sie kennen.«

Der Rektor blickte auf seine Uhr. »Lassen Sie uns später darüber reden. Ich habe gleich einen Termin und möchte die Damen und Herren nicht warten lassen.«

Erst am späten Nachmittag kam der Rektor wieder in die Bibliothek. Er nahm an dem großen Besprechungstisch aus Eiche Platz. Von außen erklang Orgelmusik, im gegenüberliegenden Mühlengebäude übte ein Schüler die Beethoven-Sonate Nr. 6. Für einen Augenblick schloss er die Augen, während sie Getränke holte. Er nahm einen Schluck aus der Kaffeetasse und lehnte sich auf dem Stuhl zurück.

»Was ich jetzt erzähle, weiß ich erst seit ein paar Wochen«, sagte sie. »Ich hatte zu meinem Vorgänger Dr. Pranetzki ein vertrauensvolles Verhältnis. Er war es, der meine Begeisterung für das Bibliothekswesen weckte. Als er erkrankte und keine Hoffnung auf Besserung bestand, bat er mich eines Tages zu sich nach Hause und erzählte, dass Mitte der sechziger Jahre die Regierung der DDR die Schulleitung aufgefordert hatte, alles Material, das über den Astronomen Kopernikus in der Bibliothek zu finden war, im Rahmen eines Kulturabkommens der polnischen Regierung zu übergeben. Die polnische Seite war der Meinung, Kopernikus sei ein echter und überzeugter Pole gewesen und all seine Schriften, Erstdrucke und sonstigen Aufzeichnungen würden dem polnischen Staat gehören. Man übergab damals meinem Vorgänger eine Auflistung aller Publikationen, die in unserer Bibliothek vermutet wurden.«

»Und was hat Dr. Pranetzki gemacht?«, fragte der Rektor.

»Er hat versucht, die Aufforderung zu ignorieren. Leider fand er bei der Schulleitung keinerlei Unterstützung. Der Parteisekretär drängte ihn, endlich das ›mittelalterliche Geschreibsel‹ herauszugeben und drohte ihm mit Disziplinarmaßnahmen. Um der Forderung Nachdruck zu verleihen, reiste extra aus Berlin ein Staatssekretär an, der die Angelegenheit beschleunigen sollte.«

»Und, was machte er?«

»Dr. Pranetzki blieb weiterhin bei seiner Linie und gab vor, nach den Schriftstücken zu forschen und sie für die Übergabe vorzubereiten.«

»Tat er das wirklich?«

»Natürlich nicht! Für ihn waren diese Schriften etwas Einmaliges, von dem er sich auf keinen Fall trennen wollte. Nein – und nochmals nein, hatte er sich damals geschworen und verzweifelt nach einem Ausweg gesucht.«

»Sie machen es spannend«, warf der Rektor ein.

»Das war es in der Tat«, bemerkte sie. »Der Zufall kam ihm damals zur Hilfe. Ein ehemaliger Schüler, der nach dem Abitur die DDR verlassen hatte und in den Westen gegangen war, besuchte ihn eines Tages. Ihm schilderte er die Situation. Der Schüler versprach, sich mit dem Vorsitzenden des Pförtner Bundes in Hamburg in Verbindung zu setzen. Kurze Zeit später bekam Dr. Pranetzki mitgeteilt, die Originalschrift, in einer Zeitung verpackt, einer älteren Dame zu übergeben. Sie hatte es übernommen, die Sendung nach Hamburg zu bringen. Treffpunkt für die Übergabe war der Bismarckturm.«

»Darauf hat er sich eingelassen?«

»Er war sich im Klaren, dass es ein höchst riskantes Spiel war, sagte sich aber: Besser die ›Vermächtnis-Schrift‹ ist in den Händen Ehemaliger als in fremden.«

»Hat es geklappt?«

»Einige Wochen später kam die gleiche Dame wieder nach Naumburg und übergab ihm zwei Ausfertigungen. Er war mit der Qualität beider Exemplare zufrieden.«

Die Bibliothekarin ging in ihr Büro und holte aus dem Kühlschrank eine Flasche Wasser, Gläser und stellte sie auf den Tisch. »Zur Erfrischung«, sagte sie, goss ein und reichte das Glas über den Tisch.

»Danke, und was geschah dann?«, fragte der Rektor und trank das Glas in einem Zug aus.

»Einige Zeit später erhielt die Schulleitung von der DDR-Regierung die Mitteilung, am 13. Mai 1977 seien die gewünschte Schrift und alle weiteren Kopernikus-Unterlagen in einem würdigen Rahmen einer Abordnung aus Warschau zu übergeben.«

Die Bibliothekarin öffnete ihre Mappe, die sie vor sich liegen hatte, und entnahm ihr ein vergilbtes Exemplar des ›Neuen Deutschland‹. Sie schlug Seite drei auf und schob sie über den Tisch. Auf dem Foto überreichten Männer in dunklen Anzügen mit wichtiger Miene Schriftstücke. Die Bildunterschrift lautete: »Der Bibliothekar der berühmten historischen Bibliothek Pforta überreicht dem Kulturattaché der Polnischen Volksrepublik wertvolle Schriftstücke des polnischen Astronomen Kopernikus als Zeichen der ewigen Freundschaft.«

Der Rektor schmunzelte über den Text. »Ihr Vorgänger hat demnach den polnischen Gästen unter einige Originalstücke eine Abschrift der ›Vermächtnis-Schrift‹ gemogelt. Und was geschah mit der zweiten Ausfertigung?«

»Die verschloss er in unserem Tresor, wo sie noch heute liegt«, ergänzte sie.

»Ist den Polen die Täuschung nicht aufgefallen?«

»Offensichtlich nicht. Ich vermute, die polnische Regierung hat die Schrift zusammen mit den übrigen Unterlagen der Universität Krakau übergeben, danach verschwanden diese in einem Panzerschrank. Jahrelang interessierte sich niemand für diese Schrift. Selbst unter Wissenschaftlern wurde kaum darüber gesprochen. Kopernikus' Verdienste waren klar und unbestritten. Erst seit einigen Monaten beschäftigen sich Fachzeitschriften mit ihm. Plötzlich interessiert sich alle Welt für das ›Kopernikus-Vermächtnis‹.«

»Haben Sie eine Erklärung?«

»Die geplante Beisetzung seiner Gebeine im Frauenburger Dom hat die Diskussion um Kopernikus neu entfacht. Vermutlich habe ich unbeabsichtigt auch durch meinen Artikel in der Fachzeitschrift ›Spektrum des Wissens‹ dazu beigetragen.«

»Erklären Sie mir bitte, wo sich das Original der ›Vermächtnis-Schrift‹ befindet und wie unsere Schule in deren Besitz gelangte.«

Frau Dr. Seewald legte die Zeitung in die Mappe zurück. »Ein Vorstandsmitglied des Pförtner Bundes hat – so erzählte mir

Dr. Pranetzki – ihm beim ersten Schulfest nach der Wende das Original wieder ausgehändigt.«

»Und was hat er damit gemacht?«

»Er hat die Originalschrift an sich genommen und – wie ich unterstelle – sie sicher verwahrt. Leider hat er mir nicht den Ort genannt.«

»Das heißt, wir besitzen die begehrte Schrift, wissen aber nicht, wo sie liegt?«

Sie nickte: »So ist es! Ich habe schon die mittelalterlichen Schriften durchgesehen, die Buchbestände neu sortiert und auch den Tresorinhalt gesichtet, konnte sie aber nicht finden.«

»Dann müssen wir wohl davon ausgehen, dass Ihr Vorgänger das Geheimnis mit in sein Grab genommen hat.«

»Ich bin sicher, das war nicht seine Absicht. Er hätte mir den Ort noch genannt, wo er sie hinterlegt hat – davon bin ich überzeugt –, wenn er nicht ganz plötzlich verstorben wäre.«

Beide schwiegen. In der Aula übte noch immer ein Schüler an der Orgel, von gegenüber drangen Klaviertöne herüber.

»Ich fasse zusammen«, sagte der Rektor. »Wir besitzen eine originalgetreue Abschrift und das Original der ›Vermächtnis-Schrift‹, dessen Verbleib wir aber nicht kennen?«

»So ist es.«

»Demnach können wir unseren polnischen Gästen nur eine Abschrift präsentieren, sofern sie überhaupt Kenntnis von ihr haben«, stellte der Rektor fest und schloss gleich eine weitere Frage an: »Wissen wir eigentlich, wie das Original damals zu uns gelangte?«

»Nein! Sobald ich Zeit habe, werde ich ins Staatsarchiv nach Dresden fahren, um mich mit den Unterlagen über die damalige Auflösung des Klosters Pforta zu beschäftigen. Der letzte Abt war ein sehr gewissenhafter Mann, der alle Vorgänge protokollierte. So hoffe ich, einen Hinweis zu finden.«

»Wir werden den polnischen Gästen gegenüber den Standpunkt vertreten, zu den früheren Vorgängen nichts sagen zu können, da diese weit vor unserer Zeit lagen«, erklärte er. »Und wenn ich Sie richtig verstanden habe, können die Polen nichts von unserem Exemplar wissen. Wie der Zeitungsartikel belegt, haben sie seinerzeit das Kopernikus-Exemplar erhalten. Sie hätten die Echtheit überprüfen können. Wenn sie darauf verzichtet haben, ist das ihre Angelegenheit.«

»Das sehe ich auch so«, fügte die Bibliothekarin hinzu. »Leider sind wir ins Visier verschiedener Kreise geraten, die hinter der Schrift her jagen. Das gibt mir zu denken«, bemerkte der Rektor.

»Wir sollten bei der Unterredung nichts von unserer Abschrift sagen und die Herren im Glauben lassen, bei der Übergabe sei alles korrekt verlaufen. Sollte jemand das Gegenteil behaupten, muss er es beweisen.« Frau Dr. Seewalds Worte klangen entschieden.

»Wir bewahren unser Exemplar. Sollte sich der Vatikan melden und seinen Anspruch auf das ›Vermächtnis‹ geltend machen, werden wir neu beraten«, sagte der Rektor.

Auf der Straße hielt ein Wagen direkt vor dem Fenster der Bibliothek.

»Kommen die Ihretwegen?«, der Rektor zeigte nach draußen.

»Das ist möglich.«

»Sie sollten die Polizei nicht warten lassen«, sagte er und reichte ihr die Hand, um sich zu verabschieden. »Lassen Sie mich wissen, wenn ich etwas für Sie tun kann.«

Nachdem der Rektor die Bibliothek verlassen hatte, machte sie ihren obligatorischen Rundgang durch die Räume, überprüfte alle Fenster und Türen, schaltete das Licht aus und aktivierte das Sicherheitssystem für den Bibliothekssaal. Sie verschloss die Tür zum Besprechungsraum und schaltete das Alarmsystem ein.

Draußen wartete der Kommissar. Ein feuchter Schleier lag über der Natur. In einer Pfütze auf der Schulstraße spiegelte sich die Abendsonne.

»Welch eine Überraschung«, sagte sie, »sind Sie heute Abend mein Beschützer?«

»Ja, das bin ich, und ich bin es gern«, entgegnete er und öffnete ihr die Tür des Wagens. »Ich habe weitere Fragen, deren Beantwortung für unsere Ermittlungen wichtig ist. Außerdem möchte ich Sie zum Abendessen ins Fischhaus einladen.«

Rodig stand vor ihr. Sein charmantes Lächeln ließ keine Absage zu.

»Einverstanden«, sagte sie und stieg ein.

23. Im Fischhaus an der Saale

Es war ein warmer Frühlingsabend. Die Sonne war längst hinter dem Bergzug verschwunden. Die Gäste saßen noch immer auf der Terrasse vor dem Fischhaus und genossen die abendliche Stimmung und das gutbürgerliche Essen. Eine Gruppe ehemaliger Schüler der Landesschule war besonders ausgelassen. Die Männer und Frauen waren frühzeitig zum bevorstehenden Schulfest angereist und schwelgten in alten Erinnerungen.

Kommissar Rodig und Frau Dr. Seewald überlegten kurz, ob sie auf der Terrasse Platz nehmen sollten, entschieden sich dann aber für den Tisch mit der Eckbank im gemütlichen Gastraum. Der Wirt freute sich über den Besuch der Frau Doktor, die – wie er zu verstehen gab – leider viel zu selten das Fischhaus besucht. »Was ist denn bei Ihnen in der Schule los?«, fragte er in aufgeregtem Ton. »Den ganzen Tag lungern hier Presseleute herum. Hat man wirklich bei Ihnen eingebrochen? Wie ich sehe, ist Ihnen gottlob nichts passiert.«

Sie unterbrach seinen Redefluss. »Ja, ich kann Sie beruhigen«, sagte sie mit einem Lächeln. »Mir ist bisher nichts geschehen. Dafür sorgt dieser Herr mit den strengen Gesichtszügen. Es ist Kommissar Rodig, der im Mordfall auf dem Bismarckturm ermittelt.«

Der Wirt machte ein überraschtes Gesicht und nahm eine straffe Haltung an. »Sie sind Kommissar Rodig?«, fragte er entgeistert.

Der Kommissar nickte: »Ja, das bin ich. Wenn Sie zur Aufklärung des Falles etwas beitragen können, sprechen Sie mich an.«

»Selbstverständlich«, antwortete er in militärischer Knappheit.

Der Wirt starrte noch immer Rodig an, er konnte es nicht fassen: Ein leibhaftiger Kommissar und die Bibliothekarin wollten in seinem Restaurant zu Abend essen.

Endlich gelang es ihnen, die Essenbestellung aufzugeben und die Weinkarte zu studieren.

»Der Wein geht aufs Haus«, sagte der Wirt und verschwand eilig in seinem Weinkeller.

Die Bibliothekarin blickte Rodig ungeduldig an:»Wissen Sie inzwischen etwas über den Verbleib meiner Schwester?«

Er schüttelte den Kopf.»Wir haben aber eine vielversprechende Spur.« Rodig machte eine kurze Pause und blickte sich im Restaurant um. Dann fuhr er fort, er sprach leise:»Die junge Kellnerin vom Bismarckturm hat den Mann, der sich mit Dr. Buchmacher auf dem Bismarckturm getroffen hatte, in einem Café am Markt gesehen und uns sofort informiert. Wir lassen ihn beschatten.«

Der Wirt kam zurück. Mit beiden Händen trug er eine Flasche Wein, die er stolz präsentierte.

»Das ist der Blaue Portugieser«, sagte er feierlich,»ein besonderer Tropfen von unserem Landesweingut Kloster Pforta und ein außergewöhnlicher Jahrgang.« Er hielt ihnen die Flasche entgegen, damit sie sich selbst überzeugen konnten.»Er wächst auf dem Pfortenser Köppelberg, gleich da drüben.« Er machte mit seinem Kopf eine kurze Bewegung in südliche Richtung, während er einschenkte.

»Sehen Sie seine Farbe, welch ein Rot, voller Würde und Kraft mit einem charakteristischen Bukett: Riechen Sie den Duft von roten Johannisbeeren und reifen Himbeeren. Einfach fantastisch«, fügte er schwärmend hinzu.»Schon vor achthundert Jahren haben die Mönche auf diesem Berg Wein angebaut. Ist das nicht erstaunlich?« Seine Augen strahlten.»Noch drei Flaschen von diesem edlen Tropfen habe ich in meinem Keller und hüte sie, wie Sie – liebe Frau Doktor – Ihre alten Bücher.«

Er wartete einen Augenblick, offensichtlich wollte er sich persönlich überzeugen, das Richtige ausgewählt zu haben.

Der Kommissar hob das Glas:»Auf Ihr Wohl, dass hier bald wieder Ruhe und Besinnlichkeit herrschen«, sagte er.

»Wirklich ein vorzüglicher Tropfen«, fügte Frau Dr. Seewald hinzu, nachdem sie ihn probiert hatte.

»Eine ausgezeichnete Wahl«, stellte Kommissar Rodig fest.

»Lassen Sie sich ihn schmecken«, sagte der Wirt, der es sich nicht nehmen ließ, seinen Gästen das Essen kurz darauf selbst zu servieren.

Die Fischhaus-Pfannen mit den Fleischspezialitäten, der Wein und die entspannte Stimmung im historischen Gastraum, der so alt war wie das ehemalige Kloster und der Weinanbau in dieser Region, ließen sie die Anstrengungen des Tages vergessen. Nachdem der Kellner das Geschirr abgeräumt hatte, entschuldigte sich Kommissar Rodig: »Ich habe leider noch Berufliches mit Ihnen zu besprechen.«

»Das hatten Sie bereits angekündigt, dann fangen Sie mal an«, sagte sie und blickte ihn erwartungsvoll an.

Er holte tief Luft und umfasste das Weinglas mit beiden Händen: »Wir machen uns Sorgen um die Sicherheit der Schule.«

Frau Dr. Seewald stutzte: »Wie meinen Sie das?«

»Wir meinen, die Schule sollte mehr für ihre Sicherheit tun. Wir haben durchaus Verständnis, dass Sie sich weltoffen präsentieren wollen. Auch finden wir es lobenswert, dass Gäste und Besucher sich freizügig auf dem Schulgelände und in den historischen Bauten bewegen dürfen, aber ...«

Sie unterbrach ihn: »... sollen wir etwa wieder die Tore verschließen und die Besucher abweisen? Wir sind kein Kloster mehr, und die Zeiten sind vorbei, in denen die Schüler kaserniert waren und den Besuchern der Zutritt verboten war. Unsere Schüler sollen weltoffen heranwachsen.«

»So meinen wir das nicht. Natürlich finden wir es großartig, wie die Schüler heute hier leben und lernen. Das sage ich auch als Vater eines Sohnes, der sich an der Schule sehr wohlfühlt. Unsere Sorge ist, dass nicht alle Besucher mit guten Absichten kommen.«

»Ja, und? Wie sollen wir das verhindern? Man sieht es leider den Besuchern nicht an, ob sie sich ehrlich für die Geschichte der Pforte und ihre denkmalgeschützten Bauten interessieren oder ob sie kriminelle Interessen verfolgen.«

Rodig legte seine Hand auf ihren Arm. »... und weil man den Menschen nicht ansehen kann, was sie im Schilde führen, sollte die Schule den Zugang auf das Gelände kontrollieren, und Sie sollten, bevor Ihre Führungen beginnen, darauf achten, dass die Besucher namentlich erfasst werden.«

Sophia machte ein entrüstetes Gesicht und schob seine Hand von ihrem Arm. »Wie stellen Sie sich das vor? Sollen wir Listen anlegen, in die die Besucher sich namentlich eintragen und darlegen, woher sie kommen und warum sie Pforta besuchen? Meinen Sie das so?«

»Ja, das wäre uns am liebsten«, sagte er kurz entschlossen. »Besucher, die sich für die alten Bauten und vielleicht auch für den Schulbetrieb interessieren, haben nichts zu verbergen und werden Verständnis für die Vorsichtsmaßnahmen haben. Meine Kollegen von der Abteilung ›Vorbeugung‹ würden am liebsten im ganzen Gelände und an allen wichtigen Punkten Videokameras installieren.«

Sie war entsetzt: »Das können Sie sich abschminken, darauf wird sich unsere Schulleitung niemals einlassen …«

»… deshalb habe ich diese Idee meinen Kollegen auch gleich ausgeredet«, sagte Rodig, der nicht damit gerechnet hatte, auf so wenig Verständnis für seine gutgemeinten Ratschläge zu stoßen. Er nahm das Weinglas und drehte es mit beiden Händen. Welch intensiven Farbton verleihen die hiesigen Reben dem Wein, dachte er. »Die Täter werden es nochmals versuchen«, sagte er, nachdem er einen Schluck getrunken hatte. »Sie haben ihr Ziel bisher nicht erreicht, und da es um sehr viel Geld geht, werden sie nicht aufgeben. Insofern sehen wir mit großem Unbehagen dem Schulfest und dem Besuch der Delegation aus Polen entgegen, die – wie ich heute hörte – vom polnischen Botschafter begleitet wird.«

Er schaute sie durchdringend an: »Vor kriminellen Elementen versuchen wir Sie im Rahmen unserer polizeilichen Möglichkeiten zu schützen, vor der Presse können wir Sie allerdings nicht abschirmen. Sobald wir Ihre Schwester gefunden haben, werden die Journalisten hinter Ihnen und Ihrer Schwester her sein. Machen Sie sich darauf gefasst.«

Dem Wirt war nicht entgangen, dass seine prominenten Gäste über sehr Ernsthaftes sprachen. Zu gern hätte er mehr erfahren. Er nutzte die Gelegenheit, sich nach ihren Wünschen zu erkundigen. Er empfahl ihnen als Nachtisch die kleine Käseplatte, zumal sie vorzüglich zum Wein passe.

Pünktlich um 21.30 Uhr klingelte Rodigs Handy. Sein Kollege Nolde gab verabredungsgemäß einen kurzen Zwischenbericht.

»Machen Sie weiter so«, sagte der Kommissar, »und lassen Sie sich ablösen, falls Sie müde werden. Wir dürfen auf keinen Fall unseren Mann verlieren.« Er klappte sein Handy ein und steckte es in die Jackentasche.

Der Klingelton hatte die Neugierde des Wirtes erneut geweckt. Flugs trat er an den Tisch. »Noch einen Espresso?«, fragte er mit einem gefälligen Lächeln.

Die Bibliothekarin schüttelte den Kopf, Rodig bestellte sich einen doppelten mit wenig Milch und Zucker. »Ich vermute, es wird eine lange Nacht«, bemerkte er, als müsste er sich für den Espresso entschuldigen.

In einem Zug leerte er die Tasse und bat den Wirt um die Rechnung. Er bezahlte und sie dankten für das vorzügliche Essen und den köstlichen Wein. Persönlich begleitete der Wirt seine Gäste zur Tür, wünschte einen guten Heimweg und dem Kommissar einen baldigen Erfolg bei den Ermittlungen.

»Wissen Sie«, fügte er hinzu, »auch wenn der Fall gut fürs Geschäft ist, zerren diese Ungewissheit und das ganze Drumherum ganz schön an den Nerven. Uns und unseren Gästen ist die Ruhe doch lieber.«

24. Kopernikus

Sie mussten am Bahnübergang warten. Zuerst kam der Regionalzug nach Naumburg vorbei und einige Minuten später der ICE nach München. Rodig hatte den Motor abgestellt und sich der Bibliothekarin zugewandt.

»Bitte erklären Sie mir, warum sich plötzlich alle Welt für diesen Kopernikus interessiert, der vor mehr als fünfhundert Jahren gelebt hat und dessen Erkenntnisse zweifelsohne unbestritten sind.«

Sie zögerte: »Ich glaube nicht, dass sich ›plötzlich alle Welt‹ für diesen mittelalterlichen Astronomen interessiert. Viele kennen seinen Namen, wissen aber nicht, worin seine Verdienste bestehen. Die Leute, die sich jetzt für ihn interessieren und wohl auch bereit sind, sich krimineller Methoden zu bedienen, haben nach meiner Einschätzung unterschiedliche Motive.«

»Welche Beweggründe vermuten Sie?«, fragte er nach.

»Für die einen sind es geschäftliche Interessen, die anderen wollen sich mit dem Namen Kopernikus schmücken. Für sie sind seine Werke Prestigeobjekte, die man besitzen muss. Darüber hinaus gibt es ein starkes politisches Argument.«

Die Schranke öffnete sich und Rodig startete seinen Wagen. Die Positionsleuchten des Zuges verschwanden hinter der nächsten Kurve.

»Seitdem Polen Mitglied der EU ist«, fuhr sie fort, »ist das Selbstbewusstsein unserer lieben Nachbarn, die schon immer über ein ausgeprägtes Nationalbewusstsein verfügten, weiter gewachsen. Jede Gelegenheit wird genutzt, um auf die Leistungen und Verdienste seiner Bürger zu verweisen. Kopernikus ist dafür das beste Beispiel: Für sie ist er ein echter Pole – quasi ein Vorzeigepole. Dass wir ihn zu den ›Großen Deutschen‹ zählen und der renommierte Propyläen Verlag ihm ein Kapitel in diesem bedeutsamen Kompendium widmet, stört die Polen …«

»Wo wurde er denn geboren und wo hat er gelebt?«, unterbrach er sie.

»In Thorn wurde er geboren, die meiste Zeit seines Lebens verbrachte er in Frauenburg, dem heutigen Frombork. Dort ist er auch gestorben. Darum betrachten ihn die Polen als einen der ihren. Sein 500. Geburtstag wurde 1973 in der Bundesrepublik feierlich begangen, aber noch aufwändiger in Polen. Dass die DDR ihn als großen Polen ehren musste, versteht sich.«

Sie bogen vom Fischhausweg auf die Bundesstraße. Die Steine der Klostermauer reflektierten das Scheinwerferlicht, nur wenige Laternen beleuchteten mit ihrem warm-gelben Licht das Schulgelände. Kurz vor Almrich tauchte der Bismarckturm auf, dessen Konturen sich schwach vom Mondlicht abhoben.

»Und Sie meinen, unser Toter ist ein Opfer dieser Rivalitäten?«, fragte er.

»Das ist durchaus denkbar«, bemerkte sie. »Vielleicht ist er zwischen die Interessenfronten zweier polnischer Städte geraten. Das kleine Städtchen Frombork an der Ostsee feiert im nächsten Jahr sein siebenhundertjähriges Stadtjubiläum und will zu diesem Anlass den großen Sohn der Stadt ehren. Seine sterblichen Überreste, die mit kriminaltechnischen Methoden ausfindig gemacht wurden, sollen bei einem Staatsakt in die Kathedrale umgebettet werden. Große Aufmerksamkeit wäre dem Ort sicher. Die Stadt verspricht sich internationale Beachtung und zusätzliche Touristen, insbesondere aus Deutschland. Wie das benachbarte Königsberg mit seinem Kant will Frombork mit Kopernikus Gäste und großzügige Mäzene anlocken.«

»Und was wollen die Herren aus Krakau?«, fragte Rodig

»In Krakau hat Kopernikus studiert, die Stadt hat ihn geprägt. Ihre Bürger sind stolz auf diesen großen polnischen Wissenschaftler. Krakau verfügt mit seiner Universität natürlich über Potenzial, das Frombork nicht besitzt. Diese kleine Stadt am Frischen Haff versucht darum mit ihren Möglichkeiten, sich im Wettbewerb um Kopernikus gegen Krakau zu behaupten.«

»Und setzt dabei offensichtlich auch unfeine Mittel ein«, ergänzte er.

Sie widersprach nicht.

»Warum sind Sie – ich meine die Schule mit Ihrer Bibliothek – ins Visier dieser beiden polnischen Städte geraten?«, wollte er wissen.

»Weil manche Kopernikus-Experten der Ansicht sind, wir könnten seine ›Vermächtnis-Schrift‹ besitzen. Sie vermuten, dass der Abt des Klosters Stolpe, ein Freund von Kopernikus, unser Kloster kannte und einen seiner Ordensbrüder mit der Kopernikus-Schrift nach Rom schickte, mit dem Hinweis, auf jeden Fall im Kloster Pforta Zwischenstation zu machen.«

»Das Reisen muss damals äußerst beschwerlich gewesen sein«, warf der Kommissar ein. »Einen Großteil der Strecke wird er zu Fuß zurückgelegt und die Klöster, die seinen Weg säumten, für die Nacht aufgesucht haben.«

»Bedenken Sie, dass es die Zeit der Reformation war. Viele Klöster waren schon säkularisiert, geplündert oder ganz aufgelöst. Unser Mönch fand wahrscheinlich nicht immer eine Bleibe, um sich von den Strapazen zu erholen. Ich vermute, als er zu uns an die Saale kam, befand sich unser Kloster auch schon in Auflösung. Ihm fehlten Mut und Kraft, um weiterzuziehen. Vielleicht übergab er die vertrauliche Sendung dem amtierenden Verwalter, der sich nach wie vor zum Katholizismus bekannte.«

»Seitdem liegt das ›Kopernikus-Vermächtnis‹ in Ihrer Bibliothek?«, fragte er.

Sie lächelte müde, blieb ihm aber die Antwort schuldig.

25. Erinnerungen

Sie hatte unruhig geschlafen. Die Ungewissheit um Carmen verfolgte sie bis in ihre Träume. Sie war früher als sonst aufgestanden und hatte den Fernseher angeschaltet. Das Frühstücksfernsehen des MDR berichtete über den Mordfall auf dem Bismarckturm bei Naumburg und über das Verschwinden einer bekannten Architektin. Der Polizeichef der Domstadt wird – so versicherte der Moderator – im Laufe des Tages in einer Pressekonferenz über den Stand der Ermittlungen berichten.

Es klingelte an der Haustür, Kommissar Nolde meldete sich über die Sprechanlage. »Heute müssen Sie mit mir vorliebnehmen.« Er wirkte müde und war unrasiert. »Entschuldigen Sie, wir waren die ganze Nacht im Einsatz«, sagte er, als sie in sein Auto stieg.

Auf dem Schulgelände herrschte reger Betrieb. Die Schüler eilten mit ihren Schultaschen von den Internaten zum Schulhaus. Obwohl die Schulleitung Wert darauf legte, dass die Ermittlungen der Polizei so unauffällig wie möglich erfolgen, interessierten sich die Schüler für den Mord auf dem Bismarckturm und die Gerüchte um die Bibliothek. Reinhard wurde von seinen Mitschülern geradezu umlagert, in der Hoffnung, irgendwelche Neuigkeiten zu erfahren, obwohl er selbst nichts wusste. Reinhards Vater sprach grundsätzlich nicht mit ihm über laufende Ermittlungen.

Frau Dr. Seewald konnte sich an diesem Morgen nur schwer konzentrieren. Sie nahm sich einen Stapel Bücher vor, die ein ehemaliger Schüler der Bibliothek gespendet hatte. Obwohl einige interessante Exemplare darunter waren, schweiften ihre Gedanken immer wieder ab. Ihre Freundin Julia hatte schon vor Tagen auf Sophias Anrufbeantworter mit aufgeregter Stimme eine Überraschung angekündigt. Sophia hatte den Rückruf bisher vor sich her geschoben, weil die Gespräche mit ihrer Freundin im Regelfall länger dauerten und alle Themen tangieren, die einer Hausfrau in

Leipzig wichtig und einer vielbeschäftigten Bibliothekarin nicht so bedeutsam erscheinen.

Sie wählte Julias Telefonnummer und sie meldete sich sofort.

»Ich habe mich schon gewundert«, plauderte sie los. »Geht es dir nicht gut, bist du krank?«

»Nein, krank bin ich nicht«, antwortete Sophia und fragte: »Wie geht es dir und deiner Familie?«

Julia schien die Frage überhört zu haben. »Weißt du, wen wir im ICE von München nach Leipzig getroffen haben?«, fragte sie aufgeregt.

»Nein, das weiß ich nicht. Ich wusste noch nicht einmal, dass ihr in München wart.«

»Ach, das ist doch unwichtig. Rate mal, wen wir getroffen haben!«

»Entschuldige bitte, ich habe keine Ahnung. Sollte ich ihn oder sie kennen?« Sie spürte, Julia würde jeden Moment mit der Neuigkeit herausplatzen.

»Du wirst es nicht glauben, Elena und ich haben Bernardus von Bromberg im Speisewagen des ICE getroffen.«

Sophia glaubte, sich verhört zu haben. »Wen habt ihr …?«

»Bernardus, sagte ich doch! Hast du mich nicht verstanden, oder willst du mich nicht verstehen?«

»Doch, doch«, stammelte Sophia und rang um Fassung. »Du bist dir sicher, dass er es war?«

»Du stellst aber komische Fragen. Natürlich, wir haben uns die ganze Zeit unterhalten. Er kam aus Rom und ist in Leipzig ausgestiegen. Was er hier will, hat er nicht verraten. Wir haben ihn zu uns eingeladen. Elena ist von ihm begeistert. Sie hat ihm erzählt, dass du ihre Taufpatin bist.«

»Ach ja, hat sie das?« Sophias Hand schien das Telefon zerquetschen zu wollen.

»Er fragte nach dir. Ich habe ihm deine Handynummer und die Nummer der Bibliothek gegeben. Sei also nicht überrascht, wenn er dich anruft.«

»Warum sollte er mich anrufen?«, fragte Sophia.

»Na hör mal!«, erwiderte Julia. »Ihr wart mal sehr gut befreundet. Er hat dich nicht vergessen.«

»Und wenn schon, das ist so lange her.« Es entstand eine Pause.

»Oh, ich muss auflegen, es hat geklopft«, log Sophia, »ich rufe dich wieder an«, und legte auf.

Erinnerungen schwirrten ihr durch den Kopf: Er war damals anders als die Jungen seines Jahrgangs. Mit seiner langen und schlaksigen Statur überragte er seine Mitschüler um Längen. Sein kantiges Gesicht und die hellblonden Haare fielen auf. Er war ein guter Schüler, der es verstand, mit minimalem Aufwand verhältnismäßig gute Ergebnisse zu erzielen. Er verbrachte viel Zeit in der Bibliothek und verschlang alles, was Philosophie und Astrologie tangierte. Zu ihrem Leidwesen war er für gemeinschaftliche Unternehmungen wenig aufgeschlossen. Er war ein Einzelgänger.

Als die Abiturvorbereitungen anstanden, fragte er sie, ob sie zusammen lernen wollen. So lernten sie sich besser kennen. Beim Abschlussball tanzte er nur mit ihr. Danach begleitete er sie zum Mädcheninternat. Sie küssten sich flüchtig zum Abschied. Was er nach dem Schulabschluss machen wollte, wusste er nicht. Er versprach ihr, zu schreiben.

Sie war im vierten Semester und die Erinnerungen an die Schulzeit hatten sich verflüchtigt, als sie von ihm einen Brief aus Polen erhielt. Bernardus schrieb, sich für das Theologie- und Philosophiestudium entschieden zu haben. Zurzeit studiere er in Krakau, um anschließend sein Studium in Rom fortsetzen zu können. Der Brief war nüchtern und ohne Emotionen. Die Absenderanschrift fehlte.

Sie war mit ihrem Studium fast zu Ende, als sie von ihm einen zweiten Brief erhielt. Er war dem Jesuitenorden beigetreten und habe bereits die ersten Gelübde abgelegt. Zu dieser Zeit beschäftigte sie sich mit der deutschen Geschichte im Ostseeraum und speziell mit der der baltischen Staaten. Der Name von Bromberg war ihr immer wieder begegnet. Sie zählten zu den einflussreichen Familien dieser Region.

Genau an dem Tag, an dem sie ihr Diplom überreicht bekam, kam ein dritter Brief. Er gratulierte ihr zum Studienabschluss. Sie wunderte sich, woher er denn wissen konnte, dass sie ihr Studium beendet habe. Sein Brief stimmte sie traurig:»Ich habe in dieser Woche mein viertes Gelübde abgelegt. Mein Weg ist damit vorbestimmt«, schrieb er. Unterzeichnet hatte er mit BB – so wie sie ihn früher gelegentlich nannte. Der Brief war das letzte Lebenszeichen von ihm – und die Erinnerungen verblassten.

Ein Telefonanruf schreckte Sophia aus ihren Gedanken. Die Sekretärin des Rektors gab ihr den Termin durch, zu dem der Rektor mit ihr den bevorstehenden Besuch der Gäste aus Polen besprechen wollte.»Im Übrigen«, fügte sie hinzu, »ein weiterer Gast wird sich der Delegation anschließen.« Sie nahm die Information zur Kenntnis.

26. Im Krankenhaus

Frau Dr. Seewald saß an ihrem Schreibtisch. Vor ihr lag die Mappe ihres Vorgängers Dr. Pranetzki, die er kurz vor seinem Tode Sophia als sein persönliches Vermächtnis übergeben hatte. Andächtig schlug sie sie auf und blätterte in den Aufzeichnungen, die er im Laufe der Jahre angefertigt hatte. Sie hoffte, Hinweise zu den Beständen der ehemaligen Klosterbibliothek zu finden, über deren Verbleib schon seit Jahrhunderten gerätselt wird. Sie konnte nicht verstehen, weshalb er nicht zu Lebzeiten mit ihr darüber gesprochen hatte. Eine eigenwillige Handskizze lag zwischen den Papieren. Es konnte sich um ein unterirdisches Tonnengewölbe einer Burg oder Festung, aber auch um eine Bunkeranlage handeln. Die Tintenstriche waren verblasst. Warum befand sich die Skizze nicht im Tresor der Bibliothek, sondern in der Mappe mit seinen persönlichen Unterlagen? Je mehr sie grübelte, umso mehr Fragen tauchten auf.

Ein Anruf des Kommissars riss sie aus ihren Gedanken:»Gute Nachrichten«, sagte er,»wir haben Ihre Schwester gefunden, sie lebt. Der Rettungshubschrauber hat sie in die Klinik gebracht. Sie liegt auf der Intensivstation. Ihr Zustand ist …«

Sie unterbrach ihn:»Kann ich sie sehen?«

»Die Ärzte haben strenge Ruhe verordnet und jede Befragung untersagt. Ich komme vorbei und hole Sie ab.«

»Ist ihr Mann informiert?«

»Nein, noch nicht. Mir wäre es wichtig, dass Sie dabei sind.«

Ihre Gefühle waren zwiespältig. Die Nachricht, auf die sie seit Tagen mit Ungeduld wartete, machte sie glücklich, andererseits hatte sie auch Angst. Sie legte die Mappe zurück in die Schreibtischschublade und verschloss das Fach. Dann machte sie einen Rundgang durch die Vorräume und den Bibliothekssaal, bevor sie das Sicherheitssystem einschaltete. Draußen wartete schon der Kommissar.

»Wo und wie haben Sie meine Schwester gefunden«, fragte sie, als sie in seinen Wagen stieg.

»In einer abgelegenen ehemaligen LPG-Scheune bei Flemmingen.«

»War es ein Zufall?«

»Unsere Kollegen beschatteten schon seit Tagen zwei Männer. Wir fanden Ihre Schwester gefesselt in einem Wohnwagen, der in einer Scheune stand.«

»Wie hat sie reagiert?«

»Sie war nicht ansprechbar. Nur gut, dass der Rettungshubschrauber so schnell kam und der Notarzt sie versorgte.«

»Und was ist mit den Tätern, konnte man sie festnehmen?«

»Leider nein, sie sind in den naheliegenden Wald geflüchtet. In der Eile konnten sie den Zünder zum Glück nicht mehr auslösen.«

Entgeistert schaute die Bibliothekarin den Kommissar an: »Was meinen Sie mit Zünder?«

»Die Täter hatten am Scheunentor Sprengstoff angebracht.«

»Wie?«

»Hätte jemand das Tor geöffnet, wäre die Scheune in die Luft geflogen und vom Wohnwagen wäre nichts übrig geblieben.«

»Sie meinen …?«

Der Kommissar nickte. »Die Täter sind brutal. Ich hoffe, Ihre Schwester wird bald vernehmungsfähig sein.«

Es dämmerte schon, als sie von der Humboldtstraße auf das Klinikgelände einbogen. Vor dem Haupteingang stand ein Polizeiwagen. Der Kommissar ließ die Scheibe herunter und wechselte mit dem jungen Polizeibeamten ein paar Worte. Der hatte nichts Verdächtiges beobachtet.

»Nur zwei Journalisten von der Boulevardpresse waren hier und wollten wissen, ob die entführte Architektin im Krankenhaus läge.«

»Woher wissen die das schon wieder?«, knurrte der Kommissar. »Ich hatte absolute Vertraulichkeit angeordnet.«

Vor der Eingangstür zur Intensivstation stand ein Polizist in Uniform.

»Ist das notwendig?«, fragte die Bibliothekarin.

»Ja, auf jeden Fall. Die beiden Flüchtigen werden versuchen, die Zeugin mundtot zu machen.«

In diesem Augenblick kam eine Krankenschwester mit einer Nierenschale und Spritzen in der Hand aus dem Nachbarzimmer. »Einen Moment bitte«, sagte die Bibliothekarin. »Ich bin die Schwester von Sophia Tangermann. Wie geht es ihr?«

»Das kann Ihnen der Doktor gleich selber sagen«, antwortete sie und ging den beiden voran zum Stationszimmer.

»Warten Sie«, sagte die Krankenschwester bestimmt. »Ich gebe Dr. Samusch Bescheid.«

Sie entschwand in den Raum mit der Panoramascheibe und sprach mit einem Herrn im weißen Kittel. Kurze Zeit später stellte sich Dr. Samusch vor.

»Sie sind die Schwester von Frau Tangermann?«, fragte er.

Sie nickte. Kommissar Rodig zeigte seinen Polizeiausweis.

»Wir haben versucht, Herrn Tangermann zu erreichen«, sagte er. »Da meldet sich niemand. Es steht nicht gut um Ihre Schwester. Sie hat schwere Verletzungen. Im Moment können wir nicht operieren; ihre körperliche Verfassung ist instabil. Die nächsten Stunden werden entscheiden, ob …« Er sprach nicht weiter.

»Kann ich sie sehen?«, fragte Sophia.

»Bitte, aber nur kurz.«

Die Stationsschwester reichte ihr einen grünen Kittel und ein Paar Überschuhe.

»Ich weiß nicht, ob sie die Nacht übersteht«, sagte Dr. Samusch, zum Kommissar gewandt, während sie draußen warteten. »Die Verletzungen sind beträchtlich. Sie scheint misshandelt worden zu sein.«

Dr. Samusch war ein erfahrener Stationsarzt, der sich mit voller Hingabe um seine Patienten kümmerte. Angebote von größeren Kliniken, die er nach der Wende erhielt, hatte er stets abgelehnt. »Ich kann doch meine Kranken nicht im Stich lassen«, hatte er immer gesagt. »Das Naumburger Krankenhaus war und ist meine Wirkungsstätte.«

Sophia erschrak, als sie ihre Schwester sah. Ihr Gesicht war zerschunden, das Nasenbein deformiert. Ihre Augen hatte sie geschlossen; sie waren geschwollen. Sie konnte sie kaum erkennen. Schläuche und Kabel führten von Carmen zu Infusionsbeuteln, Pumpen und dem Monitor, auf dem die Frequenzaufzeichnungen angezeigt wurden.

»Hallo Carmen«, sagte sie ängstlich und streichelte ihre Hand.

»Hörst du mich? Ich bin es, Sophia.«

Geduldig wartete sie auf eine Reaktion. Dann wiederholte sie: »Ich bin es, Sophia, deine Schwester.« Sie glaubte, ein Flattern der Augenlider zu erkennen. »Kannst du mich verstehen?«

Ihre Lippen bewegten sich fast unmerklich.

»Willst du mir etwas sagen?« Sie beugte sich über sie, soweit es die medizinischen Geräte zuließen.

»Ich ... riskantes Spiel ...«, flüsterte sie. »Dir und Bibliothek ... nicht geschadet.«

Sie machte eine Pause, das Atmen fiel ihr schwer. Sophia hatte nur Satzfetzen verstanden. Ihr kamen die Tränen. Was hatten die mit ihrer Schwester gemacht? Sie streichelte ihr die blutunterlaufene Wange.

Carmen versuchte, ihr linkes Auge einen Spalt zu öffnen. Die Schwellung ließ nicht mehr zu. »Im Katzenhäuschen ... ein Schlüssel.«

Sophia sprach leise, direkt an Carmens Ohr: »Was ist mit dem Schlüssel?«

»Gib ihn ... Arnulf, damit nicht alles umsonst war ...«

Die letzten Worte konnte sie nur erahnen, ihre Kraft schien zu schwinden.

Der Arzt betrat das Zimmer. »Lassen Sie sie, sie braucht Ruhe. Wir müssen sie in ein künstliches Koma versetzen. Bitte hinterlegen Sie bei der Stationsschwester Ihre Telefonnummer, damit wir Sie erreichen können.«

Er öffnete ihr die Tür und bat sie, das Krankenzimmer zu verlassen. Im Türrahmen drehte sie sich nochmals um. »Mach's gut«, sagte sie mit tränenerstickter Stimme. Sie hatte das Gefühl, ihre kleine Schwester für immer verloren zu haben.

Im Vorraum wartete der Kommissar. »Was ist mit Ihnen«, fragte Rodig besorgt, »ist Ihnen nicht gut?«

Sie war leichenblass. Die Tränen hatten Spuren hinterlassen und die Wimpertusche verwischt.

»Es geht schon«, sagte sie.

Er reichte ihr ein Taschentuch. »Was hat Ihnen Ihre Schwester gesagt?«

»Ich verstand leider nur das Wort Bibliothek.«

»Und sonst konnten Sie nichts verstehen?«

»Sie nannte den Namen ihres Mannes. Leider fehlte ihr die Kraft, mir zu sagen, was ich ihm mitteilen soll.«

Der Kommissar hatte gehofft, von der Verletzten Brauchbares für seine Ermittlungen zu erfahren. »Lassen Sie uns gehen«, empfahl er. »Wir können im Moment für sie nichts tun. Sie ist bei Dr. Samusch in guten Händen. Ich werde dafür sorgen, dass die Kranke rund um die Uhr von unseren Leuten bewacht wird. Noch mehr Kummer bereiten jedoch Sie uns.«

»Ich, warum?«

»Die Täter wissen inzwischen, dass Ihre Schwester nicht die Bibliothekarin ist. Sie werden sich jetzt auf Sie konzentrieren.«

Vor der Eingangstür zur Klinik stand ein älterer Polizeibeamter mit Schnauzbart, der den Kommissar freundlich begrüßte.

»Gibt's was Neues?«, fragte dieser ihn.

»Drüben auf dem Kurzparkerplatz steht seit einer knappen halben Stunde ein älterer Opel. Die Insassen sind bisher nicht ausgestiegen. Ich habe den Eindruck, sie beobachten den Eingang zur Klinik.«

»Bleiben Sie hier bei meinem Kollegen«, sagte Rodig zur Bibliothekarin.

Entschlossenen Schrittes ging er über den Vorplatz in die Richtung des parkenden Wagens. Plötzlich startete das Auto und raste vom Gelände. Der Kommissar griff nach seinem Handy, informierte die Polizeizentrale und gab eine Wagenbeschreibung durch.

»Lassen Sie uns gehen«, sagte sie und fragte schüchtern: »Darf ich mich einhaken?«

Er spürte, sie zitterte am ganzen Körper.

Schweigend fuhren sie durch die nächtliche Stadt. Sie war in Gedanken bei ihrer Schwester. Die wenigen Worte, die sie verstanden hatte, reichten aus.

Rodig machte sich Sorgen um die Bibliothekarin. Auch wenn er seinen jungen Kollegen damit beauftragt hatte, sich vorrangig um ihre Sicherheit zu kümmern, wusste er, dass ihre Möglichkeiten begrenzt waren und niemand hundertprozentigen Schutz garantieren konnte.

Vor ihrem Haus wartete bereits Kollege Nolde. »Ich habe schon gehört, was beim Krankenhaus los war«, sagte er zum Kommissar. »Wie steht es um die Verletzte?«

»Nicht gut. Können Sie heute Nacht bei Frau Dr. Seewald übernachten? Ich glaube, es wäre ihr sehr recht.«

Nolde war einverstanden.

Die Bibliothekarin verabschiedete sich mit einem Händedruck vom Kommissar. »Ich danke Ihnen für alles.«

Kommissar Rodig fuhr in seine Wohnung in der Klopstockstraße. Gerne hätte er unterwegs noch ein Bier getrunken, wusste aber, dass um diese Zeit die Lokalitäten in Naumburg bereits geschlossen haben. Er musste daran denken, wie es früher war, wenn er abends nach Hause kam und von seiner Frau erwartet wurde. Sein Privatleben war nach ihrer Trennung eintönig und perspektivlos geworden. Er gab seinem Sohn recht. Seine Vorwürfe hatten ihn tief verletzt, aber auch wachgerüttelt. Der aktuelle Fall war für ihn eine persönliche Chance und gab seinem Leben neuen Auftrieb. Für eine neue Bindung war er bisher nicht bereit gewesen. Es müsste schon eine besondere Frau sein, sagte er sich.

27. Hohe Gäste an der Kleinen Saale

Sophia war froh, als die Nacht vorbei war. Das Schnarchen des jungen Kommissars, der sich im Wohnzimmer auf dem Sofa breitgemacht hatte, hielt sie die halbe Nacht wach. Sie stand auf, kleidete sich im Bad an und ging in die Küche.

Der Kaffeeduft weckte Kommissar Nolde. Mit müden Augen kam er in die Küche. »Entschuldigen Sie bitte, ich muss eingeschlafen sein«, stammelte er.

Sie stellte Butter, Wurst und Käse auf den Tisch. »Sie haben nicht einmal meinen Kater bemerkt, der sich quer über Ihre Beine gelegt hat. Er scheint Sie zu mögen.«

»Oh, und wie haben Sie geschlafen?« Er fühlte sich in dieser Situation unwohl.

»Nicht gut. Darum sollten wir wenigstens vernünftig frühstücken.«

Sie nahm die aufgebackenen Brötchen vom Toaster und legte sie in den Brotkorb.

Kurz nach 8 Uhr klingelte es an ihrer Haustür. Kommissar Nolde ging zum Fenster, schob mit zwei Fingern den Vorhang fast unmerklich zur Seite und sah nach unten.

»Es ist mein Chef«, sagte er entspannt.

Sie ging zur Sprechanlage: »Wollen Sie raufkommen und mit uns frühstücken?«

»Nein danke.« Rodigs Stimme klang durch die Sprechanlage leicht verstümmelt. »Ich muss bei nächster Gelegenheit einen Elektriker bestellen«, dachte sie.

»Wollen Sie mich zur Schule bringen?«

»Ja, ich werde Sie fahren.« Seine Antwort war kurz.

Kommissar Rodig wartete vor der Haustür; er wirkte nervös. Sie begrüßte ihn mit Handschlag.

»Auf Anweisung des Polizeichefs werde ich Sie heute den Tag über begleiten«, sagte er zu ihr, und zu seinem Kollegen gewandt: »Sie schlafen sich jetzt aus, damit Sie für die kommende Nacht wieder fit sind. Sollte sich zwischenzeitlich etwas ergeben, rufe ich Sie an.«

Kommissar Nolde sah keinen Anlass für einen Widerspruch, die Aussicht auf ein paar Stunden ungestörten Schlaf gefiel ihm. An der Kreuzung in Almrich stand ein Polizeimannschaftswagen. Ein Beamter beobachtete die vorbeifahrenden Fahrzeuge. Kommissar Rodig grüßte ihn mit einem flüchtigen Handzeichen. Bei der Zufahrt zum Schulgelände stand ein weiterer Polizist, der Rodigs Wagen durchwinkte. Rodig hielt direkt vor dem Nebeneingang der Bibliothek.

»Ich steige zuerst aus!«, befahl er. Er sichtete das umliegende Gelände, dann gab er ihr ein Zeichen, auszusteigen.

Die Außentür, die auch von den Handwerkern genutzt wird, war bereits aufgeschlossen, die Mitteltür zum Bibliotheksbereich allerdings noch verschlossen. Sie entschärfte die Alarmanlage für die Eingangstür mit ihrer Kontrollkarte.

Kommissar Rodig betrat als Erster den Vorraum und sah sich um. An den Wänden hingen alte Fotos von ehemaligen Rektoren und von Schülern, die dazu beigetragen hatten, den Ruf der Schule zu mehren. Das Bild von Nietzsche hatte einen exponierten Platz. Auf den Wandkonsolen standen Holzfiguren aus der Klosterzeit.

Zum ersten Mal betrat er die historische Bibliothek. Hohe Regale strebten auf beiden Seiten bis zur Decke. Ihre Borde waren bis auf den letzten Zentimeter bestückt. Hier stehen also die Jahreschroniken über vier Jahrhunderte Schulgeschichte und die Annalen aus der Klosterzeit, dachte er.

Gegen 10 Uhr fuhr ein Kleinbus vor dem Schulhaus vor. Der Bus eines Naumburger Hotels brachte die Gäste aus Krakau an die Kleine Saale. Ihm folgte in einer Mercedes-Limousine der polnische Botschafter.

Der Rektor begrüßte die Herren und machte sie mit Frau Dr. Seewald bekannt. Kurz danach traf der Ministerpräsident von Sachsen-Anhalt in seiner Limousine ein.

Der Rektor stellte ihn den polnischen Gästen vor:»Da wir eine Landesschule sind«, sagte er,»ist der Ministerpräsident unser oberster Chef – und damit der eigentliche Hausherr dieser Bildungsanstalt.«

»… dem jedes Mal, wenn er die Schule besucht, eine Zusage abgerungen wird, die das Land meist eine beträchtliche Summe kostet«, erklärte der Ministerpräsident lächelnd den polnischen Gästen.

Der Botschafter, eine stattliche Erscheinung mit schlohweißem Haar und in hohem Alter, erzählte, schon einmal an diesem Ort gewesen zu sein. Rektor und Ministerpräsident machten ein überraschtes Gesicht.

»Ja, meine Herren: Es war in den siebziger Jahren, als ich als junger Anwärter für den diplomatischen Dienst eine Regierungsdelegation unseres Landes begleiten durfte. Es ging um Kunstschätze und Schriften, die unsere damaligen Regierungen miteinander austauschten.«

In diesem Moment erklang die Keilglocke. Die Herren stutzten.

»Das ist unsere Schulglocke«, sagte der Rektor.»Sie bestimmt schon seit Jahrhunderten den Tagesablauf.«

Es dauerte nicht lange, und aus allen Richtungen kamen Schüler. Manche trugen unter dem Arm Bücher, andere Musikinstrumente. Minuten später erklang erneut die Glocke und verkündete das Ende der Pause. Auf dem Vorplatz kehrte wieder Ruhe ein.

Mit Interesse studierten die Gäste an der Außenwand des Schulhauses die Gedenktafeln für die ehemaligen Schüler Fichte und Nietzsche und die Gedenksteine für Klopstock und Ranke. In der Eingangshalle betrachteten sie das Tableau des ehemaligen Klosters Pforta.

Der Rektor bat die Gäste in den angrenzenden Besucherraum, wo ihnen Getränke serviert wurden. In einer kurzen Ansprache schlug er ihnen einen Rundgang durch die Schulanlage vor, bei dem er über die Geschichte des ehemaligen Klosters und die Schule berichten würde. Dem Ministerpräsidenten gefiel der

Vorschlag, zumal er bei dieser Gelegenheit sehen konnte, wie es um die Renovierungsarbeiten steht.

»Uns wäre es sehr wichtig«, warf der Dekan der Universität ein, »wenn wir uns anschließend mit Frau Dr. Seewald über den eigentlichen Grund unseres Besuches unterhalten könnten.«

Der Ministerpräsident zeigte sich überrascht und blickte den Botschafter fragend an.

»Ja, werter Herr Ministerpräsident«, sagte der Botschafter, »unsere Herren, alles Mitglieder der polnischen Astronomischen Gesellschaft, möchten ein paar grundsätzliche Fragen mit Frau Dr. Seewald diskutieren. Wie Sie sicherlich wissen, ist – aus welchen Gründen auch immer – eine Diskussion darüber entbrannt, ob Kopernikus mehr Deutscher oder mehr Pole war und wer Anrecht auf seine Werke hat. So kursieren Gerüchte, dass seine Schriften, die unsere Universität Krakau mit Stolz besitzt und pflegt, Fälschungen beziehungsweise nur Abschriften wären. Sie können sich vorstellen, allein dieser Verdacht erscheint den Gremien der Universität ungeheuerlich.« Er holte tief Luft: »Kurzum, die Herren wollen Aufklärung, ob die Schriften, die die damalige Regierung der DDR unserem Land übergeben hat, Originale oder nur gutgemachte Abschriften oder gar Kopien sind.«

Die Herren aus Krakau nickten zustimmend.

»Sie werden verstehen«, fuhr er dann fort, »dass auch mich diese Frage bewegt, nachdem ich seinerzeit an den Gesprächen selbst teilnehmen durfte und sozusagen als Kronzeuge gelte.«

Der Ministerpräsident hatte nicht mit einem derart sensiblen Thema gerechnet. Er wusste, dass in dieser Bibliothek und in den Archiven wertvolle Schriften liegen und aus diesem Grunde erst vor einiger Zeit der Schule eine aufwändige Sicherheitsanlage genehmigt wurde. Dass diese Papiere politisch so brisant sind, war ihm neu.

»Wenn ich Sie recht verstehe, schließen Sie nicht aus, dass sich die Originale bei uns an der Saale befinden?«, fragte er.

»Ja, das wird behauptet«, entgegnete einer der Teilnehmer der Krakauer Delegation, der sich mit Professor Marius Borsutzki vorstellte und erklärte, dass er sich vor seiner Pensionierung intensiv mit den damaligen Übergabeprotokollen beschäftigt habe. »Das würde bedeuten«, sagte er, »uns wurden damals Abschriften als Originale übergeben.«

Eine beklemmende Stille herrschte im Raum.

»Was halten Sie davon«, sagte der Ministerpräsident, »wenn wir dem Vorschlag des Herrn Rektor folgen und einen Rundgang durch die Anlage machen. Danach können sich die Experten in der Bibliothek zusammensetzen und die Fragen klären.«

Die Herren aus Krakau zeigten sich wenig begeistert von dieser Idee. Mittelalterliche Bauten hatten sie in Kraków mehr als genug; auch war ihre Stadt älter als dieser kleine verträumte Ort an der Saale. Ihre Jagiellonen-Universität wurde schon 1364 gegründet, als in dem schlichten Kloster noch Zisterziensermönche ihr bescheidenes Leben führten, und außerdem hatte ihre Universität einen Kreuzgang, der ungleich prachtvoller war. Viel lieber hätten sie sich mit der jungen Frau über ihren Kopernikus unterhalten. Doch die Höflichkeit gebot es, der Einladung zu einem Rundgang zu folgen.

Der Rektor schilderte den Gästen die Geschichte des Klosters anschaulich und erklärte, dass das Kloster Leubus in Polen, das als Wallfahrtsort gilt, ein Tochterkloster von Pforta ist. »Ja, meine Herren«, sagte er, als sie im Kreuzgang angekommen waren, »zwischen unserem kleinen Ort hier an der Saale und Ihrem Land bestanden schon im frühen Mittelalter enge Beziehungen. Nicht wenige Absolventen unserer Schule haben an Ihrer Universität studiert.«

Die Keilglocke klang erneut. Es dauerte nur kurze Zeit, da drängten sich die Schüler im Kreuzgang. Die einen kamen aus den anliegenden Klassen und beeilten sich, in die Fachräume zu kommen, andere nahmen die freigewordenen Unterrichtsräume in Beschlag. Im südlichen Kreuzgang, dem ehemaligen Lesegang, versammelte sich eine Gruppe Mädchen. Man hörte bald ihre Gesangsproben.

»Wir feiern am Wochenende unser diesjähriges Schulfest«, erklärte der Rektor. »Alle Schüler wollen mit ihren Beiträgen glänzen. Das nächtliche Kreuzgang-Konzert ist ein beliebter Höhepunkt«, bemerkte er, als sie an den Handwerkern vorbeikamen, die im Klostergarten Lichterketten an den Arkaden anbrachten.

Im östlichen Kreuzgang kam ihnen plötzlich eine hochgewachsene, hagere Gestalt entgegen. Kommissar Rodig, der die Besucher begleitete, trat nach vorn und ging auf die Person zu.

»Wer ist das?«, wandte sich der Ministerpräsident an den Rektor.

Die Gestalt war wie aus dem Nichts aufgetaucht. Sie hatte die Arme vor dem Brustkorb gekreuzt; der schwarze Anzug wirkte wie eine Mönchskutte.

»Das ist doch Bruder Bernardus«, sagte der Dekan und ging schnellen Schrittes auf ihn zu. »Was machen Sie hier?«, fragte er.

Bruder Bernardus verneigte sich ehrerbietig: »Ich möchte an Ihrer heutigen Konferenz teilnehmen«, sagte er mit ruhiger Stimme. »Das Sekretariat des Päpstlichen Nuntius in Berlin hat mich beim Rektor angemeldet.« Sein Blick wanderte zum Rektor.

»Ja, man hat uns noch einen weiteren Besucher gemeldet, allerdings ohne Namen«, erwiderte der Rektor.

»Dafür muss ich mich bei Ihnen entschuldigen«, sagte Bruder Bernardus. »Ich hatte darum gebeten.« Erst jetzt wandte sich Bernardus an die Bibliothekarin: »Ich freue mich, dich wiederzusehen.« Seine Stimme klang bewegt.

Der Rektor sah die beiden verwundert an. »Sie kennen einander?«, fragte er.

»Wir sind Schulfreunde gewesen«, antwortete Bruder Bernardus. »Wir haben uns seit zwanzig Jahren nicht mehr gesehen.«

Der Dekan konnte sich nicht mehr länger zurückhalten. »Ich denke, Sie sind in Rom«, bemerkte er. »Was wollen Sie hier an der Saale?«

»Das Gleiche wie Sie, Herr Professor Szeszinski, und Ihre Kollegen«, antwortete Bernardus schlagfertig.

»Woher wissen Sie, was wir wollen?«, fragte der Dekan misstrauisch.

Zwei Grübchen zeigten sich auf Bruder Bernardus' Gesicht. »Sie wissen doch, uns Jesuiten entgeht nichts auf dieser Welt.« Ein belustigtes Raunen erfüllte den Kreuzgang. »Nein, ich will ehrlich antworten, wie es sich für einen Ordensbruder gehört. Seit Rom einen polnischen Papst hatte, interessiert sich auch der Vatikan für den großen Astronomen aus dem kleinen Ostseestädtchen Frauenburg und dessen Vermächtnis. Ich bin in Deutschland, um Nachforschungen anzustellen.«

»So gemütlich ist dieser Kreuzgang selbst im warmen Mai nun wirklich nicht«, sagte der Ministerpräsident. »Ich würde vorschlagen, den Rundgang in der Kirche zu beenden.«

In der Klosterkirche berichtete der Rektor über die Baugeschichte der Kirche zur Klosterzeit und den Verfall während der DDR-Herrschaft. »Man kann es kaum verstehen, dass damals ein Rektor den Chor abreißen und das Kirchengestühl verbrennen ließ«, sagte er und schüttelte dabei verächtlich den Kopf. »Die Dorfkinder durften die Kirchenscheiben einwerfen, damit die Wildtauben in der Kirche nisten konnten. Sie wurde absichtlich dem Untergang preisgegeben.«

Seine Augen leuchteten, als er von den regelmäßigen Gottesdiensten, von Konzertaufführungen und von den Immatrikulationsfeiern in dem schlichten Kirchenraum erzählte. »Der Gottesdienst am Sonntag ist der absolute Höhepunkt des Festes.«

Bruder Bernardus und die Bibliothekarin hatten sich von der Gruppe abgesondert. Rodig hielt sich dezent in deren Nähe.

»Ich habe von deinen Sorgen gehört«, sagte Bernardus zu Sophia. »Wir sollten hoffen und beten, dass Carmen durchkommt.«

»Woher weißt du von der Entführung?«, fragte Sophia, während sie durch den nördlichen Seitenflügel der Kirche gingen.

»Was willst du wirklich? Du tauchst doch nach mehr als zwanzig Jahren nicht zufällig hier auf?«

Der vorwurfsvolle Ton war unverkennbar und machte ihn verlegen. So kannte er sie nicht, selbstbewusst und bestimmt, dachte er.

Sie sah ihn herausfordernd an. »Also, sag schon! Was willst du, du kommst doch nicht meinetwegen? Hat man dich geschickt, das ›Kopernikus-Vermächtnis‹ zu holen?«

Er blieb stehen und schaute schuldbewusst auf den steinernen, ausgetretenen Kirchenboden. »Auch wenn du es nicht glaubst, ich habe mir ein Wiedersehen gewünscht und mich zugleich davor gefürchtet. Ich habe noch immer ein schlechtes Gewissen.«

Er wirkte bei diesen Worten gehemmt – wie damals als Schüler. Auch diese Schüchternheit hatte sie an ihm geliebt, zugeben konnte und wollte sie es aber nicht.

»Von diesem Schuldgefühl kann ich dich befreien«, erwiderte sie in nüchternem Ton. »Du hast mir damals nichts versprochen. Für meine Gefühle bin ich allein verantwortlich. Haken wir also diesen Punkt ab. Und nun nochmals: Warum bist du hier?«

»So wie du beschäftige ich mich schon seit Jahren mit Kopernikus. Leider fehlt uns sein wichtigstes Werk, das für den damaligen Papst bestimmt war. Nach unserer Auffassung hat der Vatikan einen Anspruch auf dieses Vermächtnis.«

»Und ihr in Rom meint, diese Schrift befände sich in unserem Besitz?«, fragte Sophia.

»Ich habe im Sächsischen Staatsarchiv in Dresden die Aufzeichnungen über die Auflösung des Klosters Pforta gelesen und bin dabei auf eine Randnotiz des damaligen Verwalters gestoßen, aus der zu entnehmen ist, dass er von einem Mönch ein Paket erhalten hat, das für den Papst bestimmt war. Da es in Rom nie eingetroffen ist, nehmen wir an, es befindet sich noch immer hier an diesem Ort.«

»Und wenn das der Fall wäre, rein hypothetisch …«

Er unterbrach sie: »… dann wollen wir die Schrift natürlich haben.«

»Und deshalb bist du gekommen?«

Er sah sie an. Sein Gesicht verriet ihr, dass er nicht mehr sagen konnte. Er hatte gelernt, seine Gefühle zu unterdrücken.

»Wir suchen Sie«, sagte der Rektor, als er mit seiner Besuchergruppe in den hinteren Seitenflügel kam. »Unsere Gäste aus Polen werden ungeduldig. Sie wollen sich mit Ihnen unterhalten.«

Einige Gäste warteten bereits im nördlichen Kreuzgang vor dem Eingang in den Speisesaal, nach und nach trafen auch die letzten ein.

»Eigentlich wollte ich mich nach dem Rundgang gleich verabschieden«, flüsterte der Ministerpräsident dem Rektor zu. Ich habe aber das Gefühl, aus dem Fachgespräch könnte sich ein hochpolitisches Thema entwickeln, zumal jetzt auch noch dieser Jesuit aus Rom aufgetaucht ist.«

»Es wäre gut«, beschwor der Rektor den Ministerpräsidenten, »wenn Sie wenigstens so lange wie der Botschafter bleiben könnten.«

»Wussten Sie«, der Ministerpräsident sprach sehr leise, »dass sich die Bibliothekarin und der Jesuit persönlich kennen? Frau Dr. Seewald schien überrascht gewesen zu sein, als er plötzlich auftauchte.«

»Den Eindruck hatte ich auch«, entgegnete der Rektor. »Von seinem Erscheinen war sie gar nicht begeistert.«

Den Erläuterungen auf dem Rundgang konnte Kommissar Rodig nur ab und zu folgen. Er stand mit seinen Mitarbeitern in ständigem telefonischem Kontakt. Ihn sorgten die Auskünfte aus der Klinik. Der Zustand von Frau Tangermann war noch immer kritisch.

»Warum kommt Frau Dr. Seewald nicht vorbei?«, hatte die Stationsschwester gefragt. »Wir befürchten, Frau Tangermann wird die nächsten Stunden nicht überleben. Ihren Mann können wir noch immer nicht erreichen.«

Kommissar Rodig rief seinen Kollegen Nolde zuhause an und beauftragte ihn, Herrn Tangermann zu suchen und ihn ins Krankenhaus zu bringen. »Bleiben Sie auf jeden Fall auf der Station«, erklärte er ihm. »Vielleicht gelingt es uns ja doch noch, etwas von Frau Tangermann zu erfahren, was die Ermittlungen weiterbringt.«

Kommissar Rodig fühlte sich nicht wohl in seiner Haut: Was sollte er machen? Er hatte längst gespürt, wie angespannt die Stimmung war. Der Ministerpräsident selbst, die Herren aus Krakau, ein Vertreter aus Rom und ein polnischer Botschafter waren angereist. Frau Dr. Seewald war auf keinen Fall abkömmlich.

28. Bruder Bernardus

Die Gäste aus Polen hatten an dem großen Besprechungstisch im Vorraum der Bibliothek Platz genommen, der Botschafter hatte sich zwischen seine Landsleute gesetzt. Bruder Bernardus nahm am Kopfende des Tisches Platz, der Bibliothekarin gegenüber. Er strahlte Ruhe aus und gab Sophia das Gefühl, ihr beizustehen. Der Ministerpräsident und der Rektor wollten so bald als möglich nachkommen.

Der Botschafter nutzte die Abwesenheit des Ministerpräsidenten und begann ohne Umschweife: »Ich habe 1977 – wie ich bereits erwähnte – an den damaligen Gesprächen unserer Regierungsdelegation teilgenommen. Wir wissen, dass die von der Regierung der DDR an uns übergebenen Schriften aus Ihrer Bibliothek stammten. Man versicherte uns, es handele sich um die gewünschten Originale von Kopernikus. Mit Stolz verweist die Universität Kraków auf die Echtheit und Einmaligkeit dieser bedeutsamen Dokumente, auf die wir Polen stolz sind.«

Die Herren der Universität nickten und gaben zu verstehen, derselben Ansicht zu sein. Dann übergab er Professor Dr. Boleslaw Szeszinski, dem Vorsitzenden der Astronomischen Gesellschaft und Dekan der Jagiellonen-Universität, das Wort. Bevor der zu sprechen begann, richtete er seine Brille, fuhr sich mit der Hand durchs Haar und kontrollierte beide Manschettenknöpfe.

»Frau Dr. Seewald«, sagte er mit tiefer Stimme, »es fällt mir und meinen Kollegen ungemein schwer, zuzugeben, dass wir uns in einer äußerst peinlichen Situation befinden. Bestimmte Kreise bei uns, aber auch in Ihrem Land behaupten, unsere Kopernikus-Schriften wären nur Fälschungen und die Originale befänden sich an diesem Ort.«

Die Bibliothekarin nahm die Einleitungssätze des Dekans regungslos zur Kenntnis. Ihre Hände lagen gefaltet auf ihrer grauen Mappe. Bruder Bernardus sah ungerührt den Professor an.

Aufgebracht fuhr der Dekan fort:»Es handelt sich um die gleichen Kreise, die behaupten, Nikolaus Kopernikus wäre kein Pole, sondern ...«

In diesem Moment betrat die Schulsekretärin den Raum und reichte Frau Dr. Seewald ein gefaltetes Blatt Papier. Sie nahm es in die Hand, entfaltete es und las:»Das Krankenhaus hat angerufen. Ihrer Schwester geht es sehr schlecht.« Die Sekretärin wartete auf eine Antwort. Die Bibliothekarin knickte das Blatt um, sah die Sekretärin an und schüttelte den Kopf. Ungläubig verließ die Sekretärin den Raum.

Die Unterbrechung hatte den Dekan aus dem Konzept gebracht. Er machte eine unmutige Handbewegung und wollte endlich fortfahren, als Bruder Bernardus das Wort ergriff:»Sie müssen schon konkret werden, werter Herr Professor. Weder Frau Dr. Seewald noch ich kennen Ihre Ausfertigung der›Vermächtnis-Schrift‹. Nur eine Überprüfung würde Klarheit schaffen.«

Der Dekan bat seinen Kollegen, der während des Rundgangs einen unauffälligen Lederkoffer mit sich trug, das Schriftstück vorzuzeigen. Der Mann erhob sich und legte den Koffer auf den Tisch. Nach Eingabe einer Nummernkombination öffnete er den Koffer. Der Dekan zog den Koffer zu sich heran, hob die Schutzabdeckung ab und schob ihn Bernardus zu.

»Um die Schrift beurteilen zu können«, sagte der,»müssen wir das Exemplar herausnehmen. Ich möchte mir vor allem die letzten Seiten ansehen.«

Der Dekan beäugte den Jesuitenpater argwöhnisch. Er hatte ein ungutes Gefühl. War es klug, hier in diesem Kreis ihr Exemplar zu präsentieren? Die Bibliothekarin hatte bislang geschwiegen. Zu gern hätte er gewusst, was auf dem Zettel stand, der ihr zugereicht wurde. War es eine Anweisung des Ministerpräsidenten oder des Rektors? Beide fehlten in der Gesprächsrunde. Die Anwesenheit des Jesuitenpaters aus Rom missfiel ihm. War seine Teilnahme arrangiert? Ihm war nicht entgangen, dass der Mönch und die Bibliothekarin sich kannten. Ihre Überraschung im Kreuzgang wirkte überzeugend, konnte aber auch gespielt gewesen sein. Der hereingereichte Zettel hatte ihn irritiert und ihn, den unumstrittenen Lehrstuhlinhaber für Astrophysik, aus dem Konzept gebracht. Er war über sich selbst verärgert.

Unauffällig faltete die Bibliothekarin nochmals das Blatt auf, das ihr die Sekretärin zugereicht hatte. Sie las ein weiteres Mal die kurze Notiz, dann steckte sie es ein. »Verzeih mir, kleine Schwester«, sagte sie sich, »dass ich dir nicht beistehe.« Sie hatte Not, ihre Gefühle zu beherrschen.

»Wir sind einverstanden, dass Sie die Schrift entnehmen«, hörte sie den Dekan, dem es nicht entgangen war, dass die Bibliothekarin ein zweites Mal den Zettel überlesen hatte. »Frau Dr. Seewald wird sicherlich ein paar Schutzhandschuhe in ihrer Bibliothek haben«, sagte er mit einem zynischen Unterton.

Sie stand auf und holte aus der Schrankschublade ein Paar weiße Baumwollhandschuhe. Mit einer etwas zu schwungvollen Handbewegung reichte sie das Paar dem Pater. »Ich hoffe, sie passen«, sagte sie.

Bernardus zog die weißen Handschuhe über. »Nach meinen Informationen soll die Schrift aus 33 Textseiten und etlichen Skizzen bestehen, die seine revolutionären Theorien untermauern.« Behutsam griff er nach der rechten Ecke der ersten Seite und betrachtete das Blatt.

Die Anwesenden verfolgten gebannt jede seiner Handbewegungen. Auf Grund seiner langjährigen Studien im Vatikanischen Archiv und in der Bibliothek, wo er ständig mit mittelalterlichen Schriften zu tun hat, entwickelte Bernardus ein besonderes Gespür für beschriebenes Papier und die verwendete Tinte. Auch die folgenden Blätter befühlte er. Bei Blatt 7 stockte er. Mit ausgestrecktem Zeigefinger fuhr er über den unbeschriebenen Seitenrand und prüfte mit Zeigefinger und Daumen die Blattstärke. Noch einmal nahm er die vorangegangene Seite, betastete diese.

»Was ist?«, fragte der Botschafter gespannt. Der Jesuit machte ihn mit seiner Untersuchungsmethode nervös.

»Wenn Sie genau hinsehen«, sagte Bernardus zum Botschafter gewandt, »und das Papier und die Buchstaben vergleichen, werden Sie feststellen, ab Blatt 7 wurde anderes Papier verwandt und ab dieser Seite ist das Schriftbild verändert.«

»Was wollen Sie damit sagen?«, fragte der Dekan, dem die Prozedur schon viel zu lange dauerte. »Ich meine, diese Schrift stammt nach meiner Einschätzung nicht von Kopernikus. Ich habe nahezu alles gelesen und in der Hand gehabt, was uns dieser große Astronom hinterlassen hat. Ich kenne inzwischen die Feinheiten seiner Handschrift und auch einige Eigenwilligkeiten, die er sich im Laufe seines Lebens angewöhnt hatte. Das Manuskript, das hier vorliegt, ist nicht das Original. Es muss von einem Anderen stammen, ohne Zweifel einem exzellenten Schriftkünstler. Ab Seite 7 ist das Papier zellulosehaltiger und aufgrund der veränderten Papierbeschaffenheit im Weißegrad abweichend. Außerdem scheint er unter Zeitdruck gestanden zu haben. Seine Schrift wird flüchtiger, auf bestimmte Verzierungen, die Kopernikus liebte, verzichtete er.«

Der Dekan wurde ungehalten: »Bedenken Sie«, sagte er, »Kopernikus war zu dieser Zeit schwerkrank. Vermutlich besaß er nicht mehr die Kraft und die Ausdauer, ein so bedeutsames Schriftstück selbst zu Ende zu bringen, und hat sich von einem getreuen Gefährten, vielleicht von einem Schreibmönch aus dem nahegelegenen Kloster Stolpe, helfen lassen.«

Bruder Bernardus vernahm den Einwand. Während der Dekan sprach, betrachtete er die folgenden Blätter. Beim letzten Blatt, das auffallend kunstfertig gestaltet war und eine persönliche Widmung für den Papst mit Demutsbekundungen enthielt, leuchteten seine Augen. Wortlos hielt er es dem Botschafter hin.

Der Botschafter beugte sich vor und besah sich das Blatt, ohne es anzufassen: »Da haben wir doch den Beweis«, sagte er. »Sehen Sie, hier steht ganz deutlich sein Name: Nikolaus Kopernikus. Wollen Sie noch einen besseren Beleg für die Echtheit dieser Schrift?« Der Botschafter trommelte aufgeregt mit seinen Fingern auf die Tischplatte.

Ein Kollege der Krakauer Delegation, Professor Krolowski, stand auf, um sich die Seite aus der Nähe anzuschauen. Sein Gesicht wurde plötzlich blass. Wortlos ging er an seinen Platz und setzte sich. Mit gedämpfter Stimme sagte er halblaut:»Der Jesuit hat recht, die Schrift stammt nicht von Kopernikus.«

»Was reden Sie da, Herr Kollege«, fuhr ihn ein älteres Mitglied der Delegation an. »An der Echtheit unserer Schrift gibt es keine Zweifel. Ich habe die Urkunde der damaligen DDR-Regierung sorgfältig geprüft, in der die Echtheit der Schrift bestätigt wurde. Sie trägt auch die Unterschrift des früheren Bibliothekars der Schule.«

Der Angegriffene ließ sich durch die energischen Worte nicht beeindrucken:»Lieber Kollege, Sie mögen recht haben, was die Echtheit der Regierungsurkunde betrifft. Daran hege auch ich keine Zweifel. Wie Ihnen aber bekannt sein dürfte, hat Kopernikus, der eigentlich Mikolaj Kopernik hieß, sich nie so genannt. Mehr als dreißig verschiedene Schreibweisen sind uns inzwischen bekannt, die latinisierte Version Nikolaus Kopernikus gibt es nur im Deutschen. Außerdem hat er in keiner seiner Schriften seinen Vornamen voll ausgeschrieben. Er gebrauchte dafür verschiedene Abkürzungen. Insofern muss ich unserem jungen Kollegen aus Rom leider zustimmen.«

Ein betretenes Schweigen herrschte im Besprechungsraum. Bruder Bernardus legte die Blätter zurück in den Lederkoffer und schob ihn dem Dekan zu.

Professor Szeszinski ergriff das Wort:»Das ist die eine Meinung«, sagte er mit einem vorwurfsvollen Blick zu seinem Kollegen. »Ich und die übrigen Mitglieder der Astronomischen Gesellschaft sind der Überzeugung, unsere Schrift stammt von unserem großen Kopernikus – und darin lassen wir uns nicht verunsichern.«

Den Botschafter ärgerte es, wie sich seine Landsleute in Gegenwart der Bibliothekarin und des Abgesandten aus Rom stritten.»Meine Herren«, sagte er, »ich bitte Sie, beruhigen Sie sich. Entscheidend ist doch, was Kopernikus der Nachwelt mitteilen wollte. Ob er es nun eigenhändig geschrieben oder von einem Dritten – vielleicht einem Schreibmönch – hat schreiben lassen, das ist unerheblich. Gravierend ist seine Aussage, nicht die Sonne dreht sich um die Erde, sondern alle Planeten bewegen sich um die Sonne.«

Die Bibliothekarin griff in ihre Mappe, die vor ihr auf dem Tisch lag, und entnahm ihr einen vergilbten Zeitungsartikel aus dem ›Neuen Deutschland‹. Wortlos schob sie ihn dem Botschafter zu.

»Der junge Mann auf dem Foto sind doch Sie?«

»Ja, der bin ich bzw. war ich«, entgegnete er mit erkennbarer Rührung.

»Ich stimme Ihnen zu, sehr geehrter Herr Botschafter«, sagte Bernardus. »Kopernikus hat in diesen Blättern seine letzten Gedanken zum Ausdruck gebracht. Sie waren aber nicht, wie Sie meinen, für die Nachwelt bestimmt, sondern für den Papst in Rom.«

»Was wollen Sie damit sagen?«, fuhr der Botschafter wenig diplomatisch den Pater an.

»Wir im Vatikan wissen bis heute nicht, was er dem Papst mitteilen wollte und wie er seine Aussagen begründete. Für uns ist diese Schrift äußerst brisant. Deshalb gehört sie in den Vatikan.«

»Ich bitte Sie, Bruder Bernardus«, sagte der Dekan mit kalter Stimme. »Sie wollen doch nicht etwa sagen, wir würden diese Schrift unberechtigt besitzen und müssten sie an den Vatikan aushändigen?«

Bruder Bernardus richtete sich zu voller Größe auf: »Sie haben mich richtig verstanden«, sagte er, »und deshalb bin ich heute hier!«

Missbilligend sah der Botschafter den Jesuitenbruder an. »Da bin ich absolut anderer Meinung. In einem förmlich korrekten Abkommen hat uns die damalige DDR-Regierung diese Unterlagen ausgehändigt. Ich betone: ausgehändigt, also nicht geschenkt. Im Gegenzug haben auch wir Ihrem Land Kunstwerke zurückgegeben.«

Die Diskussion über die Rechtmäßigkeit der Übergabe von Kunstschätzen und bibliophilen Werken dauerte noch an, als der Ministerpräsident und der Rektor den Raum betraten.

»Sie kommen zur rechten Zeit«, stellte der Botschafter fest. Er war aufgebracht.

»Entschuldigen Sie bitte«, entgegnete der Ministerpräsident, »dass wir Sie so lange allein lassen mussten. Ich hoffe, Sie hatten ein gutes Gespräch und haben alle Fragen geklärt.«

»Nein, werter Herr Ministerpräsident«, sagte der Botschafter direkt. »Es war keineswegs eine gute Unterhaltung. Bruder Bernardus hat uns nachzuweisen versucht, dass unser Exemplar der ›Vermächtnis-Schrift‹ nicht von Kopernikus stammt. Würden wir seiner Bewertung folgen, kämen wir zu dem Schluss, dass wir seinerzeit getäuscht worden sind.«

Der Ministerpräsident wirkte verlegen; die Deutlichkeit des Botschafters hatte ihn überrascht. Auch die übrigen Mitglieder der polnischen Delegation machten einen unzufriedenen Eindruck. Die Gegenwart des Jesuitenpaters hatte sich offensichtlich nachteilig ausgewirkt.

Auf Bernardus' Frage, ob bei der Übergabe nicht die Echtheit der Schrift überprüft worden ist, erklärte der Botschafter: »Keiner von uns hatte die nötigen Kenntnisse zur sachlichen Beurteilung einer derartigen Schrift. Wir waren stolz, sie endlich zu besitzen. Wie Sie aus dem Artikel hier sehen können – der Botschafter deutete auf den Zeitungsausschnitt auf dem Tisch – war uns das politische Drumherum wichtiger.«

»Und die Universitätsbibliothek in Krakau hat auch keine Überprüfungen vorgenommen?«, fragte Bernardus.

»Auf die Idee, dass man uns im Zuge eines Kulturaustausches eine Fälschung unterjubelt, wären wir nicht gekommen. Wir haben an die Ehrlichkeit unserer deutschen Partner geglaubt«, fügte der Botschafter giftig hinzu.

Professor Szeszinski, der Dekan der Universität, ergriff das Wort, nachdem er Minutenlang sichtlich verärgert geschwiegen hatte: »Wenn Sie sich damals – werter Herr Botschafter – etwas intensiver mit der Geschichte des Klosters Pforta beschäftigt hätten, wüssten Sie, dass schon die ehrenwerten Mönche im Fälschen von Schriftstücken und Urkunden sehr geübt waren. Offenbar inspiriert dieser Ort zu solchen Praktiken.«

Betretenes Schweigen. Der Ministerpräsident blickte entrüstet den Dekan an. »Was wollen Sie damit sagen?«

»Ja, das frage ich mich auch«, schloss sich der Botschafter an, der sich mit der Bemerkung kritisiert fühlte und die provokante Einlassung als ungeheuerlich empfand.

Frau Dr. Seewald räusperte sich und antwortete: »Ich will Sie gern aufklären. Neuere Nachforschungen deuten darauf hin, dass Mönche unseres Klosters Anfang des 13. Jahrhunderts Urkunden gefälscht haben, in denen die Besitzrechte geregelt waren. Insofern meint er wohl, dass sich dieses ungewöhnliche Talent in unseren Mauern vererbt haben könnte.«

Eine allgemeine Ratlosigkeit herrschte in der Runde. Die Gäste aus Polen spürten, dass der Beitrag ihres Vorsitzenden unpassend und nicht hilfreich war.

Professor Borsutzki versuchte die Situation zu entschärfen: »Wenn wir also nur eine Abschrift der ›Vermächtnis-Schrift‹ haben«, fragte er, »muss es doch eine Originalfassung geben. Wissen Sie, Frau Doktor, wo sie sich befindet?«

»Das kann ich Ihnen nicht sagen«, antwortete sie.

»Können Sie nicht oder wollen beziehungsweise dürfen Sie nicht?«, bohrte er nach.

»Ich weiß es nicht«, antwortete sie bestimmt. »Mein Vorgänger hat mir von dem Verbleib der ›Vermächtnis-Schrift‹ leider nichts gesagt.«

»Und Sie, Herr Rektor, können Sie uns etwas sagen?«, wollte der Botschafter wissen.

»Nein, wir müssen wohl davon ausgehen, dass der Vorgänger von Frau Doktor Seewald dieses Geheimnis mit ins Grab genommen hat.«

Die Stimmung war auf dem Tiefpunkt angekommen. Die Herren aus Krakau wirkten niedergeschlagen. Um dem Besuch zumindest einen einigermaßen versöhnlichen Ausklang zu geben, regte der Ministerpräsident an, weiterhin im Kontakt bleiben zu wollen.

»Ich kann mir gut vorstellen«, sagte er, »dass Frau Dr. Seewald sich weiterhin wissenschaftlich mit Kopernikus beschäftigen wird und an einem Gedankenaustausch mit Ihnen interessiert ist. Sollte sie das Geheimnis um das ›Kopernikus-Vermächtnis‹ lösen, wird sie – das glaube ich versprechen zu können – Sie als Erste informieren.« Der Botschafter bedankte sich für die versöhnlichen Abschlussworte und empfahl seinen Landsleuten, das Angebot einer engeren Zusammenarbeit anzunehmen. Die Gesichter der Herren hellten sich etwas auf. Sogar der Dekan zeigte sich versöhnlich und wünschte der Bibliothekarin Erfolg bei ihren Nachforschungen. Für Bruder Bernardus hatte er nur eine dürftige Abschiedsgeste übrig.

»Ich danke dir für deine Unterstützung«, sagte Sophia zu Bernardus, nachdem die Gäste gegangen waren und der Rektor den Ministerpräsidenten zu seinem Wagen begleitet hatte.

Er stand mit seiner hageren Gestalt vor ihr und sah sie milde an. Die vertraute Stille war wieder in die Bibliotheksräume eingekehrt. Gerne hätte er sie in diesem Moment umarmt und ihr erklärt, was er vor Jahren versäumt hatte. Jetzt war es zu spät, er musste die Tatsache akzeptieren.

»Und du weißt wirklich nicht, wo sich das ›Kopernikus-Vermächtnis‹ befindet?«, fragte er.

Sie zögerte auffallend lange mit der Antwort: »Wenn es dir um den Inhalt der Schrift geht, kann ich dir helfen.«

»Wie das? Die Freunde aus Krakau haben das Exemplar doch wieder mitgenommen.«

»Ja, das stimmt«, antwortete sie mit einem verklärten Blick. »Es gibt noch eine zweite Abschrift von dem ›Vermächtnis‹, und die besitzen wir. Ich kann sie dir zum Lesen geben.«

Er sah sie verwundert an: »Warum hast du von der zweiten Abschrift nichts gesagt?«

»Warum sollte ich, man hat mich nur nach dem Original befragt.«

Bernardus war irritiert. »Du hast mich früher schon so manches Mal mit ungewöhnlichen Ideen überrascht«, sagte er. »Ich nehme dein Angebot an.«

»Ich kann dir die Schrift allerdings nicht ausleihen. Sie ist mit einem Code gesichert und darf nur in diesen Räumen unter meiner persönlichen Aufsicht gelesen werden.«

»Nichts lieber als das!«

In diesem Moment betrat Kommissar Rodig die Bibliothek. Er machte ein versteinertes Gesicht. Sophia spürte sofort, dass etwas geschehen war. »Es tut mir leid«, sagte er mit bewegter Stimme, »ich bringe Sie ins Krankenhaus.«

»Darf ich dich begleiten?«, fragte Bernardus. »Auch ich möchte mich von Carmen verabschieden und ihr danken.«

»Wofür danken?«

»Jetzt kann ich mein Geheimnis lüften: Carmen war all die Jahre meine Verbündete. Sie informierte mich über alles, was dich betraf. Bevor ich mein endgültiges Gelübde für den Orden ablegte, schrieb ich ihr. Ihre Antwort wird mir mein Leben lang in Erinnerung bleiben: ›Wie groß muss dein Glaube sein, dass du auf Sophias Liebe verzichten willst. Möge Gott dir Kraft verleihen.‹ Das war ihre letzte Botschaft für mich.«

29. Abschied

Arnulf Tangermann betäubte seinen Schmerz und seine Verzweiflung mit Whisky. Der Tod seiner Frau hatte ihn tief erschüttert. Auch wenn er es nicht beweisen konnte, wurde er den Verdacht nicht los, ihre gewaltsame Entführung und ihr Tod könnten mit dem noch immer nicht aufgeklärten Mord auf dem Bismarckturm zu tun haben.

Die Vermutung einer Zeitung, seine Frau könne möglicherweise aus verschmähter Liebe oder gar aus Habgier zur Mörderin geworden sein, fand er abscheulich. Er, der einstige Stararchitekt, Mittelpunkt der Naumburger Gesellschaft, war ein gebrochener Mann, dem nach dem Tod seiner Frau der Lebensmut fehlte. Die finanzielle Lage lastete zusätzlich schwer auf ihm. Sophia machte sich Sorgen um ihn.

Carmens Beisetzung fand auf dem Städtischen Friedhof an der Weissenfelser Straße statt. Zahlreiche Bekannte, Geschäftskollegen und ehemalige Studienfreunde standen am Grab. Ein Meer von weißen und gelben Buketts und Kränzen schmückten die nackte Erde. Einige Naumburger waren wohl nur erschienen, um ihre Neugierde zu befriedigen, nachdem die Medien ausführlich über die Entführung der Architektin und deren Tod berichtet hatten.

Bruder Bernardus hatte Sophias Bitte entsprochen und die Totenrede gehalten. Er sprach über gemeinsame Jugenderlebnisse, berichtete über die beruflichen Erfolge der Toten und über ihre Verbundenheit mit der Stadt und der Saale-Gegend. Die Erinnerungen versetzten Sophia für einige Momente in eine andere Welt. Nur schwer ertrug sie die Beisetzungszeremonie. Ihr Schwager hatte sich bei ihr untergehakt. Er starrte regungslos auf den Lilienkranz auf dem Sarg, der auf zwei Balken über der Grube schwebte. Sie war mit Tannengrün ausgeschmückt. Als der Sarg abgesenkt wurde und der Dom-Chor das Ave Verum anstimmte, krallten sich seine Finger fest in ihren Arm. Hinter ihnen stand der Kommissar, er trug eine Sonnenbrille und beobachtete die Trauergemeinde. Mit seinem Kollegen Nolde und weiteren Polizeibeamten in Zivil stand er in Blickkontakt. Überrascht war er, Wolfram Gollwitz unter den Trauernden zu sehen. Mit ihm hatte er nicht gerechnet.

Immer wieder griff Sophia in ihre Manteltasche, in der sie den Schlüssel fühlte. Ihre Schwester hatte ihn in ihrer Wohnung im Katzenhäuschen versteckt. Sie wusste nicht, warum sie den Schlüssel zur Beerdigung mitgenommen hatte. Machte sie sich Sorgen, die Täter könnten die Beisetzung nutzen und es nochmals versuchen? Nach Sophias letztem Besuch in der Klinik gingen ihr Carmens Wortfetzen nicht mehr aus dem Sinn. Irgendwann hatte sie die richtigen Schlüsse daraus gezogen und im Katzenkorb nachgesehen und unter dem Schaumstoffbezug einen Schließfachschlüssel gefunden.

Sie nahm sich vor, gleich am nächsten Morgen mit ihrem Schwager zum Bahnhof zu gehen. Sie überlegte kurz, den Kommissar zu informieren, dann verwarf sie den Gedanken. Sie wurde das Gefühl nicht los, von der Polizei noch immer beobachtet zu werden, obwohl die beiden Verdächtigen beim Grenzübergang nach Polen gefasst worden waren und ihr deutscher Komplize in Untersuchungshaft saß. Als sie den Kommissar darauf angesprochen hatte, meinte er nur, es sei zu ihrer eigenen Sicherheit. Die Hintermänner wären noch nicht gefasst und sie sei deshalb weiterhin gefährdet. Sie nahm seine Aussage zur Kenntnis, hatte aber das Gefühl, dass er auch persönliche Interessen verfolgte, sich weiterhin um sie zu kümmern. Ihr war nicht entgangen, wie er sich um sie sorgte. Wohlwollend nahm sie es zur Kenntnis. Sie mochte ihn.

Reinhard fiel auf, dass sein Vater sich fast täglich im Schulgelände mit der Bibliothekarin traf. Einige Mitschüler hänselten ihn, sein Vater möchte wohl die Ermittlungen nicht abschließen und habe den Personenschutz für die Bibliothekarin selbst übernommen. Ihn störten diese Anspielungen nicht. Es freute ihn, dass sich sein Vater für die Bibliothekarin interessierte. Er – wie auch andere Schüler – schwärmten von Frau Dr. Seewald, und manch einer interessierte sich nur deshalb für die ›alten Schinken‹, wie sie die Bücher gelegentlich respektlos bezeichneten, weil sie von ihr behütet wurden. Als Thema für seine Jahresarbeit hatte er ›Kopernikus‹ gewählt, weil die Bibliothekarin ihm ihre Unterstützung bei seiner Arbeit angeboten hatte. Reinhard war es wichtig, an der Beerdigung teilzunehmen. Es rührte ihn, als sie die Hand seines Vaters ergriff, während der Sarg abgesenkt wurde.

Nach dem offiziellen Teil der Beisetzung verließen die Trauergäste den Friedhof. Sophia hatte im Namen des Witwers Freunde und Verwandte – und auch Vertreter der Stadt – zu einem Leichenschmaus ins Hotel Naumburger Hof eingeladen. Darunter waren auch Herr und Frau Seibold, die Inhaber vom Bismarckturm, Frau Remus, eine Freundin von Sophia und Inhaberin der Buchhandlung am Markt, sowie auf ausdrücklichen Wunsch von Rodig sein Kollege Walter Ehrenberg und der Schriftsteller Wolfram Gollwitz.

Reinhard hatte auf dem Friedhof unter den Trauergästen ein junges Mädchen entdeckt. Im Hotel unterhielt er sich mit ihr und suchte sich einen Platz in ihrer Nähe.

Herr Tangermann ließ sich bei den Gästen entschuldigen. Sophia hielt eine kurze Rede. Im angrenzenden Erkerzimmer bedienten sich die Trauergäste am Büfett. Sophia saß mit zwei nahen Verwandten an einem der vorderen Tische. Sie bat Kommissar Rodig, bei ihnen Platz zu nehmen. Gleich nebenan am Fenstertisch unterhielt sich Bruder Bernardus mit Julia und Elena. Rodig sah, wie der Pater Wolfram Gollwitz zu sich winkte, als der den Raum betrat. Er schien ihn zu kennen. Sein alter Kollege Walter Ehrenberg hatte sich zu den Vertretern der Naumburger Stadtverwaltung gesellt.

Kommissar Nolde war auch während der Trauerfeier im Einsatz. Er koordinierte die zivil gekleideten Polizeibeamten. Auf Rodigs Weisung behielt er Wolfram Gollwitz ständig im Auge.

Nach dem Essen erhob sich Kommissar Rodig und trat nach vorn. »Meine Damen und Herren, liebe Frau Doktor Seewald«, begann er. »Wir haben unsere traurige Pflicht erfüllt und Carmen Tangermann unsere letzte Ehre erwiesen.« Er hielt kurz inne und sah die Trauergäste an. »Sie alle fragen sich: Warum musste sie sterben, und wer hat den Geschäftsmann auf dem Bismarckturm getötet? Stehen beide Todesfälle in irgendeinem Zusammenhang? Nachdem diese Ereignisse unsere Stadt, nein, das ganze Land tief erschüttert haben, kann ich Ihnen heute diese Fragen beantworten.«

Es herrschte absolute Stille. Alle Augen waren auf ihn gerichtet. Ein Zwischenruf zerriss die Ruhe: »Ich denke, die beiden Polen sind gefasst?«

Rodig konnte nicht feststellen, woher der Zwischenruf kam.

»Ja, die beiden polnischen Männer wurden von unserer Polizei am Grenzübergang gestellt und haben die Entführung von Frau Tangermann gestanden. Sie hielten sie für Frau Dr. Seewald und hofften, von ihr Schlüssel und Berechtigungskarte für die Bibliothek zu bekommen. Sie weigerte sich und musste sterben.«

Rodig warf einen kurzen Blick zu Sophia. Ihr Gesicht war blass, ihre Wangen von Tränen feucht.

Er fuhr fort: »Den Mord im Turmzimmer bestreiten die beiden. Sie gaben an, den Gast in der Nacht aufgesucht zu haben. Sie haben ihn wegen der Kopernikus-Schrift bedrängt, bedroht und ihm Gewalt angetan, ihn aber nicht getötet.«

»Sagen Sie schon«, rief Herr Seibold, »wer ist der Täter, kennen Sie ihn?«

»Ja, ich kenne ihn«, sagte Rodig.

Ein Kellner betrat den Raum und erkundigte sich nach weiteren Wünschen der Gäste. Rodig gab ihm mit einer Handbewegung zu verstehen, dass er störe.

»Über unseren zentralen Polizeicomputer erfuhren wir, dass der Tote vom Bismarcktrum für die Polizei kein Unbekannter war. Dr. Buchmacher zählte früher zum einflussreichen Kader der Devisenbeschaffer und hatte sich auf das Büchergeschäft spezialisiert. Er besorgte aus Bibliotheken wertvolle Ausgaben und lieferte sie an zahlungskräftige Bücherfreunde im westlichen Ausland. Zur Abwicklung dieser vertraulichen Geschäfte hatte er sich den Bismarckturm hier in Naumburg ausgewählt. Dort oben im Turmzimmer quartierte er seine Geschäftspartner ein. Wenn erforderlich, bot er seinen Gästen auch kurzweilige Stunden. Dabei ließ er sie rund um die Uhr abhören.«

Herr Seibold sah seine Frau entsetzt an.»Wusstest du das?«, fragte er.

Sie schüttelte den Kopf.»Gewusst habe ich das nicht, Gerüchte gab es aber schon. Das war ja alles vor unserer Zeit.«

Rodig fuhr fort:»Unsere Ermittlungen ergaben, dass Dr. Buchmacher einen Partner hatte, mit dem er die dubiosen Geschäfte zusammen abwickelte. Dieser Mann war vielseitig begabt und als Tüftler und Techniker der Staatssicherheit äußerst nützlich. Sein Name: Heinz Müller!«

Rodig machte eine kurze Pause, dann fuhr er fort:»Er war es, der damals die Räume des Bismarckturms präparierte. Alles, aber auch alles, was die Gäste im Turmzimmer sagten, wurde aufgenommen. In der Souterrainwohnung unter dem Saal saß ein Diensthabender, der die Gespräche aufbereitete und zur Auswertung weiterreichte.«

»Das war vor unserer Zeit«, wiederholte Frau Seibold aufgebracht.»Als wir den Bismarckturm übernahmen, haben wir alles renovieren und die Leitungen entfernen lassen.«

Rodig beruhigte sie.»Wir wissen, dass Sie die alten Überreste aus früheren Zeiten beseitigt haben. Heute würde man sich ihrer ohnehin nicht mehr bedienen, heute nutzt man andere Methoden. Dr. Buchmacher, der früher seine Geschäftspartner belauschen ließ, wurde dieses Mal selbst Opfer dieser modernen Technik. Seine Treffen wurden minutiös aufgezeichnet.«

Ein Raunen ging durch den Saal. Rodig platzierte sich nahe des Tisches von Bruder Bernardus, um Wolfram Gollwitz besser im Blick zu haben.

»Dr. Buchmacher kannte sich in Ihren Räumen bestens aus«, sagte er, zu Herrn und Frau Seibold gewandt. »Noch besser wusste aber dieser Heinz Müller Bescheid. Er kannte auch den Verbindungsgang vom Turmkeller zur Souterrainwohnung.« Rodig hielt kurz inne und ging zurück an seinen Tisch, um einen Schluck Wasser zu trinken. »Diese Verbindung haben auch wir genutzt«, fügte Rodig trocken hinzu. Er sah aus dem Augenwinkel, wie Gollwitz nervös wurde und unsicher um sich blickte. Den Raum konnte er nicht verlassen. Er saß ungünstig. Drei Personen hätten an seinem Tisch aufstehen müssen, um ihn vorbeizulassen.

»Was wir in dieser Souterrainwohnung fanden, war für unsere Ermittlungen äußerst hilfreich«, sagte Rodig mit erkennbarem Stolz. »Mein junger Kollege Nolde ist Computerspezialist. Mit Geschick gelang es ihm, an die E-Mail-Kontakte des Laptop-Besitzers zu kommen. Der angefangene Roman über die mittelalterlichen Inquisitionsverfahren, abgespeichert unter dem Kürzel HdM, hatte uns zunächst noch nicht interessiert, wir suchten und fanden andere Hinweise.«

Bernardus sah seinen Tischnachbarn argwöhnisch an. Gollwitz' Gesicht zeigte auffällig rote Flecken, sein auffälliges Kopfzucken hatte sich verstärkt.

»Der Zufall kam uns zur Hilfe«, sagte Rodig und blickte Frau Remus an. »Als ich bei Ihnen in der Buchhandlung war, plauderten wir über das Geschäft und die zahlreichen Neuerscheinungen. Draußen am Schaufenster stand ein älterer Herr und studierte Ihre Auslage. Obwohl er den Hut tief ins Gesicht gezogen hatte, erkannte ich ihn. Ihnen fiel er durch sein nervöses Kopfzucken auf. ,Den Mann kenne ich von früher', sagten Sie und erzählten mir, dass Sie zu DDR-Zeiten für Ihre Buchhandlung einen Telefonanschluss beantragt hatten, der Ihnen erstaunlich schnell genehmigt wurde. Der Mitarbeiter der DDR-Post, ein junger Mann, der Ihnen damals den Anschluss installierte, war Ihnen wegen seines nervösen Kopfzuckens in Erinnerung geblieben.

Nach der Wende ließen Sie Ihren Laden renovieren, dabei entdeckten die Handwerker die Abhörmikrofone.«

»Ja, so war es«, warf Frau Remus ein. »Ich erkannte ihn in diesem Moment, obwohl er inzwischen älter geworden war, allerdings erinnerte ich mich nicht mehr an seinen Namen.«

»Das war auch nicht wichtig«, bemerkte Rodig. »Entscheidend für uns war, dass Sie nach so vielen Jahren den Mann erkannt haben. Da ich wusste, wie der Mann heute heißt, war es für uns ein Leichtes, über ihn Auskunft einzuholen.«

»Hat er denn heute einen anderen Namen?«, fragte Frau Remus.

»Dieser Mann, der bei Ihnen damals die Abhörmikrofone installiert hat, hieß Heinz Müller. Heute trägt er einen anderen Namen, der Bücherfreunden gut bekannt ist. Heute nennt er sich Wolfram Gollwitz!«

Ein Aufstöhnen ging durch den Raum. Die Blicke der Anwesenden richteten sich auf Gollwitz, der schweigend dasaß und hektisch seine Hände rieb. Er war leichenblass. Auch Bernardus starrte ihn entgeistert an, Julia und Elena rückten ihre Stühle von ihm ab.

»Kompliment, Herr Kommissar«, sagte Gollwitz mit sarkastischem Unterton, nachdem er sich etwas gefangen hatte, »früher installierte ich tatsächlich im Auftrage staatlicher Organe Telefonanlagen und sonstige Gerätschaften, heute schreibe ich als Wolfram Gollwitz Bücher. Was ist daran verwerflich – oder strafbar? Wollen Sie mich deshalb des Mordes im Turmzimmer bezichtigen?«

Kommissar Rodig platzierte sich direkt vor Gollwitz und blickte ihn durchdringend an: »Unser nächtliches Gespräch auf der Terrasse beschäftigte mich noch lange. Sie wähnten sich sicher in dem Glauben, mit Ihren Aussagen über Ihre nächtlichen Beobachtungen jeden Verdacht von sich geschoben zu haben. Doch wir ermittelten weiter und erfuhren, dass Sie den Toten kannten. Die Auswertung Ihrer verschlüsselten E-Mails halfen uns weiter.«

Gollwitz wurde ruhiger. Er murmelte unverständliche Sätze vor sich hin.

Rodig verschärfte den Ton: »Sie hatten mit Dr. Buchmacher verabredet, ihm behilflich zu sein, das Sicherheitssystem der Schule zu überwinden. Als Gegenleistung sollte der Mythos des Originals des ›Kopernikus-Vermächtnisses‹ die Neuerscheinung Ihres Romans werbewirksam unterstützen, stimmt's?«

Gollwitz zeigte keine Reaktion und starrte den Kommissar unbeweglich an.

»Doch Dr. Buchmachers Vorstellungen hatten sich geändert«, fuhr Rodig fort. »Er brauchte Sie nicht mehr. Er glaubte, mit der Bibliothekarin ins Geschäft zu kommen. Er wollte Ihnen keinen Einblick mehr in die Originalschrift gewähren. Dessen Auftraggeber forderte, das Projekt abzuwickeln, ohne Aufsehen zu erregen. Ihre Enttäuschung war grenzenlos. Sie fürchteten um den Erfolg Ihres neuen Buches, an dem Sie schon seit Jahren arbeiteten. Und als Sie die beiden Männer aus dem Turm kommen sahen, kamen Sie auf die Idee, Dr. Buchmacher nächtens aufzusuchen, um ihn umzustimmen. Statt dem Verletzten zu helfen, dem die polnischen Besucher übel mitgespielt hatten, haben Sie ihm den Rest gegeben und ihn mit einem Kissen erstickt. Die Spurensicherung hat Ihre Fingerabdrücke im Turmzimmer gefunden. Das Notebook von Dr. Buchmacher und das Kissen fanden wir im Kofferraum Ihres Wagens.«

Gollwitz bäumte sich noch einmal auf und versuchte, sich zu verteidigen: »Er hat nicht Wort gehalten und mich schmählich hintergangen. Er hat sich für die Bibliothekarin und gegen mich entschieden. Er wusste von früher, dass Verrat mit dem Tod bestraft wird. Er hat ihn verdient.«

Totenstille herrschte im Raum. Alle Augen waren auf ihn gerichtet. Zwei Polizeibeamte traten an seinen Tisch und forderten ihn auf, mitzukommen.

Bevor er aufstand, wandte er sich an Bruder Bernardus: »Verzeihen Sie mir«, sagte er mit gebrochener Stimme. »Sie haben mich beim Materialstudium in den Archiven des Vatikans bereitwillig unterstützt. Das soll nicht umsonst gewesen sein. Ich verspreche Ihnen, ich werde das Buch zu Ende schreiben.« Dann ließ er sich abführen.

Rodig blickte ihm nach, als er mit hängenden Schultern den Raum verließ. Ohne weitere Worte setzte er sich zu Sophia an den Tisch. Sie legte ihre Hand auf seinen Arm. Sein Kollege Walter Ehrenberg trat an den Tisch und nickte ihm anerkennend zu. »Gut gemacht!«, sagte er.

Bruder Bernardus war erschüttert, er stand auf und ging auf die Terrasse.

Julia folgte ihm. »Nach diesem Drama muss ich eine rauchen«, sagte sie entschuldigend und lehnte sich neben ihn an das Brüstungsgeländer. Beide schwiegen und sahen zu Sophia, die sich mit dem Kommissar unterhielt.

»Die beiden verstehen sich«, murmelte Bernardus leise.

»Ja, den Eindruck habe ich auch«, erwiderte sie und nahm einen tiefen Zug. »Du solltest ihr dieses Glück gönnen.«

»Warum sagst du das?«

»Dein plötzliches Erscheinen hat sie verunsichert. Sie glaubte, ihr Leben und ihre Gefühle im Griff zu haben.«

»Du meinst, ich sollte wieder verschwinden, möglichst für immer?« Seine Worte klangen bitter.

»So deutlich wollte ich es nicht sagen«, bemerkte sie, »du hast die Situation aber richtig erfasst. Du hattest deine Chance, du hast einen anderen Weg für dein Leben gewählt. Gönne Sophia dieses neue Glück.« Sie drückte ihre Zigarette auf dem Geländer aus und gab ihrer Tochter ein Zeichen, sich von Reinhard zu verabschieden. »Lebe wohl«, sagte sie zu Bernardus und verspürte Mitleid mit ihm.

Für einen kurzen Moment, als Sophia allein war, ging Bernardus auf sie zu. »Ich wünsche dir alles Gute«, sagte er mit belegter Stimme.

»Musst du schon wieder zurück?«

»Ja, ich habe meinen offiziellen Auftrag erfüllt. Ich fahre morgen früh zurück nach Rom.« Er reichte ihr zum Abschied die Hand.

»Ich bringe meinen Sohn ins Internat«, sagte Kommissar Rodig, der mit Reinhard zu Frau Dr. Seewald trat, »kann ich Sie mitnehmen?« Sophia lächelte zum ersten Mal an diesem Tag. »Danke, es war für uns alle ein schwerer und bewegender Tag. Ich werde froh sein, wenn ich zu Hause bin.«

Alle drei saßen schweigend im Auto und hingen ihren Gedanken nach. Rodig warf einen Blick hinauf zum Bismarckturm, der sich nur noch schwach vor dem dämmrigen Abendhimmel abhob.

Bevor Reinhard beim Torhaus der Schule ausstieg, machte er einen bemerkenswerten Vorschlag: »Was haltet ihr davon, wenn wir drei in den Pfingstferien zusammen nach Frombork fahren und uns die Wirkungsstätte von Kopernikus ansehen?« Ohne eine Antwort abzuwarten, stieg er aus und verschwand auf dem Schulgelände.

»Was halten Sie von der Idee meines Sohnes?«, fragte Rodig auf dem Rückweg.

»Ich werde gerne darüber nachdenken«, sagte sie.

Bruder Bernardus war gedankenvoll, als er durch Naumburg ging. Vieles hatte sich verändert. Die Straßen, die ihm früher so vertraut waren, schienen ihm fremd. Am Domplatz setzte er sich auf die Mauer des Brunnens und betrachtete das mächtige Bauwerk. Schon als Kind hatte ihn dieser Bau begeistert. Heute blickte er voller Ehrfurcht auf das Werk. Er kam sich in dessen Nähe klein und unbedeutend vor. Was werde ich eines Tages hinterlassen?

Seine Gedanken wanderten zu diesem großen Astronomen, der den Mut und die Kraft besaß, über unser Weltsystem nachzudenken. Ist seine Erkenntnis über unser Universum nicht genauso bedeutend wie dieser mächtige Dom, der zu Ehren des

Allmächtigen erbaut wurde? Kopernikus' Prophezeiung machte ihm allerdings Angst. Längst hatte er es bereut, die ›Vermächtnis-Schrift‹ gelesen zu haben.

Am frühen Sonntagmorgen rief Sophia ihren Schwager an und sagte, dass sie ihn in einer halben Stunde abholen würde. »Hat das nicht bis nächste Woche Zeit?«, murrte er. »Mach dich fertig!«, befahl sie. »Es handelt sich um Carmens letzten Willen.«

Bevor sie den Bahnhof betraten, überzeugte sie sich, dass ihnen niemand folgte. Um diese Zeit war es noch ruhig. Ein paar Kioskpächter öffneten ihre Geschäfte, auf der Holzbank unter einem Fenster schlief ein alter Mann.

Sie griff in ihre Tasche und entnahm einen Schließfachschlüssel. Entschlossen steuerte sie auf das Fach mit der Nummer 389 zu. »Nimm ihn«, sagte sie und reichte ihm den Schlüssel. »Carmens letzter Wille. Damit nicht alles umsonst war.«

Zögernd schloss er das Fach auf und entnahm eine unauffällige Tasche. »Lass uns gehen«, sagte sie. »Wir können im Auto nachsehen, was darin ist.«

Er öffnete die Tasche, die voller Geldscheinbündel war.

»Habe ich geahnt«, flüsterte Sophia. »So war Carmen, meine kleine Schwester. Sie wollte euer finanzielles Problem lösen und hat dabei ihr Leben riskiert.«

Später rief Sophia Kommissar Rodig an: »Wie geht es Ihnen?«

»Warum fragen Sie?«

»Ich wollte mich von Bernardus verabschieden. Er nimmt den ICE um 10.30 Uhr. Wollen Sie mich zum Bahnhof begleiten?«

Bruder Bernardus stand allein auf dem hinteren Bahnsteig und blickte auf die Weinberge in der Ferne. Sein Gesicht hellte sich für einen Moment auf, als er Sophia und den Kommissar sah. Sie ging auf ihn zu.

»Ich wollte dir zum Abschied für alles danken«, sagte Sophia, »behalte uns und deine Heimat in Erinnerung.«

»Das kann ich dir versprechen«, entgegnete er bewegt. »Und wenn ich dir zum Abschied noch einen Rat geben darf: Suche nicht weiter nach dem ›Kopernikus-Vermächtnis‹. Es hat genug Schaden angerichtet.«

Orte der Handlung

Der Dom St. Peter und Paul zu Naumburg

Eines der berühmtesten deutschen Bauwerke des Mittelalters
an der Straße der Romanik.

» *Weltkultur erleben* «

Stadtführungen »Domfreiheit und Bürgerstadt«
April bis Oktober:
Fr 20.00 Uhr (ab Markt), Sa 10.30 und 14.00 Uhr (ab Dom), So/FT 10.30 Uhr (ab Dom)
November bis März:
So/FT 10.30 Uhr (ab Dom)
Themen- und Erlebnisführungen ganzjährig nach Anmeldung

Tourist-Information am Markt • Tel.-Nr.: 03445/ 27 31 25, 03445/ 1 94 33
www.naumburg-tourismus.de

Landesschule Pforta in Schulpforte

An der Stätte des ehemaligen Zisterzienserklosters
»Sanctae Mariae ad Portam«

Schulstraße 12
06628 Schulpforte
Tel.-Nr.: 034463/ 3 50

www.landesschule-pforta.de

Der Bismarckturm bei Naumburg

Ein gastlicher Höhepunkt im Land der Burgen und Dome

Sachsenholzstraße 50
06618 Naumburg
Tel-Nr.: 03445/ 77 80 23

www.bismarckturm-naumburg.de

Das Fischhaus von Schulpforte

Eine der ältesten Lokalitäten an der Saale

Am Fischhaus 2
06628 Schlulpforte
Tel.-Nr.: 034463/ 6 04 43

KLOSTER PFORTA

LANDESWEINGUT

»Unser Weingut und die Landesschule teilen nicht nur den gleichen Namen, sondern auch viele Jahrhunderte gemeinsame Geschichte.«

Landesweingut Kloster Pforta
Saalhäuser
06628 Bad Kösen
Tel.-Nr.: 034463/ 300-0

www.kloster-pforta.de

Zum Autor

Hubert Kinzel

Geboren 1940 in Schlesien, Schüler der Internatsschule Pforta in Schulpforte und des Falk-Gymnasiums in Berlin.

Studium der Wirtschaftswissenschaften, Germanistik und Politik an den Universitäten FU Berlin, Frankfurt am Main und Mannheim.

Mehr als dreißig Jahre in leitender Tätigkeit im Pressewesen in Hamburg.

Wohnhaft in Ahrensburg bei Hamburg.

www.hubert-kinzel.de

Hubert Kinzel

Das Geheimnis der kyrillischen Buchstaben

Frank Lindenbach unternimmt eine Flusskreuzfahrt von Moskau nach Sankt Petersburg. Er ist überrascht, dass er überhaupt eine Einreiseerlaubnis erhalten hat, nachdem er in den 60er Jahren unter dramatischen Umständen aus Russland ausgewiesen wurde.
Der Reisegruppe gehören weitere Personen an, die eine besondere Beziehung zu Russland haben: eine baltische Gräfin, deren Mutter mit Lenin befreundet war, der ihr kurz vor seinem Tode persönliche Unterlagen anvertraute, die sie in einem Kloster im Ladogasee verbergen sollte; ein ehemaliger Siemens-Manager, dessen Vater als »Wasser-Experte« im Auftrag von Stalin das russische Kanal-und-Stausee-Projekt planen und beaufsichtigen sollte; zwei ehemalige deutsche Soldaten, die im Zweiten Weltkrieg in Russland kämpften, der eine als Mitglied einer deutschen Spezialabteilung, die den Auftrag hatte, die geheimnisvolle Kloster-Insel im Ladogasee zu erobern, der andere auf der Seite der russischen Partisanen, zu denen er übergelaufen war, die diese Insel um jeden Preis verteidigen sollten.
Es ist kein Zufall, dass sich die Gruppe auf der Kreuzfahrt trifft. Der russische Geheimdienst hat die Teilnahme dieser Personen inszeniert, weil er das Geheimnis der Insel aufklären soll.

ISBN 978-3-86634-622-2
Preis: 19,80 Euro

Paperback
334 Seiten, 13,8 x 19,6 cm

Hubert Kinzel

Im Visier der Mächte

Frank Lindenbach, ein junger Journalist in Hamburg, lernt Tonja, die Tochter des sowjetischen Botschafters kennen und gerät ins Visier der östlichen Geheimdienste. Er wird gedrängt, den Verlag und seinen exponierten Verleger auszuspionieren.

Der Roman schildert das Leben in der Bundesrepublik und in den Staaten des Ostblocks in den Jahren des Kalten Krieges und den verzweifelten Kampf zweier junger Menschen um ihre Zukunft. Eine Geschichte voller Spannung und Leidenschaft, mit dramatischen Schilderungen und stimmungsvollen Beschreibungen.

ISBN 978-3-86237-248-5
Preis: 14,90 Euro

Paperback
267 Seiten, 13,8 x 19,6 cm